查干布拉格之恋

忆远　著

远方出版社
·呼和浩特·

图书在版编目（CIP）数据

查干布拉格之恋 / 忆远著. -- 呼和浩特： 远方出版社，2025.5（2025.11 重印）-- ISBN 978-7-5555-2182-2

Ⅰ. I247.5

中国国家版本馆 CIP 数据核字第 20251FN688 号

查干布拉格之恋

CHAGANBULAGE ZHI LIAN

著　　者	忆　远
责任编辑	蔺　洁
封面设计	毕力格
版式设计	韩　芳
出版发行	远方出版社
社　　址	呼和浩特市乌兰察布东路 666 号　邮编 010010
电　　话	（0471）2236473 总编室　2236460 发行部
经　　销	新华书店
印　　刷	呼和浩特市圣堂彩印有限责任公司
开　　本	880 毫米 ×1230 毫米　1/32
字　　数	187 千
印　　张	9.375
版　　次	2025 年 5 月第 1 版
印　　次	2025 年 11 月第 2 次印刷
标准书号	ISBN 978-7-5555-2182-2
定　　价	42.00 元

谨以此书献给我的青春，我的查干布拉格。

自　序

作家余华说：“作者的自序通常是一次约会。”为了这场约会，我等了很久。

从我三年级时读到人生中的第一本小说开始，我就觉得我也应该写一本书。我把我写过的作业本订得整整齐齐，在它的背面郑重地写下“XX 文集”，我写自创的笑话、童话、打油诗、小故事……乐此不疲。然而，走着走着，我就忘记了我们的约定。直到我的孩子上了三年级，他手里拿着《鲁滨逊漂流记》，眨巴着亮晶晶的眼睛对我说：“妈妈，你也可以写小说，笛福五十九岁才发表第一部小说。”看着孩子渴望的眼神，我知道不管写不写小说，我都要重新拿起笔了。我写了很多散文、诗歌，但还是没敢想写一部小说。

2021 年，姐姐对我说：“写一部小说吧。”

我问：“写什么？”

她说："写故乡，写查干布拉格。"

彼时，我们正站在故乡湛蓝高远的天空下，南归的大雁嘶鸣着从我们的头顶飞过。那一刻，我决定去赴这场长达三十年的约会。于是，那些熟悉的人、景、物纷至沓来，沉稳内敛的程山来了，豪爽仗义的海子来了，善良敦厚的查娜来了，漂亮能干的梅梅来了……门前那条清澈的小溪，屋后那片盛开的杏花，阳坡上撒欢打滚儿的羊群，还有圪梁上荷锄归来的乡亲们唱着的山歌……都在那一刻前呼后拥地来了。我才知道，走了这么久，那些旧梦都藏在熟悉的归途中，于是有了这本《查干布拉格之恋》。

初出茅庐，不免惶恐，不免忐忑，想起唐朝朱庆馀在向张籍毛遂自荐时的那句："妆罢低声问夫婿，画眉深浅入时无？"诗人自比新娘，其实他是想说："我的诗，您觉得怎么样？"如果这本书幸运地被您读完，我也想轻轻地问一句："画眉深浅入时无？"

本书的出版得到了多方面的大力支持，在此要特别感谢我知心的姐姐、真挚的老六、亲爱的儿子，是你们无条件的信任让这本书的出版成为可能；特别感谢鄂尔多斯市文联、东胜区委统战部、东胜区罕台镇政府、鑫牌广告，是你们不遗余力的支持让这本书得以面世。

再次深深地感谢！

2024 年 10 月 28 日

引　子

查干布拉格河的水流得极缓，像一匹被拉长的水晶绸带，贴着青褐色的山根蜿蜒。河面上浮着一层薄纱似的水汽，把远处的田埂晕成淡青色。程山踩着河边新抽芽的草甸往前走，鞋底沾着带着露水的泥土，每一步都陷进半指深的柔软里。

晚春的风裹着花粉扑面而来。东侧的崖坡像被谁泼了桶颜料，粉红的桃花堆在岩缝里，白得晃眼的杏花漫过石墙，连空气里都飘着甜丝丝的味道。他伸手碰了碰身边的杨树枝，指腹擦过新抽的嫩叶——这是二十年前他亲手栽下的树苗，如今已长得比屋顶还高，笔直的树干上留着当年他刻下的歪歪扭扭的划痕，已被岁月拓成了浅浅的沟。

河对岸的柳树林垂着绿帘子似的枝条，风一吹就簌簌地晃，把阳光筛成碎金洒在河面上。榆钱儿一串串挂在枝头，青绿色的圆片里裹着饱满的汁液，让他想起小时候海子爬上树摘榆钱时，他总在树下举着布兜喊：“小心点儿！”

机器的轰鸣声从南边的田垄传来，铁犁翻起的泥土黑油油的，混着腐叶的气息漫过来。程山望着那片正在苏醒的土地，想起二十年前这里还是连片的荒地，他和海子蹲在田垄上啃着干馍，望着远方发誓要让这土地长出金疙瘩。

村里的楼板房排列得整整齐齐，蓝白相间的墙面在阳光下亮得晃眼。墙角的羊圈新刷了白漆，几只母羊正卧在干草上反刍，小羊羔钻在妈妈的肚子底下，绒毛软得像团云。屋顶上一排排银灰色的太阳能板反射着太阳的光，像给房子镶了圈钻石边。他记得村里第一台太阳能热水器安在海子家屋顶时，全村人都围过来看稀罕，海子他爹摸着铁皮水箱，笑得皱纹里都盛着光。

“山哥！”

程山闻声回头，看见海子正大步流星地朝他走来，蓝布褂子被风掀起一角，额头上的汗珠亮闪闪的，像极了二十年前那个踌躇满志的青年。风里的花香忽然变浓了，河水流淌的声音里，好像混进了当年两个人在田垄上哼过的调子。他也迈开大步向海子走了过去，心里涌上一种无法言说的感情：激动、骄傲、欣慰、踏实……是啊，这样的查干布拉格，才是他们眷恋着的魂牵梦萦的地方，是他们把青春种下去，终于长出了满树繁花的查干布拉格……

1

查干布拉格位于鄂尔多斯高原中东部，隶属于东胜区罕台镇，是一个人口不足五百人的小村庄。1990年的东胜闭塞、落后，隶属于它的查干布拉格村更是贫瘠而荒凉。查干布拉格系蒙古语，意为“清水泉子”，而村南那条不甚宽广但清澈见底的小河正是村名的由来。这条小河滋养了这片贫瘠的土地，也孕育了乡亲们对幸福生活的渴望。简单美好的生活乐章如涓涓清泉潺潺而流，流过日升，流过月落……

这一年，查干布拉格高考落榜回村的程山刚满二十岁。程山知道这一次回村和以往不同，如果说以往是短暂的休憩，那么这一次就要做长久的停留了。其中的痛苦对于一个从七岁开始上学，十三年来一直在学校度过、一心向往外面的生活、一心想着改变命运的年轻人来说，无疑是巨大的。尽管当时的东胜只是一座小县城，可是对于在这里度过三年高中生活的程山而言，那里就是他能想象到的最远的远方。可是他没想到，自己在十几年的寒窗苦读后又回到了查干布拉格。

在村里，上过高中的人屈指可数，大多数人都是初中毕业后继续留在初三补习，年复一年地考中师、中专。那个曾经读了八年初三，能知道哪一道题在课本哪一页的韩平，曾一度成为学校里的风云人物。不苟言笑的韩平，腋下永远夹着一本书，他低头匆匆走路的样子，让人感觉他时刻都在追赶着什么。即便是这样的人，每年都会以五分以内的差距与中专、中师失之交臂。他们那样执着地将青春押在这样一件事上的原因是，这是那个年代农村孩子能离开农村、谋上一份稳定工作的唯一途径。韩平最终也没能如愿，他的经历却让那些复读三年、五年依然落榜的人内心多了些安慰：复读八年的韩平都回家拿铁锹去了，我们这也不算什么。考上的人只是凤毛麟角。每年中考成绩放榜的日子都会引起这个偏远小村庄的人们的格外关注，而那个有幸中榜的人在很长一段时间内都会成为远乡近邻争相议论的对象，大家似乎已经看到了这个人光明的未来。

与他们相比，程山显然是幸运的。他没有经历那年复一年让人感到压抑的复读生活，在复读一年后中考落榜时，父母就咬着牙卖掉家里的那头猪凑足了他去城里上高中的学费。程山记得，那一年的春节，他们家的菜里没有一滴荤腥，一直贪杯的程老汉也只是看着那只早已蒙尘的酒杯咂着嘴。程山是家里唯一的男孩，程山母亲年轻时生了两个女儿后就没能再怀孕，直到四十五岁时突然生下了程山，老来得子的程老汉虽然穷，但在这个重男轻女思想极其严重的地方，程老汉却愿为儿子竭尽所能。程山的两个姐姐没上过一天学，都早早地嫁人生子了，而对于唯一的儿子，程老汉却是另一番打算，即便是倾其所有也要供程山上学，这个从没走出过查干布拉格的老人希望儿子能有与自己不一样的人生。

查干布拉格水土流失严重，是典型的丘陵沟壑区，大多土地不宜耕作，加上常年干旱少雨，风沙大，村民种地都是靠天吃饭，遇上年景不好的时候，一夏天不下一场雨，只能眼睁睁地看着庄稼旱死。祖祖辈辈靠种地为生的程山家自然也很穷。只是突然有一天，程山的父亲发高烧说着胡话，程山慌慌张张地去乡卫生院买药回来后，却见大姐、二姐请来神倌在家里“跳大神”。神倌跳毕擦着满头大汗的同时下达了“神”的旨意：“黑龙将军”降到了程老汉身上，只有顶起此神，程老汉才能保住性命。哭笑不得的程山在神倌走后，给程老汉服了药。程老汉的病好了后，就开始在村里以“黑龙将军”自居，全然否认他在生病期间吃过药。无奈之下，程山只能看着家里成了“将军府”，只能看着种地的重担落在母亲的肩头。

小村的夏天炎热、干燥，空气中到处弥漫着劳作的人们来不及清洗的汗腥味。程山弓着身子跟在母亲后面锄草，玉米叶子将他赤着的膀子扫得生疼，苍蝇在他的头顶嗡嗡地飞舞，叫得程山心烦意乱。他直起酸疼的腰，胡乱用手挥舞着赶走了那些苍蝇。雨水少得可怜，干旱的玉米叶子绿中泛着黄，蔫头耷脑的，像是饱经风霜的老人。母亲在前面卖力地挥动着锄头，让人感觉一不小心，佝偻的身躯就要扑向大地。程山茫然地望着长长的地头，思量着毫无头绪的未来。他不甘心过这种祖祖辈辈面朝黄土背朝天的生活，他更厌烦父亲的那一套“神论”。有时候在地里干活，一整天也不愿说一句话，累了他就靠着家里那只红漆斑驳的躺柜，读他买回来的盗版的《平凡的世界》。“什么是人生？人生就是永不休止的奋斗！只有选定了目标并在奋斗中感到自己的努力没有虚掷，这样的生活才是充实的，精神也会永远年轻！”每每读到这样的话，程山就感到热血沸腾。虽然家里穷得连一本正版书也买不起，但仍然不能阻挡他选择未来的人生。他要做像孙少安那样有勇气改变命运的人。

程山看书之后，喜欢将书中的人物画下来，他感觉在一笔一画的勾勒中，他与书中的人物像老朋友一样熟识。这一次他画下了小说中的田润叶：弯而浓的眉毛下是一双清澈明亮的眼睛，细而长的睫毛微微地向上翘起，白皙无瑕的皮肤透着淡淡的粉色，薄薄的双唇如玫瑰花瓣般娇嫩欲滴。稍显长方的脸型呈现出柔和的线条。程山仔细端详着自己画的润叶，怎么感觉如此熟悉，内心一怔，脸瞬间像火一般滚烫，他把书中的润叶画成了高中同学查娜。确实，查娜与润叶不仅相貌上有相似之处，性格也都是淳厚、善良、朴实的。

查娜比程山大两岁，是一位蒙古族姑娘。查娜的爷爷宝音是个孤儿，年轻时贩马路过查干布拉格，得了急性痢疾，脱水晕厥在路边，是查娜的奶奶救了宝音。“美女救英雄”成就了一段好姻缘。查娜奶奶的父母只有一个女儿，于是豪放耿直的蒙古族青年宝音操着一口半生不熟的汉语在查干布拉格住了下来。热情、善良的查干布拉格村民敞开怀抱接纳了宝音，这个朴实、厚道的异乡青年很快就融入了这里的生活。等到了查娜的父亲巴图这一辈，更是因为巴图吃苦耐劳、古道热肠而得到乡亲们的信任，连续十几年一直担任查干布拉格村支书的职务。年工资不超过二百元的村支书虽然不是什么大官，但在村子里有着很高的威信，婚丧嫁娶、婆媳矛盾、分家单过、兄弟不和，哪件事能少得了村支书的调解、拍板？说也奇怪，这些事一经查娜父亲的手就都会大事化小，小事化了，所以在村民的眼里，查娜父亲的威望自然很高。与查娜家相比，程山的家庭情况在查干布拉格就拿不出手了。穷倒也罢了，还摊了个装神弄鬼的爹；装神弄鬼也就罢了，程老汉还喜欢喝二两，即便缺吃少穿也不能误了程老汉的杯中之物。邻居们知道程老汉的这个嗜好，每当上门求神问卦的时候，都会带上两瓶鄂尔多斯酒。鄂尔多斯酒在查干布拉格这个小村子里是非常金贵的，摆宴席用鄂尔多斯精装白酒，是一件非常体面的事。没有瓶装酒喝的时候，程老汉就在查干布拉格唯一的小卖部里打上几两散酒，就地喝得烂醉如泥。无可奈何的程山只能在同学的围观中用经常掉链子的自行车驮着父亲回家，每当这个时候，程山就想找个地缝钻进去。可是看着醉醺醺却仍挣扎着要下车的父亲嘴里嚷着“我自己走，不能累着你”的时候，程山又将那些埋怨的话咽了回去。

昏暗的灯光下，在父亲响亮的鼾声和母亲梦魇般的呻吟中，程山默默地将画好的画夹在了书的中间，放在了红躺柜的底层。

查干布拉格的早晨在一片鸡鸣狗吠声中拉开了序幕。习惯于早早起床学习的程山站在程家梁的田埂上，缕缕炊烟缓缓升起，一阵风吹过，袅袅炊烟就被吹散、吹远了。远处的田野上方覆盖着一层烟雾，迷迷蒙蒙的，像是他迷茫的未来。他怅然若失地望着被云遮住的天空，灰白的，没有一丝杂色，麻雀叽叽喳喳地叫着，在近旁的树枝上跳跃、扑腾，使程山的内心更加烦乱起来……

“虎子，虎子，吃饭了——”母亲扯着嗓门叫程山吃早饭，虎子是程山的小名。他径直走回家里，一进门就看见炕上坐着查干布拉格村民办学校校长的儿子李海。程山以为海子是来找邻居家的漂亮姑娘苗梅梅，谁知见到程山，海子就迫不及待地告诉程山，他是带着父亲的“旨意”来请程山去民校当老师的。

程山半信半疑地问海子：“是真的吗？”

“当然，当然。”

“我怕我教不好孩子。”

“哎呀，咱们整个村子现在就数你和查娜的文化程度高，我爸让我给你带话，九月初让你去报到。”

程山的心因抑制不住的激动而怦怦狂跳，这个沉稳、内敛的年轻人因竭力掩饰自己的喜悦而把脸憋得通红。

“海子，替我谢谢老校长。吃完饭你再跟我回学校看看吧。”程山动情地说。

海子却咧着嘴说他还有事。程山心领神会，海子与苗梅梅正在谈恋爱，恐怕这会儿心也早就飞去隔壁了。

在程山的印象里，老校长是个不苟言笑的人，他总是背着手，非常严肃地在校园内“巡逻”，哪个班有个风吹草动，都逃不脱他的“法眼”，而一旦被他逮住，后果可想而知。因此学生们都特别怕他，看到他都唯恐避之不及，海子也不例外，看见他爸的第一反应也是脚底抹油——溜。然而，程山却从来没有被校长训斥过，去城里上高中后碰到老校长，老校长也总是关切地问他学得怎么样、城里的老师怎么教书之类的问题。老校长一门心思想把查干布拉格民校的教育抓起来，办学十年来，查干布拉格的学生没有考出去一个人，他的梦想是实现零的突破。程山和查娜的落榜，让老校长重新燃起了希望，他知道查干布拉格的生源没问题，关键是师资力量太弱了，都是中考落榜的学生回过头来当老师，初中的英语课基本上名存实亡，唯一的一位英语老师还是半路出家，发音还夹杂着土话的声调。查娜与程山在20世纪90年代的查干布拉格村属于高学历人才，老校长求贤若渴，才派海子去邀请程山和查娜。

送走海子后，程山依然无法平复内心的激动，搓着手在地上直打转。对于他来说，虽然上不了大学，但能当民办教师也是一份相当不错的工作了，这样他就能继续每天与书为伴了。当他想到可以与查娜一起教书时，他的思绪不由得荡漾开来。与海子的敢爱敢恨相比，程山是内敛含蓄的，甚至有几分自卑、几分腼腆和害羞。他把查娜藏在心底深处好久了，尽管从未表露，但查娜早已经在他的内心掀起了狂风暴雨。

坐在炕上的程老汉抿了一口酒，咂着嘴说：“我就知道我家虎子不是‘刨地球’的人。老婆儿，把那只红公鸡杀了，给咱虎子贺一贺。”

“你甚也知道了。”程山妈嗔怪地白了老伴儿一眼，笑容早已爬上了那张满是褶皱的脸，也顾不得收拾碗筷，乐颠颠地跑到院子里抓鸡去了。正在专心啄食的鸡被程山妈惊扰，惊慌失措地跑了起来，本就不大的院子里顿时尘土飞扬。

从小学到初中，整整八年同班，海子早已是程山能敞开心扉、无话不谈的挚友。海子乐观外向，程山沉稳内敛，性格上的互补让两个人相处起来更加融洽。与程山对查娜深沉的暗恋相比，海子对苗梅梅的喜爱显得那么明目张胆。

20世纪90年代初的农村校园，早恋是一件会被全校人甚至全村人笑话的事情，可是上初二时情窦初开的海子全然不顾强大的舆论压力，公然在上学、放学的路上几次向苗梅梅表白。苗梅梅是查干布拉格出了名的美女，浑身散发着一种与生俱来的气质，深蓝色的瞳孔，栗棕色的长发，淡粉色的肤色没有一丝瑕疵，一颦一笑之间流露出一种说不出的妩媚动人，宛如一朵含苞待放、千娇百媚的玫瑰花，是村子里很多男孩的暗恋对象。其他人只是偷偷喜欢，暗暗欣赏，但海子不一样，除了递小纸条、托人捎话、当面表白。在山桃花开满山坡的时节，他突发奇想，竟然摘了一大捧桃花送给了苗梅梅，花里还夹了一张心形的小纸条，上面写了一句他翻了半个晚上老校长的那本古诗词书才找到的一句让他满意的诗："桃花春色暖先开，明媚谁人不看来。"这样浪漫的表白，对于同样情窦初开的苗梅梅来说恐怕是很难拒绝的吧。况且，其实她也暗暗喜欢上了这个总是笑声朗朗的男生，只是出于内心的胆怯，她一直不敢接受罢了。那天她满脸娇羞地接过花，心里早已像那桃花一样怒放了。回家后她专门找了个空酒瓶把那束桃花养了很长一段时间，两个人的恋情就此拉开了序幕。虽说每一次约会都是偷偷摸摸，但在这鸡犬相闻的小村庄，这件事早已成了公开的秘密。据说有一次海子带着苗梅梅躲在羊群中聊天，不知道是海子做了什么惊人的亲热举动，把山上的一群羊惊吓得四散逃窜，结果羊倌把他们俩逮了个正着。从此，他们的恋情便成了村里家喻户晓的事情。海子回家后被最后一个知道此事的老校长追得满院子跑，生生地打断了一根挑水的扁担。第二天，程山问一瘸一拐的海子怎么了，海子还嬉皮笑脸地说："没事儿，这是爱的代价。"

无奈的老校长有一次借故去苗梅梅家，他的本意是想让苗梅梅的父母阻止这件事，谁知一进门就被苗梅梅的父母过度的热情闹了个大红脸。苗梅梅的父母本来不太愿意让苗梅梅继续念书，早就盘算着早点把女儿嫁出去，要一笔彩礼钱，好给儿子盖房子。自家女儿和海子的事其实他们早有耳闻，老两口嘴上不说，心里却很高兴，毕竟老校长在村子里也是有头有脸的人，能攀上这样一门亲事，他们这常年垫底的家族地位跟着也能往上提一提。

见老校长上门了，以为是大人出面要订下这门亲，老两口又是端茶又是敬烟，苗老汉笑眯眯地说："怎么能让你亲自上门，托个人来就行。"

眼看着要弄巧成拙，老校长赶紧找个借口走了。老校长也让苗梅梅的班主任找她谈过话，班主任苦口婆心地说了半天，苗梅梅只是低着头不说话。没办法，班主任只好拿出了撒手锏："你也知道，早恋是学校明令禁止的行为，学校也给了你机会，如果你们还继续下去的话，学校只好开除你了。"苗梅梅还是不说话，只是不停地掉眼泪。最后，这件事也就不了了之了。老校长知道农村女娃娃念书不容易，再说儿子才是这件事的始作俑者，真的开除苗梅梅老校长的心里也不落忍，于是对这件事也只能睁一只眼闭一只眼了。

2

在查干布拉格，秋天是最美的季节。立秋一过，吹过的风就变得凉爽了，那些在夏风里纠缠不清的热浪一下子就消失了。天空也变得宽绰起来，无垠的蓝色晕染了整个天际，俯身劳作的人抬头看着那清澈透明的蓝，会情不自禁地向身旁的人喊一句："哎呀，快看这蓝莹莹的天。"有云的时候就更好看了，偌大的蓝天上，白云悠然游弋，变幻莫测，时而蓬松如羊毛，时而细腻如羽衣，时而又像是一片片翻腾的海浪，让人看得心旷神怡。

正是在这样美好的季节里，程山要去查干布拉格民校工作了。他格外兴奋，与其说是因为去当老师而高兴，还不如说是因为能天天见到查娜而欣喜若狂。他早早地起了床，翻箱倒柜找出了一件自认为最好看的半新蓝褂子，照着墙上挂着的那块小镜子小心翼翼地将头油抹在了浓密的头发上，然后用梳子一绺一绺地将头发向后梳过去，梳成大背头，梳完后又对着镜子细细地端详着自己：国字脸，双眼皮，额头饱满，剑眉高鼻。“也算是个美男子吧。”程山心里悄悄地说，说完又笑了一下，露出了整齐而洁白的牙齿。

程山收拾利索后骑上自己那辆破旧的二八大杠出了门，还是那条走了八年的路，虽然上山下坡高低不平，但对于这个精力旺盛的年轻后生来说，丝毫没有累的感觉。秋风吹过，好似温柔地抚摸。对于程山来说，虽然当民办教师不是自己的心之所向，但至少暂时能离开父亲的神叨、母亲的唠叨，最主要的是能够与日思夜想的查娜一起工作，也算是失之东隅，收之桑榆了。

从程家梁到查干布拉格民校，翻过程家梁垴畔，有一条长长的小河，查干布拉格的名字也源于这条河。这条河像一根琴弦，弹奏着春夏秋冬的四季华章，滋润着萋萋芳草，养育着查干布拉格世世代代的村民。半小时的自行车车程，在程山的思绪飞扬中转瞬即逝。再一次走进熟悉的校园，还是那一排八间土平房教室和四间小办公室，周围树木环绕，还有一个十来户人家的小村子依偎在学校东边。见校长、办手续、分班级，也就半小时的工夫，程山已经是初中一年级的班主任兼数学老师了。初中一年级的语文老师还没人选，程山暗自思忖：会不会是查娜？一想到查娜，他的脸就不由自主地烫得像火烧一样。他低着头推门出去，却差点与迎面进来的一个人撞上，抬头看时，进来的正是查娜。不知所措的程山似笑非笑。查娜一双澄净的眸子看着程山，也是一脸惊讶，瞬间红透了脸。两个人都没有说话，只是彼此心照不宣地相视一笑后就匆匆离开了。

一切正如程山所料，查娜与他搭班，担任初一的语文老师。这也许是上天对考场失意的程山的另一种补偿，朝夕相处的日子让他们走得越来越近……

“三尺讲台三寸笔，一尺教鞭一本书。”查娜喜欢当老师的感觉，这样的日子对于她来说如诗般单纯美好。每天早晨走在乡间这条走了十几年的铺满花草的土路上，看着路两旁色彩艳丽的喇叭花竞相开放，内心平和而幸福。喇叭花心形的叶子上挂着晶莹的露珠，让小小的花儿显得更温柔、多情。她常常感怀小小的喇叭花在清晨娇艳夺目，摇曳多姿，黄昏时分却暗自羞怯，悄悄收起自己的美丽，这是一种怎样的收放自如。在各种色彩中，查娜最喜欢淡紫色的小喇叭，每年花开时犹如一帘浪漫的紫色幽梦，随风似紫色波浪般摇摆，似画非画，似梦非梦，美得不像人间的景色。她常常拿着书边走边看，不知不觉就走到了校园。她对《平凡的世界》同样情有独钟，这几日总为润叶那份纯洁无瑕的爱情未能得偿所愿而耿耿于怀，眉间总锁着淡淡的怅然，仿佛自己也跟着错失了什么。她甚至怨恨作者心狠，而对于孙少安这样的男人，查娜开始是特别喜欢的，可越往后看越失望。查娜想：如果自己是润叶，会不会喜欢像孙少安那样的男人？她不自觉地拿程山与孙少安作对比，不禁怦然心动。感觉自己的脸烫得发红，她偷偷四下环顾，好在她走得早，这条路上只有她一个人，于是她放慢脚步，用手抚着脸，好降一降突然升高的温度。

每天课前，查娜与程山都要就班上学生的情况进行沟通，哪个孩子进步了，哪个孩子退步了，哪个孩子需要重点关注了……常常是程山说得多，查娜听得多。一方面是因为程山是班主任，另一方面是查娜的性格使然。查娜本来话就少，再加上与自己年纪差不多的男子近距离地交流，更让她感到拘谨与羞涩。每次查娜都低着头，偶尔点一下头示意，有时候说一两句自己的建议也是轻轻的声音，生怕被别人听了去似的。有时候，他们俩站在办公室门口看学生们无忧无虑地玩耍，程山就会回忆起他们上小学时的快乐时光，查娜看着、听着，一直温暖地笑着。

查干布拉格民校一直是上午八点上课，下午三点放学。一来是考虑到部分学生上学路途遥远，二来是师生放学后都要忙着下地干农活，这样的安排能兼顾学业与农活。对于正在长身体而且活动量大的学生来说，一到中午就饥肠辘辘。家庭条件好的学生会从家里带个馒头、饼子，或者用三毛钱或五毛钱在学校的供销社里买点儿吃的充饥。条件不好的就只能看着同学吃，自己悄悄地咽口水。买上一袋老北京方便面，把粉末状的调料均匀地撒在面饼上细细品尝，则是一件比考了全班第一名还值得同学们艳羡的事。放学回家的路上，摘张家的杏儿，采王家的果儿，拔李家的萝卜，再顺几个豌豆荚后一起分享“战利品”也成了大家每天的“功课”。除此之外，那些与大自然融为一体的日子也成了他们成年后经常回忆的幸福时光：没有永远写不完的作业，也没有以分数论英雄的烦恼。天然的小石头、用六块四四方方的碎花布制作的沙包、在土地上画的方格子、一毛钱买的长皮筋、可以打到鸟的弹弓、可以溜很远的冰车，让他们的学生时代充满了欢声笑语。回家的路上，他们会在沙坡上的树荫下追逐，会在淙淙流淌的小河里嬉戏。女孩子们会去追花丛中色彩斑斓、舞姿翩跹的蝴蝶，男孩子则手里捏着蚱蜢的翅膀互相打闹。蝉鸣阵阵，蛙声响起，他们会在短暂的休憩之后跑回家……

初秋的查干布拉格到处都洋溢着丰收的喜悦，金黄色的麦穗随风摇曳，起起伏伏，像是一片金色的海洋。饱满的向日葵籽缀满了一个又一个花盘，都沉甸甸地低着头，等待着归仓的那一刻。查干布拉格河轻轻地流淌，沙子浸在细流中清晰可见，沿途的芦苇和杨树在微风中摇曳。不知名的鸟雀在水面上飞来飞去，拍打着美丽的翅膀轻轻划过溪水，水里的小蝌蚪拖着细长的尾巴任性漂游，全然不理会鸟儿的惊扰，偶尔也会静静地依恋着溪水一动不动。

海子和苗梅梅不知道有多少次手牵手走过这条见证他们爱情的小河，而这次苗梅梅眼泪汪汪、依依不舍，因为海子要去呼和浩特上职业学院了。以前海子在城里读高中，她在财校读书，一个星期还可以见一面，而这次分别，再见面就要等到寒假了。

“梅梅，这个学期的生活费你妈给你了吗？”海子说着从自己的裤兜里掏出一张五十元的钞票塞进了苗梅梅的兜里。

苗梅梅想要拒绝，手却被海子紧紧地握住了。苗梅梅的眼泪不由得扑簌簌地落了下来，这几年的学上得实在太艰难了。那时，重男轻女的观念在这个小村子特别严重，她的父亲坚持让母亲生儿子，母亲几乎把最美的年华全部用在了生孩子这件事中，在一连生了四个女儿后终于在东躲西藏中生下了弟弟。终年劳作的父亲回到家看着等吃等喝的六七张嘴，动辄大发雷霆。母亲常常把从父亲那儿受的折磨发泄到梅梅身上，那些恶毒的咒骂让梅梅生活得战战兢兢。她从小就背负了太多的包袱，要看父亲的脸色，要照顾妹妹和弟弟，还要体谅母亲的难处，她能上到初中全靠她起早贪黑地兑现了“绝不耽误家务活”的承诺换来的，周围的邻居总会怜惜地说：“梅梅这娃娃是投错了胎，小姐的模样丫鬟的命。”

初中毕业时，她因三分之差与中师失之交臂，她想再复读一年，却张不了口。一天，和母亲在地里锄地时，她吞吞吐吐地说出了自己的想法。母亲直起腰来，喘着粗气说：“梅梅，你一个女娃娃可不敢心气太高了，你看看村子里和你差不多大的女子，有几个还在念书？不是在家干活就是已经嫁人了。你再看看家里的光景，你那三个妹妹哪个不是睁开眼就等着吃喝？你弟弟肯定得上学，还要娶媳妇了哇。我和你爸供你读到初中毕业也不容易了，你该回来帮衬家里了。再说，你看看咱们村子里有几个考出去了？可不敢瞎折腾了。”母亲的一番话让苗梅梅心里那一丝微弱的火苗瞬间熄灭了，她不再言语，只是默默地劳动，默默地在夜里流泪。幸运的是，在城里生活的表姐在回老家探亲时得知了她的情况，一直很喜欢她的表姐提出了让她自费上财校的建议，并表示她会赞助梅梅的学费，家里只需要负担梅梅在校的生活费。父母因为每个月大概30元的生活费一直不肯表态，还是在表姐讲了一堆道理却讲不通后发了火，才算勉强同意了。尽管她把自己的生活开支省了又省，但每到向家里要生活费时，总是被父母数落。而不爱上学的弟弟扬言要辍学时，父母却紧张地捎话让她请假回来给弟弟做思想工作。当弟弟提出要给他买一辆新自行车才能继续上学时，父母眼都没眨一下就同意了。即便这样，苗梅梅的心里依然深深地感激父母给她这个上学的机会。再有一年她就要毕业了，她是多么渴望能够自食其力的那一天的到来啊。

枝头的鸟儿嘤嘤啭啭，苗梅梅深情地看着海子，海子搂着梅梅动情地说着什么，少年不知言语的轻重，恨不得把能许的诺言说得惊天动地。梅梅依偎着海子，喃喃道："多想让时间在此刻停留，蓝天白云，鸟语溪水，还有我和你！"豆蔻年华的美丽少女，嘴唇被晚霞染成了绯红色，平时大大咧咧、粗犷豪放的海子整个人像喝醉了一样，心早被这柔情蜜意揉碎了。夜色渐渐暗下来，两个人相拥着仰望天宇中的点点繁星，星星调皮地眨着眼睛，仿佛也在说着悄悄话……

初冬的查干布拉格是荒凉的，曾经蔓延在小路两侧的不知名花草渐渐枯萎，远处的田地里也只剩下干黄的玉米秆。稀稀疏疏的黄叶从枝头飘飘摇摇地落了下来，只剩下了光秃秃的树干。北风冷飕飕地刮过来，光秃秃的山上，羊倌吆喝着放羊。

查娜不太喜欢查干布拉格的冬天，只有遇上下雪的时候她才会留恋冬天，祈祷雪融化得慢一些。又是一个不一样的早晨，窗外的雪花有节奏地叩打窗棂，查娜伫立于窗前，浅浅的笑意溢在唇边，眼神明净温婉，思绪随着这天空中的精灵早已飘远。小时候查娜关于下雪的记忆是冻肿的耳朵、冻僵的手指，小伙伴们追赶着、呼喊着打雪仗，查娜有过很多次参与其中的冲动，可最终她只是远远地看着，等到小伙伴玩累了散了，她才走进雪地里踩雪。偶尔有雪花萦绕在耳边，仿佛在与她亲密地窃窃私语。查娜嘴里轻声哼唱着《脚印》，回头望着自己留下的深深浅浅的脚印，心里有一种说不出的欢喜。

这时查娜不由得想到了程山，这些日子总是会没来由地想起程山，她不知道自己对于程山的感觉是不是喜欢。

“这雪下得擦天滑地的，我看你过两天再去报名哇。”母亲看着查娜发呆的样子，说了一句。

查娜这才回过神来：“不碍事，已经向学校请了假，不然过两天还得请假。”查娜有些心虚地背过身去，她害怕母亲看见她那已经红了的脸。

她和程山约好了今天一起去城里进行高考报名登记，这两个落榜返乡的年轻人心里依然有一个大学梦。她赶紧穿戴好出了门，整座村庄都被柔和的雪色笼罩着，一片素白。查娜穿着粉红色的半大棉袄，搭配了一条黑色宽松裤子，在这片素白中缓缓移动着。查娜穿衣服是比较保守的，村里在外务工的同龄女孩子都是紧身牛仔裤搭短棉袄。而要进城的查娜依旧是这身简单的穿着，但即使是这样土气的打扮也难掩查娜修长的身材和天生丽质的容颜。

程山早已等在学校门口，看着远远走来的查娜，他的心又狂跳起来。这段时间，他常常陷入感情的矛盾漩涡，那种因自卑而引发的强烈的自尊心，让他痛苦纠结，他渴望表白，又害怕表白后的失望。而今天，他就要和查娜同行，他不知道对于他来说这会不会是一个新的开始。

从查干布拉格进城的路，下沟沟上坡坡，都是高低不平的本就不好走的路，因为下雪更增加了不少难度。但后座上还载着一个人的程山却将那辆破旧的二八自行车骑得又稳又快，不时有雪泥溅起，程山却浑然不觉。单车、爱人、落雪、清风，程山在享受着这一切。因为有了查娜的陪伴，崎岖的路途也显得那么平坦。悄悄地，查娜的手轻轻地揽住了程山的腰。

一路上风雪相伴，两个年轻人的心里却都有着异样的悸动与温暖。他们一路上走走停停，还是程山说得多，查娜听得多，聊的大部分内容是他们学生学习的事情，偶尔谈论他们都在看的小说。说到《平凡的世界》时，查娜的话明显多了起来。他们对孙少安有着不同的看法，程山认为孙少安作为一个农村家庭的长子，没有被饥饿与贫穷压垮，在困难中紧紧把握着生活的车辕，成长为一个顶天立地的男子汉是难能可贵的，而且他也深深理解孙少安对于爱情的无奈抉择。

查娜也承认孙少安是人生的强者，但查娜认为他在爱情面前胆小无能，面对青梅竹马又互相爱恋的润叶时，他不敢吐露真情，在得到润叶的表白信时他还是无法超越现实的枷锁，他不敢大胆地去爱，更不敢奢望成为村支书的女婿，因为他的优柔寡断将二人生生隔绝。查娜更加同情温柔贤淑、吃苦耐劳的秀莲，孙少安是个大孝子，对父母兄弟姐妹都能做到细致周全，唯独亏欠了与他同甘共苦的秀莲。查娜的看法也许是对程山面对感情举棋不定的一种暗示，也许只是一种见解。说者无心，听者有意，程山信心满满地认为查娜在鼓励自己表白，不禁心花怒放，暗暗高兴起来。程山面对查娜时也从心神不定、拘谨的状态逐渐变得坦率开朗，不经意间还夹杂着一两句关心的话。

上坡时，查娜下车帮程山从后面推自行车，程山从查娜的眼神中能感受到查娜心里肯定是喜欢自己的，可还是几次欲言又止，害怕说出来破坏了原有的美好。

报名手续办完后，程山笑着，看着查娜说：“时间还早，我们还能转一会儿……”

“去新华书店？”两个人异口同声，说完后两个人又为这份默契而相视一笑。

20世纪90年代初期的东胜特别小，南北一条路，东西一条街构成了小城的交通要道，六层楼的文化馆在都是平房的小城中显得突兀而高大，因而成为这里的标志性建筑。售卖日用百货、服装鞋帽的民生市场是最具烟火气的地方，国营的百货大楼则属于比较高端的消费场所。自行车是小城人民出行的主要交通工具，程山载着查娜汇入小城的车流中，来到了新华书店。程山与查娜在东胜上高中时每到周末就喜欢来这里看书，再次踏进这书香氤氲的地方，他们心里有一种久违的欢喜。他们在书架前走走停停，不约而同地把手伸向了沈从文的《边城》，又都羞怯地把手缩了回去。两个人再次相视而笑后，程山拿起书递给了查娜。查娜接过书就专心致志地看了起来。民办教师每月的工资只有四十几块钱，用近半个月的伙食费买一本书对于他们来说是一件奢侈的事情。可程山看着查娜翻阅《边城》时爱不释手的样子，就背过身悄悄数了数自己报名后剩下的零钱，用来买书是够的，可是原本想请查娜吃碗拼三鲜的计划就要泡汤了。虽有点儿心疼，但他还是狠了狠心买了一本《边城》。程山几块几毛地数着钱付款，查娜惊讶地想要阻拦，却被程山挡了回去。她来书店只是蹭书看看，过一下书瘾而已，从没想过会拥有一本属于自己的书。她看着程山数钱时认真的样子，看着程山清澈温良的眉眼，心里有一种说不上来的温暖。

这次同行进城后，程山暗暗下了决心，无论结果如何都要向查娜表白。他当天并没有把《边城》送给查娜，而是回家后一笔一画地在书的扉页上写下了“玲珑骰子安红豆，入骨相思知不知”。特别漂亮的小楷，饱含着浓情蜜意。程山鼓足勇气把书递到查娜手上时，她才慌乱起来，心下更加明了：家境贫寒、一直节衣缩食的程山如此奢侈地买书果然是为了她。

她红着脸慌忙拒绝：“不，我不能要。”

程山笑着说：“又不是什么贵重的礼物，一本书而已。”

查娜的手摆得更加厉害了：“我真的不要。”语气中竟有些委屈。

查娜的拒绝是程山意料之中的，但没想到她会如此坚决。程山好不容易鼓起的勇气就这样被查娜的几句话打击得烟消云散。他尴尬地收回书，心里无比懊恼，但又不想被查娜看出来，强笑着说：“我已经看完了，借给你看。”

查娜红着脸“嗯”了一声，接过了书，逃也似的走出了办公室。经过这段时间的相处，查娜的心里早已有了程山的位置，她喜欢与程山在一起的感觉，却又下意识地抗拒与他更进一步的接触。她知道程山买书是为了她，她也知道买书的那几块钱对于程山的家庭来说意味着什么，她竟不自觉地有些心疼程山了。

虽说查娜的父亲是村支书，可是经济条件并没有好到哪里去，家里与别的农村家庭没什么两样，一盘大炕占了屋子的二分之一。查娜的两个哥哥、三个姐姐都已成家，可是两个哥哥家的三个小侄子、小侄女都跟着爷爷奶奶住，到了晚上，六七个人睡在这盘大炕上，查娜想找个独立的空间看看书是很困难的。夜，静得出奇，只听见家人熟睡时此起彼伏的呼吸声，查娜知道那本《边城》正静静地躺在她的白色帆布包里。她压抑着一次次想要起来翻看的冲动，强迫自己闭上了眼睛，脑海里浮现的却是程山的身影。她思量着与程山进城的前前后后，思量着程山每天看她的眼神，甚至思量到了他们的未来，她知道这份情感她可能逃不掉了。

捱到天亮，查娜拉开窗帘，只见一簇簇冰花或含苞待放，或竞相开放，在晨光的照耀下闪闪发光。查娜微微地笑着，眉眼间是说不出的欣喜。她早早地出了门，走在静悄悄的路上，小心翼翼地拿出包里的《边城》，迫不及待地打开。程山精心写下的那句“玲珑骰子安红豆，入骨相思知不知”便赫然映入眼帘。查娜呆立着，眼泪早已迷蒙了双眼，那行字也在泪眼中变得模糊而缥缈……

3

北方的冬天寒冷肃杀，临近元旦的热闹气氛让这个季节有了一些生气，呼市街头已挂起了红红的大灯笼，临街的店铺也推出了五花八门的促销活动。校园更是迎新活动的主阵地，各种演出、舞会、联欢会的宣传海报张贴在校园显眼的位置，而一向活跃的海子却显得有些沉闷，与这喧嚣的氛围格格不入。他双手插在裤兜里，快步走向传达室，传达室的桌子上照例摆着厚厚的一摞信。

“小伙子，你又来啦，我还没来得及分呢，你翻的时候顺便帮我分一下吧。”传达室的大爷手揣在袖子里正挨着火炉烤着火。

“嗯。”海子也不抬头，开始翻找信件，顺便按班级把信件分类。信分完了，却没有他熟悉的字迹，他沮丧地转身离开了。

“别着急，过两天就来了。”传达室大爷同情地目送他离开，在他身后喊道。

海子没有回头，已经有一个多月了，他写给梅梅的信如石沉大海，杳无音信。那些从东胜传过来的关于梅梅的风言风语他也不是没有听说，可他不信。他深信他们的感情坚如磐石，只是收不到梅梅的信，让他坐立不安。

都说恋爱中的人都是诗人，即便是粗线条的海子也给梅梅买了粉红色的日记本当新年礼物，并在首页写下：

冬季的夜里写信给你
打开思念的心门
倾诉难圆的梦
冬季的夜里写信给你
遥望美丽的星空
向往幸福的人生
冬季的夜里等你回信
却早已等得
瘦了心……

新年前夜班级聚餐，原本酒量很大的海子却喝得酩酊大醉，嘴里不停地喊着苗梅梅的名字，被同学们抬回宿舍后，吐得一塌糊涂。第二天酒醒后，海子感觉自己一刻也不能再等下去了，焦灼的内心如火烧般难受，他乘坐早班车返回东胜直奔财校去找苗梅梅。财校也放假了，梅梅的室友告诉海子梅梅一早就出去了，心急如焚的海子只能在校门口苦等。他来来回回地在校门口徘徊，时间好像静止了，担心和等待把时间拖得越来越漫长。进进出出的人都用异样的眼光看着这个头发蓬乱、衣衫不整的人。天色暗了下来，有雪花开始飘落，一天没吃东西加上头一天的呕吐，海子的胃开始绞痛起来，他有心去旁边的小饭店吃点儿东西垫垫肚子，又担心自己走开会错过梅梅。小城低瓦数的路灯亮了起来，昏黄的光在风雪中摇晃着，风雪交加中，海子哆嗦着，他竖起衣领，裹紧了衣服，急切地向远处张望。他隐约看到路灯下两个长长的影子，那对影子一会儿叠在一起，一会儿分开……温馨的画面让海子不由得多看了几眼。

影子越来越近，十指相扣的两个影子正在窃窃私语着什么，海子却僵在了那里。昏暗中，他看见了苗梅梅那条明艳艳的玫红色围巾，明亮得如同早晨初升的太阳。看见海子的苗梅梅也僵在了那里，发梢有雪水滴下来，她的手被另一个人的手紧紧地攥着，她试图抽出来，却只是徒劳地挣扎了几下。

她慌乱地避开海子瞪大的眼睛，低声嗫嚅着："你怎么来了？"

海子正欲开口，牵手的男子说话了："梅梅，是你朋友吧？走，请你朋友吃饭去。”男子正是苗梅梅在财校新交的男朋友秦杰，秦杰敏锐地感觉到眼前的男子就是写信给苗梅梅的海子。

海子木然地站着，任凭不争气的眼泪在眼眶里打转：“他是谁？”海子的声音嘶哑而哀怨。

“我是梅梅的男朋友，秦杰！”未等苗梅梅说话，秦杰理直气壮地回答了海子。

海子咧着嘴苦笑了一声，“砰”的一拳就朝秦杰的脑袋砸了过去。秦杰来不及躲闪，一个趔趄摔倒在地上。被激怒的秦杰瞬间爬起，扑过去和海子扭打在一起。梅梅吓得只会哭喊：“不要打了，不要打了！”哭喊声引来了一群围观的人，却没有一个人上前制止。两个人就在众目睽睽之下，在苗梅梅的哭喊声中，完成了一次男人间的较量。

人群散去，而这场较量的胜负已然明了，苗梅梅把手伸向了秦杰，秦杰借梅梅的手站起来，两个牵手的影子渐渐消失。眼泪模糊了海子的视线，任凭冰冷的雪花落在脸上，绝望的海子失去了爬起来的力气。痛苦在暗夜中游荡，仿佛一切都没有存在过般的空旷，海子躺在雪地里，麻木得感受不到这入肤入骨的寒冷，仿佛那些或老或死或枯或眠的动植物般无知无觉，他唯一能想起的是回家的路。

晕晕乎乎的海子回到家后就发起了高烧，这可吓坏了海子妈，她不知道发生了什么事，问也问不出个所以然，只能从海子片言只语的胡话中揣测。这个朴实的农村妇女看着从小到大壮得像牛一样从不生病的儿子卧床不起，心疼得直掉眼泪，寸步不离地守在身边，一会儿给他拔火罐，一会儿给他喂姜汤。老校长虽不说什么，但心里却像明镜似的，看了海子一眼，冷冷地“哼”了一声就出了门，留下海子妈一个人在那儿忙活。浑浑噩噩地睡了三天后，海子醒了。醒来的海子就像换了一个人似的，过去那些写在脸上的锋芒已悄悄隐退，取而代之的是少有的平和。是啊，在人生这条路上，有些成长需要千锤百炼，有些成长却就在一夜之间 。一夜之间长大的海子依然无法排遣失恋带来的痛苦，憨厚老实的母亲不会懂他，不苟言笑的父亲更不会理解他，无法诉说的痛苦似乎比失恋带来的痛苦本身更让他痛苦，所以，他稍有好转就不顾母亲的阻拦偷偷地来到学校找程山。海子害怕碰见老校长，就躲在学校的学生厕所里，写了字条让学生带给程山。

冬天的查干布拉格河一瘦再瘦，河底的沙石也裸露了出来，仿佛一个满脸皱纹的老人，失去了夏天流水汩汩、鸟语虫鸣的生机。海子枯坐在小河边，抬头看冬日故乡甚是寂寥的天，上次与梅梅分别时的情景犹在眼前：晚霞，红唇，少年不知天高地厚的誓言……转眼之间，却已物是人非，海子的心像是被什么东西反复揉搓般疼痛。程山下课后急匆匆地来见海子，看到海子落寞的神情，他已经猜出其中的原因。关于苗梅梅与局长的儿子好上的消息，他其实也早有耳闻，只是一直半信半疑。

“海子，你怎么回来了？”

“我不想上了。”海子一脸沮丧。

“怎么回事？”

“我……”海子突然捂着脸哭了起来。

程山有些不知所措，他们是十几年的朋友，他从没见过海子哭，而此时的海子委屈得像个受伤的小孩子。程山挨着海子坐下，手用力搭在海子肩上，也不言语，他知道现在说什么安慰的话都显得苍白无力。在程山面前，海子彻底卸下了伪装出来的坚强，醉酒、赶路、质问、打架、生病，到程山坐在身边的这一刻，海子觉得自己用尽了全身的力气，强压的悲伤从身体的每个毛孔里往外冒，与苗梅梅在一起的那些画面像放电影似的一帧一帧地在眼前浮现，他就那样一会儿哭一会儿笑地喃喃着，像是诉说，又像是自语。程山静静地听着，感受着好兄弟的痛苦，也向好兄弟传递着理解。

“我没有心思上学了，我要去南方打工。”

海子切换得有些快，程山一时没反应过来，但看着海子坚定的眼神，他知道海子想通过另一种方式疗伤。

“你攒了多少工资？”海子神情木然地问程山。

“一百四十块。”

“借给我吧！”

“好！”

“如果有一天你知道苗梅梅遇到了困难，你一定要写信告诉我。”海子一脸郑重地叮嘱程山。

“你不怨她？”

“怨天怨地，只是无法怨她，刻骨铭心的……”

只有程山明白海子对梅梅的情感之深，海子认准的人，只有别人负他，他绝不会负人。

程山与海子的感情是不需要太多言语解释的，光着屁股的时候就一起玩耍。小时候他们去学校周围的地里偷瓜果，每次都是海子行动，程山放风，偶尔被大人逮住，海子从来都是一人做事一人当。20世纪80年代吃冰棍是极奢侈的事情，城里五分钱的冰棍到农村学校里就变成了七分，白色方形的冰棍箱子，一掀开里面的棉垫子上就会冒出带着冰棍香味的白汽。那个年代的小朋友远远看到带白箱子的人就会簇拥上来，买得起的孩子故意慢慢地小口舔冰棍，甜甜的味道残留在唇边，再啧啧吸两下，馋得买不起的孩子直流口水。程山自然是流口水的孩子，而海子常常会慷慨地买上两根冰棍，送给程山一根一起吃，有时只能买一根时，就会两个人靠在一起一人舔一口地吃。这种兄弟感情只有他们自己能体会，只要海子有需要，程山就会倾尽所有，只要程山需要，海子不会留一分。

海子瞒着老校长踏上了遥远的征程……

元旦过后是查干布拉格最冷的时候，刀子似的西北风毫不留情地刮过行人的脸，只有杨树上的枯枝无力地吱吱作响，做着最后的挣扎。程山裹了裹身上那件已经洗得发白的旧棉衣，瑟缩着身子匆匆地走在去学校的路上。他的眉宇间有一种难掩的担忧，是的，担忧。海子和梅梅轰轰烈烈却无疾而终的爱情给了他巨大的冲击。他能感觉到查娜对他的情愫，也深知梅梅与查娜是截然不同的姑娘——查娜带着泥土般的朴实单纯，梅梅却总透着几分按捺不住的虚荣。虽然查娜从未亲口承认他们的感情，但是他深信查娜不会轻易变心。可他这样的家境，查娜的父亲是绝不会接受的。每次想到这点，程山就会异常低落。放学后，程山与查娜在办公室像平时一样沟通学生的事情，细心的程山发现查娜眼睛红肿着，声音也有点儿嘶哑。

程山顾不得太多，关切地问查娜："出了什么事？我能不能帮你？"

查娜直摇头，却不说话。

"到底咋了？是谁欺负你了？"程山焦急地问。

查娜在程山的一再追问下才说出原因。

原来家里来了上门提亲的人，对方家境殷实，小伙子是乡里的干部，因为工作上的原因来过家里几次，一来二去就看上了查娜，昨天特意托人到家里提亲。这样的条件对于一个农村女子来说，自然是求之不得的，家里人虽然没有当场表态，但接待时的热情足以表明他们满意的程度。提亲的人走后，有些微醺的父亲问及查娜的想法，没想到一向温顺的查娜表示自己不同意，态度明确而坚定，出乎所有人的意料。

父亲生气地质问她："为什么？人家哪点配不上你？"

查娜也不回答，被问急了就开始抹眼泪。

查娜出去上学的这几年，在新华书店看过的那些书让她知道婚姻不仅仅是两个人的结合，也不仅仅为了传宗接代，而是两情相悦的牵手，是一场双向奔赴的美好。她不想像隔壁三妞那样和一个自己都不了解更别说相爱的人结婚。三妞是查娜的发小，曾经天天在一起玩耍，一起上下学，一起拔猪草，一起分享女孩子之间的那些小秘密。可是小学毕业时，三妞的二哥二刚因偷窃入狱，三妞中断了学业，回家成了家里的主要劳力。前两年二刚刑满释放，但他娶不上媳妇，成了全家的心病。好不容易打听到一个腿上有些毛病的女孩愿意嫁给二刚，上千元的彩礼钱却让全家人灰了心。媒人带话的那天三妞也在家，媒人从上到下地打量了三妞后笑着对三妞爹说："老杨，你别着急，兴许还有办法。"三妞怎么也没想到办法竟然是让她和瘸腿女子换亲，瘸腿女子有个同样瘸腿的哥哥一直娶不到老婆，指望着妹妹出嫁多要些彩礼钱好娶老婆。媒人这个一举两得的办法赢得了除三妞之外两家人的一致赞同，三妞哭着不肯答应，但最终没能拗过家人。三妞出嫁的那天，查娜去了，看着从红盖头下落下来的眼泪，查娜悄悄地离开了。后来再看到三妞时，三妞的怀里抱着娃娃，身后跟着一个走路一瘸一拐的男人，查娜上前搭话，三妞尴尬地笑着说："查娜，我忙着呢，咱们有空再说。"

听说有人上门提亲，一向沉稳的程山也激动起来，他喘着粗气，像是和谁赌气似的大声说："我今天晚上去你家提亲！"

查娜被程山吓了一跳，说："他们不会答应的。"

"那你会不会答应？"程山追问道。

查娜委屈地带着哭腔反问道："我心里对你怎么样你难道不明白？"

程山既恼火查娜父亲，又无比心疼查娜，怨恨自己逼问查娜，下意识地把查娜揽入怀中。程山的肩膀像一座山一般坚实，查娜再也没有躲闪，他们终于紧紧地相拥在了一起。那一刻，他们什么也不说，只是静静地聆听他们期待了许久的合二为一的心跳声。

窗外，一排掉光了叶子的杨树在寒风中摇曳，几只麻雀站在树枝上欢快地叫着、雀跃着，好像在庆祝什么似的……

不知不觉，寒假如期而至。冬天是如此漫长，冰冷的夜，悲伤慢慢袭来，程山独自品尝着恋爱的苦涩。

和查娜表白后没几天，他就几经周折请了查娜的大姐夫当媒人去查娜家提亲。虽然家里穷，但该有的礼仪一项都不能少。程山在查干布拉格唯一的门市部买了一张红纸、两条青城烟、两块“川”字大砖茶和一包水果糖，就迫不及待地回到家里。患有眼疾的母亲帮不上忙，程山就亲自动手剪大红“囍”字。他用手轻轻地将红纸铺平，然后按折痕裁成方块，将正方形对折后沿着同一个方向再对折一次，纸变成四层细长方形，画好图案后用剪刀将阴影部分剪掉后展开铺平，一个大红的“囍”字就成型了。程山心满意足地看着红“囍”字，露出了久违的笑容。他又拿出两瓶父亲平时舍不得喝的鄂尔多斯精装白酒，用抹布细细地擦了又擦，然后放在红躺柜面上，用事先熬好的糨糊，小心翼翼地把红“囍”字贴在酒瓶的正面，再用红绳将两个酒瓶连在一起，寓意爱人之间心连心。父亲选中的提亲吉日到了，他的内心仍然是忐忑不安的，时间好像又回到了他高考前的那个夜晚，周围的空气都凝固了，他甚至清楚地听到了自己的心跳声。母亲在旁边唠叨着，他好像听不清母亲说什么，紧张、激动、兴奋地等待着幸福时刻的到来。他沉浸在自己的幸福期待中，想象着与查娜肩靠着肩用拴着红绳的喜酒给亲戚们敬酒的场面。

尽管程山费尽心思请了在查娜家地位比较高、说话有分量的查娜的大姐夫当媒人，但依然遭到了查娜父亲的坚决反对。且不说前面有当干部的人提过亲，光程老汉这个“神倌”亲家，就不能被老支书接受。

老支书皱着眉头抽着烟，咳嗽两声后开了腔：“程山，你是个好娃娃，但查娜不能跟你。老话说了‘家有一杆神，祖祖辈辈不安生’，这门亲事我不同意，你回哇。”

从查娜家败兴而归的程山不吃不喝地在家里蒙头睡了三天，睡梦中，查娜影影绰绰，忽远忽近，迷迷糊糊中，他追赶、呼喊，但总也够不着真实的查娜。昏睡清醒之后的程山把自尊心层层包裹，不想让人知道他的忧伤，即便心碎了也要逞强。他已经暗下决心，没有人能将他与查娜分开，他要离开舒适的教书环境，用行动给他们的未来一个更好的承诺。他想到过和海子一样去南方打工，但很快打消了这个念头，他不想放弃自己原有的梦想，他想上大学。程山望向查干布拉格灰蒙蒙的天空，对自己说：“既然无法选择父母，那就让不断攀登成为生命的意义，让自己有能力选择自己的生活。”

昏黄的灯光下，程山坐在家里那张只有招待客人时才会摆上炕的八仙桌前，桌上摊开的是一本厚厚的练习册。炕的另一头，父母早已熟睡，母亲常常因身体疼痛在睡梦中发出阵阵呻吟，父亲的鼾声则一阵儿比一阵儿响亮……

程山提亲后，查娜第一次承受了来自家庭的压力。因为是小女儿，无论是父母还是哥哥姐姐都偏爱查娜，再加上查娜向来懂事听话，家里人连重话都没有说过。程山提亲被老支书拒绝后，查娜嘴上没说什么，脸色却十分难看，躺在炕上不吃不喝，只是蒙着被子哭。家里人立刻明白了查娜的心意，老支书也找到了查娜上次拒绝提亲的原因。于是，全家人轮番上阵劝说查娜，可是不管谁说什么，查娜都不吱声，只是默默地流着眼泪。

见查娜不为所动，老支书发了火："你要气死我吗？放着吃公粮的不找，你偏要找一个穷得叮当响的人？是，程山这个后生不赖，可是你看看他那个家，你们以后的日子咋过？"

查娜还是不说话，蒙在被子里的哭泣声更大了。一向说大事化小事的老支书也没了办法，看着睡在炕上软硬不吃的女儿，只能无可奈何地叹气。此时的老支书也陷入了矛盾中，坐在墙角的板凳上一根接一根地抽烟。他知道如果撇开"神倌"那个老汉，单拿程山来说是个好后生，彬彬有礼，有文化，说话办事也成熟稳重，不输乡里的干部。可是一想到那个家，老支书的心就又凉了半截，再看看炕上的女儿，老支书开始动摇了，他也担心小女儿有个三长两短啊。

转眼年关将至，小时候的程山曾经那么盼望过年，掰着指头数距离过年的日子还有几天，小小的心里曾那样渴盼那一串串红色的小鞭炮，揣在缝制得并不合身的红色小褂的兜兜里，数星星般数着……从腊月十五以后妈妈就开始忙碌张罗过年，蒸一锅开花馒头，上面点上红点，一出锅吃上一两个；在炕上擀豆面，散发着浓郁黄豆味儿的豆面，现煮现吃的那种滋味；用杵臼捣米糕，现蒸素糕，挖上一勺红糖拌匀吃，小时候的程山常常弄不明白是红糖好吃还是米糕有味道……久远的过年记忆还是停留在过去缺衣少粮的岁月，越长大越孤单的他感觉年味儿越来越淡了，人们习惯性地陷入一种盲目热闹的假象里：没完没了地吃饭、喝酒，从东家挪到西家，从日升吃到日落。女人们说着张家长李家短，间或因窥探到了别人家锅底的那层黑而掩饰不住地笑；男人们不停地喝着酒、吹着牛，唾沫星子在空气中翻飞着，最终落在其中的一道菜上，酒量大的向那些被灌醉伏案不起的人投去鄙夷的眼神……程山想不通大家这样耗时耗力到底是为什么，他看不到人们发自内心的喜悦，看不到人们真诚的祝福，看到的只是这年复一年程序化的敷衍。大年三十还有一个雷打不动的“规定动作”——上坟。作为“神倌”的父亲更是特别重视这一习俗，程山很小的时候父亲就会带着他去祖坟上磕头烧香，再三叮嘱他过年不烧纸，生活在阴间的祖先们没钱花，那是儿孙后辈最大的不孝。每一次看着父亲亲手裁剪的冥钱在父亲的念叨声中燃烧，烟雾缭绕中，程山就会想起爷爷奶奶活着的时候，每天就着咸菜吃着玉米粥的光景来，想起奶奶临死时因疼痛彻夜难眠，拍打着坑坑洼洼的土炕哀号，全家连一瓶去痛片都买不起的情景来。程山不知道是不是真的有阴间，他更想做的是让人世间的人活得好一些。

喧嚣的爆竹声中，程山一个人漫无目的地走出家门，他只是想找一个能让他内心安静的地方。不知不觉间，他走到程家梁的山圪梁上，遥远的星空布满点点繁星，星星闪着明亮的眸子，仿佛窥探出了他的心思。查娜虽近在咫尺，却仿佛远在天边。提亲见面时没能说一句话，他能感受到查娜和他一样的无奈与痛苦。分开的这段时间，他每时每刻都在想念着查娜，几乎每天给查娜写一封信诉说衷肠，可这样的信也只能写写，尽管两个村子离得很近，却没法送给她。程山轻轻地呼唤着查娜的名字，望向查娜的那个村落。绚烂的烟花在小村的上空绽放，程山内心的希望也在那一刻绽放。他想起《基督山伯爵》中最后的那句话："人类的全部智慧都涵括在这两个词中：等待和希望！"

立春后的查干布拉格依旧特别干冷，直到四月份，粉红色的桃花开满了查干布拉格的沟沟畔畔，才让人真正感到万物复苏的季节到了。从山梁上放眼望去，一湾湾一洼洼的桃花像一群群翩翩起舞的小姑娘，那妖娆的姿态把贫瘠荒芜的程家梁变成了粉妆玉砌的世外桃源。微风袭来，花瓣随风飘落在地上，微微卷曲着玲珑的身体，悲凉中带着几分凄美。日日在土里刨食的程家梁人对年复一年的花开花落早已视而不见，只有程山才会对这世外桃源心醉神迷。虽然提亲失败，但他和查娜彼此的心迹早已明了，他们相约在高考后再提此事。程山常常会拿上一本书独自坐在这片桃树林里闻着花香，画着查娜，还在画的左下方用他特别漂亮的小楷题诗：

乍暖还寒春已到，笑嫣桃花惜时抱。
淡施粉黛犹未晚，夹衫乍着云卷舒。
等闲识得春尚好，芳菲年华如水娇。
细雨迷蒙知时节，吾恋桃源梦里绕。

这种意境让他常常忘记了时间，忘记了烦忧，甚至忘记了贫穷。

不知不觉已是黄昏时分，程山远远看见一个修长的身影向自己走来，来不及惊讶，她已经站在他面前。她犹如粉嫩桃花的面庞略带些憔悴，却仍然美得动人。

“苗梅梅，你怎么来这儿了？”程山被苗梅梅的突然出现吓了一跳。

“我来找你帮忙。”苗梅梅淡淡地笑着，声音特别柔和。梅梅有时候即便只是站着不说不笑也不失妩媚动人，而此时略显憔悴的梅梅在满地桃花中显得格外温柔。程山暗自嘀咕：她问起海子该怎么办？

“程山，我想知道海子去哪儿了。”梅梅怯生生的声音几乎带着哭腔。

“海子……海子退学了。”

“为什么？他到底怎么了？”梅梅急切地追问。

“怎么了？你难道不知道为什么，还是故意不想知道？”涵养特别好的程山也无法忍受梅梅对海子的无情背叛，带着埋怨回道。

梅梅的眼泪已经无法自抑，程山是看不得女孩子掉眼泪的，他很后悔他用讽刺的语气刺伤了梅梅。“海子去南方打工了！临走时嘱咐我，让我在你有事的时候尽量帮你。”

梅梅已泣不成声。程山不知道该怎么劝梅梅，他的内心也特别难受，那么美好的一段恋情就这么断了。终于等到梅梅平静下来，梅梅把自己被秦杰欺骗、抛弃的过程委婉地告诉了程山，有些难以启齿的痛楚，梅梅轻描淡写地一句带过。程山将海子怎么回家、怎么发高烧、怎么离开的情景告诉了梅梅。此刻的梅梅心碎了，没有岁月可回头，人生没有重新来过的可能。苗梅梅泪眼看着满地的桃花花瓣，蹲下身，任凭长裙扫着花瓣，用双手捧起一捧花瓣，早已泪如雨下。

程山给了苗梅梅海子打工的地址，从此苗梅梅焦灼的内心被等待煎熬着。

桃花落尽杏花开，暮春时节的查干布拉格才有了盎然的春意，人们也开始在田间地头忙碌起来。

“梅梅，你快点儿跟上。”母亲在前面喊。有些失神的苗梅梅紧走几步，在父亲犁过的地里撒着化肥。眼看着就要毕业了，班里的公费生都是有分配指标的，其余几个自费生家里也都联系好了单位，只有自己的工作还没有着落。她知道家里是指望不上的，所以才会轻信秦杰的信誓旦旦，才会背叛海子追随秦杰。她怎么也没想到被她视为救星的秦杰却成了她永远也忘不了的噩梦。

刚认识时，秦杰对苗梅梅大献殷勤。被苗梅梅婉拒后，秦杰也不恼不怒，声称只做朋友就行。苗梅梅眼见着秦杰在三年内换了几个女朋友，但当秦杰看出她为工作愁苦后，拍着胸脯说包在他身上，并说他找那些女朋友其实是为了排遣思念梅梅而不得的痛苦，苗梅梅信了。促使她相信的理由是她知道自己的容貌足够出众，出众到可以改变她面朝黄土背朝天的命运。她真的不想把自己的命运捆绑在那一亩三分地上，海子家境不错，可那仅限于在查干布拉格，在帅气的秦杰和过上城里人生活的诱惑面前，苗梅梅情感天平另一端的海子就显得无足轻重了。她以为在秦杰的感情世界里自己会是那个例外，直到她告诉秦杰自己怀孕了，秦杰坐在椅子上晃着双腿说“没事儿，打掉就好了，我给你安排”时，直到在那个小诊所里她痛得死去活来而秦杰连个照面都没打时，直到她拖着病体在舞厅里看到秦杰和别人跳舞时，她才知道她和秦杰的前任们没有什么不同。那个时候，她想到了海子，想到了那个与她在查干布拉格山梁上奔跑、呼喊的海子，想到了那个不顾责骂、嘲笑折花送给她的海子，想到了那个从自己的生活费里节省出钱接济她的海子，想到了那个挣扎在雪地里苦苦挽留她的海子……刻骨的痛撕扯着苗梅梅的心，她常常在黑夜里睁着惊恐无助的大眼睛回想着与海子在一起的日子。

我们不能过多地苛责这个时刻盘算着改变命运的女孩所表现出来的虚荣心，有时候面包也许真的比真情重要，只是那面包合不合口就不得而知了。对于苗梅梅而言，她所期盼的面包是让她难以下咽的。于是，在得知海子因她而辍学去打工后，她再也坐不住了。一夜未眠的她写下了那封长达十几页的忏悔信。

20世纪90年代仍是车马邮件比较慢的年代，辗转收到梅梅的长信时，海子正在工地上和泥灰，南方的大太阳毫不留情地炙烤着他已经黝黑的皮肤。他拿信的手抖得厉害，汗水和泪水从他的脸上流下来，让本就布满灰尘的脸显得很滑稽，嘴里酸一阵儿咸一阵儿。“我可以等你吗？”信的最后一句让海子瞬间豪情万丈，他依然愿意做梅梅温暖的港湾，依然对梅梅有着大海般的包容。抬头仰望万里晴空，此刻的海子对曾经的过往不萦于心……海子几乎来不及思考便匆匆结清了工钱，义无反顾地踏上了归途。

那天查干布拉格的天气特别好，月光下，栖息的云儿就像一朵朵含苞待放的白莲花。梅梅在山坳里痴痴地等着海子，海子远远地就看见了他日思夜想的修长身影，他心跳得特别厉害，他感觉好像已忘记了梅梅美丽的脸庞，恍惚中脑海里只有被晚霞染成绯红的少女的嘴唇。梅梅回头的瞬间，海子已在眼前，四目相对，泪流满面，也许此时此刻说什么都是多余的。他们紧紧相拥，对于此时的梅梅来说，没有什么比海子宽阔的胸膛更让她感到踏实和安全的了。

机会总是留给有准备的人，程山考上了大学。20世纪90年代初考大学俨然是千军万马过独木桥，程山考上大学不仅在查干布拉格，就是在整个乡里都是实现了零的突破。一时之间，程山成为村里村外、乡里乡亲津津乐道的人，有说他聪明的，有说他勤奋的，更有甚者说程山高考得中是得到了“神倌”父亲的神助。消息就像长了翅膀一样，村里村外慕名而来的人络绎不绝：求财的、看病的、为孩子求功名的，五花八门。程山看着，只能无奈地摇头，这个生在“神倌”家的大学生并不相信父亲的“神论”，但他不知该怎么阻止装神弄鬼的父亲，此时的他还不太理解，父亲其实是为了他的学费才愚弄村民。即便这样忙碌，“神倌”父亲每天也要抽出时间，拿出家里平时舍不得喝的好酒走亲访友。儿子考上大学的事给他带来了无上的荣光，那些平时瞧不上他的亲戚现在见了他都会客气地问长问短，每当这个时候，“神倌”父亲都会将后背挺得笔直，那种内心渴求了一辈子的虚荣在此刻得到了最大程度的满足。

程山的母亲眯着眼睛坐在炕头上，她既为儿子考上大学而高兴，又为学费与行李而发愁。她想，无论多难也要给儿子缝一床新被褥，至少让儿子离开家后能够不受冷挨冻。做棉花被对于程家来说有点儿奢侈，她盘算来盘算去，思谋到家里的十几只绵羊，于是叫了村里的几个邻居帮她剪羊毛，梳、洗、晒、撕……每一道工序她都做得细致入微。终于到了缝制的环节，拿着从红木箱子最底层翻出来的那块原本要给儿子结婚时用的红底花布，这个朴实的农村妇女心里不由得涌上来一股庄重之感，这个家已经多少年没有过这样的大场面了。年轻时自己也是村里数一数二的巧手媳妇儿，村里张家娶李家聘，缝被子做新衣她都是被邀请的最佳人选，程山一天天长大，她梦里都是给儿子置办行李被褥的场景。按说她也应该邀请一两个人过来帮忙，可是这个不善言辞的老人决定自己一个人完成这项大工程。在她看来，越远的地方就会越冷，她担心别人絮的棉絮薄了，担心别人缝的针脚疏了。她从针线盒里拿出那根有些生锈的大针，迎着窗户高高地举起来，常年眯着的眼睛眯得更细了。她把线头放到嘴里抿湿了，举到针孔处往里穿，手总是哆嗦，以至于穿线这道程序费了程山妈好大一阵工夫。

一针一针地缝，一线一线地穿，匀称而厚实的被褥缝进了这个农村妇女对儿子无尽的牵挂，也缝进了她吧嗒吧嗒掉下来的那些眼泪。两天两夜没有合眼，程山妈抚摸着细密匀称的针脚，那一刻，岁月在她的脑海里回溯，回溯到她小时候挨饿受冻的年月。她三岁丧母，继母进门后，继母成了贫寒的家里那一床棉被唯一的拥有者，寒夜中，她只能蜷缩在旧麻袋里，没有棉被的寒夜是她的噩梦，所以她再穷也要为儿子亲手缝一床被子，她想让儿子离开家也能感受到家的温暖。

程山上学的日子到了，天刚蒙蒙亮，程老太太就着窗外的微光摸索着起了床。她其实一晚上都没怎么睡，这个大半辈子没离开过查干布拉格的农村老太太，不知道儿子要去上学的江城到底有多远，当知道要坐十几个小时的火车，只有寒暑假才能再见到儿子时，这个嘴里念叨着“虎子，出息了”的善良老人眼里的泪水还是吧嗒吧嗒地掉了下来。生火、和面、烙饼，饼在锅里嗞啦啦地响，顷刻间烙饼的香味就在家里弥漫开来。被窝里的程山闻着这熟悉的味道，早已湿了眼眶。其实他早已醒来，他用被子蒙着头，想缩短这分离前让人煎熬的时刻。他也一夜未眠，想着东挪西借凑来的学费，想着他走后父母更加艰难的生活，有那么一刻，他甚至有一种深深的负罪感。“神倌”父亲起床前总是会有一阵剧烈的咳嗽，今天也不例外，不同的是伴随着咳嗽声，眼泪、鼻涕也一起在他那张满是皱纹的脸上流淌下来。他用骨瘦如柴的手抹了一把脸，说：“真是不中用了。”声音明显颤抖着。

一家人在一种异样的气氛中吃了早饭，每个人都想表现得和平常一样，都在刻意寻找轻松的话题，却又显得那么不合时宜。好在大姐和二姐领着娃娃进了门，吵吵嚷嚷中，程山总算要启程了。母亲把烙好的几张大饼里三层外三层地包裹好，放在程山背包的最底层，一再叮嘱程山记得吃。趁人不注意时，她小心翼翼地从衣服最里层的兜里掏出包了一层又一层的手绢包，一层一层揭开，把包裹着的一张张皱巴巴的五块或十块的钞票，偷偷塞到程山的书包里。一家人前呼后拥地出了门，到程家梁垴畔上搭乘邻居杨三的四轮车去火车站。程山上了车，四轮车冒着黑烟，“突突”地咆哮着开走了，程山扭回头看时，看见母亲额前被风吹起的头发，在阳光的照耀下是那种刺眼的白……

查娜想和程山单独告别，所以她早早就来到了火车站。东胜唯一的火车站只是个小站，破败而杂乱，只有很少的列车会在这个站经停。小小的站台上挤满了操着不同口音的人，看上去疲惫而忙碌，他们都伸长了脖子向火车驶来的方向张望 ，发现是自己要乘坐的车次就互相推搡着往车上挤，不一会儿，拥挤和骚动就从站台转移到了车上。查娜看着车厢里摩肩接踵的人不由得皱起了眉，这个小站可供出售的坐票少得可怜，她知道程山买的是站票。

高考成绩出来后，查娜一方面为程山考上大学而由衷地高兴，另一方面也对自己又一次落榜感到深深的失落，同时为他们的未来感到迷茫。好在父亲得知程山中榜后感慨地说：“这个‘神倌’还真是生了一个好小子！”看似简单的一句话，其实也是对他们感情的一种默许。假期里两个人见了几面，善解人意的程山并没有过多地谈论上大学的事，只是轻描淡写地跟查娜说了说自己报考的学校和专业。

查娜一眼就在人群里看见了拎着大包小包的程山，她赶紧迎上去，帮程山拎了一个包。

“你早就来了？等急了吧？”程山问查娜，眼神里满是关切。

“没。”查娜羞涩地笑了笑。

两个人被人群裹挟着急匆匆地往前走，刚走到月台上站定，程山乘坐的那列火车就进站了，月台上纷乱起来，熙攘的人群中有人挥手，有人哭泣，有人高喊。这一刻，这个小小的站台上上演着世间的百态、人情的冷暖。查娜眼里含着泪水，嘴角却竭力上扬着，她把包递给程山。程山越过人群紧紧握住了查娜的手，另一只手从旧书包里掏出一个牛皮纸袋子塞给了查娜。查娜刚接过来，火车就徐徐启动了，程山趴在车窗上大声喊：“查娜，等我！”泪流满面的查娜追着火车，直到再也看不见车窗内的程山。查娜纵有千般不舍，也只能深深地埋在心底，因为她知道真正的爱只有互相扶持、共同成长，才能有共同语言，才能达到灵魂的契合，相伴一生。

查娜默默地走出车站，她走得特别慢，走着走着，就走到了新华书店。看书的人稀稀拉拉的，她又一次找到了白色书皮的《平凡的世界》，寻了个小角落坐在地上。她随意翻开书，轻轻将程山送给她的牛皮纸袋拆开，一幅查干布拉格校园的夜景图映入眼帘：一轮明月倚在小山旁，有溪流缓缓流过，周围的村居隐隐约约地笼罩在夜色中。画旁边题着漂亮的小楷：“山怀一枝梦，月是故乡明。”眼泪打湿了漂亮的小楷，心再也无法平静。

4

程山终于得偿所愿，成了江城纺织学院服装设计专业的新生。那份藏了许久的期盼落了地，连带着初秋的风里，都飘着几分雀跃的气息。到学校已经一周了，只要没什么事，程山就一个人在学校里转悠，他要尽快熟悉环境，尽快融入这新的生活。江城是一座海滨城市，对于程山来说，大海是他梦里都不敢想象的地方，他对海最初的印象就是沈从文先生的这段文字："再过五年后，我的住处已由干燥的北京移到了一个明朗华丽的海边。海既那么宽泛无涯无际，我对人生远景凝眸的机会便较多了些。海边既那么寂寞，它培养了我的孤独心情。海放大了我的感情与希望，且放大了我的人格。"所以，在办完各种手续后，他就迫不及待地想要一睹大海的真容。幸运的是，学校的宾馆旁边就是他曾经可望而不可即的大海。他按照同学的指点走上了那条通往海边的路——一条布满了鹅卵石的路，路的两边鲜花满径，绿树成行……然而一路走来却没见到海，路的尽头是一堵爬满了蔷薇的花墙，青翠欲滴的绿色里，一朵朵粉红色的蔷薇挨挨挤挤，争先恐后地向上爬着，向世界袒露着自己的心声。在蔷薇花的掩映下有一道拱形的月洞门，待到转出月洞门，程山的眼前突然一片海阔天空，那一刻，程山的震撼难以言说，他仿佛卸下了什么重担似的长长地吁了一口气。他倚栏远眺，烟波浩渺，海色、山色、天色浑然一体。他尽情地徜徉在桥上，桥已然在内心深处有了灵魂、有了温度。倚靠在小桥的栏杆上，海风轻轻吹拂着头发，海水的咸味丝丝沁入嘴角，惬意的灵魂深处再也难容凡尘喧嚣，此刻他早已忘记了自己的贫穷与卑微，只是默默地体味着“海放大了我的感情与希望，且放大了我的人格”的意蕴。原来一个人站在海的面前是那么的渺小，渺小到那些烦恼的事情都不值一提，胸怀一下子变得更加宽广。

这个第一次走出查干布拉格的小伙子在见识了海的博大后，又陆陆续续见识了江城的繁华。他第一次知道城市的夜晚原来可以这样多姿多彩，那些闪烁着七彩光的霓虹灯让他想起家乡街头那些形状单一、单调昏暗的路灯时不禁有些自惭形秽；他第一次知道甩着两根大辫子哐当哐当驶过城市中心的家伙叫电车；他第一次知道原来在故乡只有富有人家娶亲办事时才能吃到的鱼其实种类很多；他第一次知道最高的楼房不是他见过的东胜文化宫。他站在江城的街头，仰望着鳞次栉比的高楼大厦，有一种眩晕的感觉……许许多多新的所见所闻他还不能全部理解，但所有的一切无疑对他产生了影响。这座城市的繁华，让他更清楚地明白他生活了十几年的查干布拉格是多么的落后与封闭，原先想象的美好近在眼前，却加深了他的自卑。

距离也是一份检验爱的试卷，鱼书雁帛是当时情侣们最浪漫的记忆。程山走后，查娜就开始苦苦期盼，一个星期才来一次的邮差成了查娜最想见的人。她给程山的信是早就写好了的，深夜昏黄的灯下，查娜饱蘸浓墨，把关心、牵挂、思念一笔一画地诉诸笔端。

程山：

你还好吗？明月又洒下一抹冷冷的清辉，独挂高空，我不知明月是否也如我一般思念远方的你。静夜，独对孤灯。回想自己的历程，不禁蓦然心惊：唯你在我心。只要想你，便是怦然心动……然而你也一样在念着我吗？是否只为我的心留了一隅随时可以栖息的空间？是否还会用脉脉深情抚慰我孤独的灵魂？是否还保留着你我之间无数个期待实现的永远？寂寥明月夜，我细数甜蜜的从前……

我们剥去春的羞涩
共享晨露时光
我们抚摸夏的火热
沐浴明媚阳光
我们拉开秋的序幕
品味瓜果飘香
我们踏破冬的沉默
一起成长……
不论经历多少波折
不管经历多少坎坷
我们的爱依然炽热
我们的手依然紧握
…………

写到情深处，泪滴会轻轻地落下来，把蓝色的字迹洇染开来，一圈一圈地扩大。信写好了，是厚厚的一沓，只是她并没有寄出，含蓄的查娜觉得应该在程山来信后再作为回复寄出。

没有程山的日子显得格外漫长，查娜常常会出神地想起他们在一起的点点滴滴，想起他们彼此爱慕却都不敢表白的心照不宣；想起程山用那辆破旧的二八自行车载着她时她内心的欢喜雀跃；想起他们讨论《边城》时擦出的那些火花；想起他们互相鼓励一起学习备考时感受到的来自对方的力量；想起他们一起春种秋收，一起赏花看月，一起聊梦想、聊人生、聊未来……心灵相通、志趣相投的他们，常常会默契地脱口而出同一句话，凝眸对望良久后彼此会心一笑。

信是在程山走后一个月左右收到的，当邮差将信递给查娜时，查娜看着信封上程山那熟悉的笔迹终于忍不住了，欢喜的眼泪扑簌簌地掉下来。识趣的邮差只当没看见，赶紧扭头走了。查娜赶紧在校园里找了个无人的角落，迫不及待地打开信。内心情感丰富的程山总是羞于表达，他在信中给查娜描述了校园的概况、专业的难易、五湖四海的同学以及自己说方言的窘迫，却没有只言片语表达想念，只是在信的末尾画了一幅查娜的侧脸画像，查娜已然明了这专属于她的程氏情话了。查娜明白这就是程山，他即便内心起伏澎湃，也很少会说甜言蜜语，曾经送她的“纵使天涯隔万里，月共一轮寄情遥”“山怀一枝梦，月是故乡明”，已是最真切的情话了。

收信的激动过后，查娜也陷入了对未来的迷茫之中。原本当民办教师是想为继续高考寻找一个好的学习环境，然而，今年她又落榜了。在村子里，她这个年龄的姑娘都已经拉家带口了，她本来就比程山大两岁，程山四年后大学毕业，她的青春能不能经得起岁月的磨砺？他们的爱情能不能经得起距离和时间的考验？查娜是困惑的，甚至落榜后的查娜有几分自卑，她感觉自己与程山已经拉开了差距，跟不上程山的步调，他们的爱会不会长久？

程山收到查娜的信，正值农历中秋节，学校放假，朝气蓬勃的大学生们三五成群地逛江城，而程山却又一个人来到了海边，再一次感受海纳百川、有容乃大，感受一种无法言说的震撼与一种久违的感动。吹着清新凉爽的海风，程山顿觉神清气爽、心旷神怡。他脱下鞋，无拘无束地踩在细软的沙滩上。他坐在沙滩上，遥望着水面上缓缓行驶的轮船。汽笛声牵动着他的思绪，也牵动着他对家的思念。他想着查干布拉格的查娜，真希望查娜此刻能与他一起坐在海滩上。夜幕悄悄降临，浪花也渐渐变得轻柔起来，轻轻拍打着沙滩，仿佛在向沙滩亲昵地倾诉它这一天的奔波。程山沉浸在对大海的无限遐思中，他生怕错过了此情此景，赶紧从书包里拿出铅笔和稿纸："近处海水清晰可见，远处茫茫山色、天色幽清淡远，一轮明月从东海那边冉冉升起，深奥莫测，我才知道'海上明月共潮生'之妙。"这段写毕，他又转行写下："海上生明月，天涯共此时。情人怨遥夜，竟夕起相思。"画的左下角小小的署名"程山"和"查娜"中间，用心形连接了起来。

一九九二年又是一个春天

有一位老人
在中国的南海边写下诗篇
天地间荡起滚滚春潮
征途上扬起浩浩风帆
春风啊吹绿了神州大地
春雨啊滋润了中华故园
啊，中国
你展开了一幅百年的新画卷
捧出万紫千红的春天
……

秋风秋雨秋渐远，花开花落又一年。大江南北都在唱着这首激动人心的歌，海子也成了这浪潮中的弄潮儿。人生没有无用的经历，他南下打工的苦痛经历为他未来的发展奠定了坚实的基础，现在的海子在建筑工地上干得风生水起。想当初海子在南方当小工，爬上爬下，搬砖铲泥，晴天一身土，雨天一身泥，吃了上顿没下顿。就是在那段身心俱疲的岁月里，他既锻炼出了小工的耐力，也学会了技工的技术，还学会了包工头内外协调的管理能力。回到东胜这座亟待开发的小城，他自然是如鱼得水。

海子是个敢想敢干、说干就干的人，他组织了查干布拉格的十几个同学，组建了施工队，自己当上了包工头。

那时候，小城处于大拆迁、大建设的特殊时期，农村大量剩余劳动力迫切需要进城务工，像海子这样的包工头便应运而生。那时候兄弟们还不习惯称呼海子“李总”，还是觉得“海哥”喊着顺口。随着生意越做越大，海子的排场也越来越大，查干布拉格的兄弟们也不敢再喊“海哥”，直接叫成了“海总”。

与海子再次走到一起的苗梅梅，由于背着沉重的负疚感，总是事事迁就海子。海子白天在工地上忙一整天，晚上经常周旋于小老板们的觥筹交错、迎来送往中，等到回家时早已是酩酊大醉，根本无暇顾及梅梅的感受。在他的心里，梅梅已然是自己的老婆了。梅梅内心莫名的痛苦与迷茫无处诉说，眼看自己大专马上毕业了，工作的事没有任何着落，与海子的情感也已失去了从前的味道，他们甚至没有了共同话题。原本梅梅在学校是个孤单的人，女同学嫉妒她的天生丽质，嫉妒男同学们总是围着她转，善良质朴、胖乎乎的小学同学玉梅是她唯一的知心朋友，成了她倾诉苦闷的对象。男同学们对她或是倾慕或是垂涎，众多追求者失败后也会产生一种“吃不到葡萄说葡萄酸”的失衡与不怀好意的轻蔑，再加上她与秦杰的事，让她在学校成了同学们八卦的谈资。梅梅原以为就算全世界的人都不理解她，海子也会始终站在原地等着她、呵护她，然而她见到的海子已不是原来那个为她打架、为她付出一切的海子了，而她也不再是查干布拉格那个没有任何要求、单纯美丽的小姑娘了。孤单的她一次又一次地纠结、挣扎，一次又一次地回忆与海子的点点滴滴，悲伤与喜悦混杂，痛苦与甜蜜相间，青春的天真渐渐变成了灰色的轨迹，潺潺溪水声的回音依然隐约可闻，梅梅依然美丽，然而美好的一切都过去了，梅梅觉得他们俩再也回不去了。

在苗梅梅的数次央求下，海子终于抽出时间陪梅梅一起回到了查干布拉格。春夏之交的查干布拉格不只有桃花谢了杏花红的艳丽，大大小小的山坳里还有许多不知名的野花。有一种远远就能闻出花香的淡紫色花草，梅梅特别喜欢，特意从书中查找过，它与紫丁香相似。紫丁香通常为四片花瓣，传说如果能找到第五片花瓣就能获得“幸运之爱”，如果两个相爱的人将这花吃了下去，男生就会对所爱的人永远不变心。梅梅对此传说深信不疑，她舍不得与海子的感情，她想做最后的努力，用紫丁香的花语唤醒海子关于她的记忆。

回去的那天中午天阴沉沉的，山坳里的柳枝已吐出了隐约可见的新芽，几只彩色的鸟儿在柳枝头上，叽叽喳喳，飞来飞去，也许是飞得累了，扇动着翅膀在更高的柳枝头休憩，柳条晃动着，鸟儿也跟着一晃一晃的，就像是在荡秋千。

山风卷起丝丝凉意，梅梅穿着玫粉色的风衣，涂了粉红色的口红，她原本特别白皙的皮肤显得格外亮眼。她挽着海子的胳膊掩饰着自己内心的忧郁，笑容可掬地闻着花香，托起紫丁香的花瓣，柔和地向海子诉说着美丽的“幸运之爱”。海子却懒洋洋地应付着梅梅，心里算计着承揽新工地的价钱，他感觉梅梅无聊至极。梅梅怂恿海子陪她寻找紫丁香的第五个花瓣，海子显得很不耐烦，脸上勉强挤出一丝笑容，心里却在嘲笑梅梅幼稚，耽误他工地上的大事。梅梅明显感觉到了海子的不情愿，失望、失落的她抑制不住自己的情绪，坐在地上开始无声地流泪。少年时期的海子是见不得梅梅流泪的，他会想方设法哄梅梅。然而，时过境迁，成熟的海子对梅梅无缘无故地流泪感到无法理解，坐在山坳里闷声不说话。少年时的海子曾多少次在她耳畔低声说着情话，她曾多少次娇嗔地拍打着海子，许下爱的诺言。

梅梅越想越伤心，说道：“海子，我们分手吧！”

海子吓了一跳：“你在胡说什么？”

“我说我们分手吧！我们都已经长大了，再也找不到从前的感觉了，我们都变了！”说完，梅梅泣不成声。

一头雾水的海子睁大眼睛，说：“是你变心了哇，我从来没变过，是你又找到比我强的人了哇？”

梅梅感觉此时此刻与海子说不明白，他们已经不是十五六岁时的两小无猜了，那时他们不说话也能明白对方的心思，而现在既无法同频也无法共振。天公也仿佛听懂了小姑娘的悲伤，淅淅沥沥地下起了雨，也许只有此刻的细雨能读懂梅梅满腹的心事，陪伴着梅梅内心隐隐的幽怨、寂寞与凄凉。

青春有时就像是一阵风雨，无情袭来又猝不及防地离去，就当是我们美丽温柔的梅梅在这场风雨里得了场感冒吧。

程山的父亲在一次外出给人“治病”返回时不幸跌落到山谷中，被羊倌发现时已是奄奄一息，成天算命的老“神倌”算来算去怎么也没有算到自己的命会丧在“算命”的路上。他没来得及与自己最疼爱的儿子道别，也没来得及安排好老伴儿的生活便撒手人寰。

车马邮件慢的年代，程山收到父亲病危的电报时，父亲已经去世一周了。程山心急如焚，连夜买了火车票。站了十几个小时的程山几经周折回到了程家梁。他站在垴畔上，远远地就听到了女人们撕心裂肺的哭喊声。他一口气跑回家，大门口搭了灵棚，他的两个姐姐跪在地上号啕大哭。他呆呆地站着，半天才反应过来父亲已经死了。父亲的灵柩冷漠地横在他面前，他无法相信曾经精神矍铄、谈笑风生的父亲就躺在里面，他匍匐在地上哭出声来，内心千万次怪自己的不孝，怪自己没能快一些回家。然而，一切都已晚了，程山与父亲已经是阴阳相隔，他原来根本不知道自己如此离不开父亲，他曾经那么讨厌父亲的神鬼之说，然而现在，他却感觉自己家的天塌了，他突然感觉无依无靠了……

作为家中唯一的男孩儿，程山在承受着丧父之痛的同时，还要承担起操办父亲后事的重任。农村的丧事过程冗长而复杂，每天都有亲戚邻居来吊唁。每有人来，披麻戴孝的孝子孝女就要跪在父亲的灵柩前号啕大哭一场，几天下来，程山和两个年过四十的姐姐已哭哑了嗓子。两个姐姐没有念过书，只知道扯着已嘶哑的嗓子哭，帮不上什么忙。第一次经历生离死别的程山在东奔西跑中迅速成熟起来。

出殡，在查干布拉格叫“出山”。程山回来之前，他的姐夫已请阴阳先生择好了出殡吉日。出殡之前，先要“动灵”，来送葬的人们按照与死者的亲疏远近依次跪下给死者烧纸钱，与死者做最后的告别。棺椁抬走之前，近亲属要再一次哭丧，在村里人看来，哭声的响亮程度是子女孝心的一种表现。“大大呀，大大呀，你好狠心哪，留下苦命的女儿怎么活呀！”程山在两个姐姐撕心裂肺的哭喊声中无声地抽泣。

“起灵——”在阴阳先生拖长了的音调中，在姐姐和女眷们拖长了的哭声中，几个村里的壮汉抬起了老“神倌”的棺椁。程山一手抱着瓷罐，一手举起裹着麻纸的

“哭丧棒”，神情木然地走在棺材前头，他要领着大家送父亲到人生的终点。

荒草萋萋，程山长跪不起，在阴阳先生抑扬顿挫的声音中，灵柩被抬到了墓穴里，一抔黄土掩埋了他的父亲，那一刻程山感到了彻骨的寒冷。送葬的人群喧嚣而杂乱，但程山感到无比孤独，他知道从这一刻起，他要以一个男人的姿态撑起他这个风雨飘摇的家。

老“神倌”的丧事折腾了三天三夜，程山几乎跪了三天三夜，他的膝盖已经红肿，瘀血一丝丝地渗了出来，但他仍然一次次地跪下、站起，站起又跪下，一方面程山知道父亲生前对死后的仪式特别在意，另一方面对他来说，也许这是对死去的父亲最后的孝顺了。父亲的后事办完了，程山在半昏迷的状态中睡了一天一夜，醒来时老母亲守在他身边抹眼泪，以为他病了，其实他是累倒了。他甚至没来得及好好消化这突如其来的打击。父亲的猝然离世，像一记重锤砸醒了他——人生在世，除了生死，原是没什么过不去的火焰山。眼下容不得他沉溺，得赶紧理清头绪，先把母亲安顿妥当。往后上学的学费、生活费，都得靠自己想辙了，他再也没有可以依靠的人了。

程山与两个姐姐商量母亲以后的生活，他提出想让母亲跟着姐姐一起生活，他的两个姐姐推三阻四，全是困难，顺带抱怨起死去的父亲重男轻女不让她们念书的事来。程山看着刚过四十岁便满脸褶子的姐姐们，再也不忍心为难她们，他知道她们的生活过得的确是一塌糊涂，退学养家、照顾母亲成了程山此时唯一的选择，他不能丢下年迈的母亲不管呀。

老“神倌”一发生意外，查娜就听说了。在查干布拉格这个小地方，只要有一点儿风吹草动，一天之内消息就会传遍整个村子，更何况是这种摔死人的大事呢。出殡那天，查娜本想去程家吊唁，怎奈老支书下了死命令。碍于父亲的面子，也碍于村里人的说法，查娜只能痛苦地等待，她多想陪在程山的身边，哪怕是去安慰一下也好。

程山终于处理完了父亲丧事后的诸多琐事，打点清楚家当，他才知道他们家真的是一贫如洗，他没有选择，他绝不能丢下母亲去上学，尽管上大学是他的梦想。父亲的事也让他明白了“子欲养而亲不待”的遗憾，放弃上大学对他来说是最痛苦的抉择，但他只能把这份痛苦悄悄地放在心底。

冷冷清清的早晨，程山收起了自己的疲惫与凌乱，去查干布拉格民校见查娜。查娜见到程山时惊呆了，整个人瘦了一圈，黑色的上衣空空荡荡，几乎可以再装下一个程山。

查娜心疼地背过身擦眼泪，程山故作轻松地笑着拍着查娜的肩膀：“怎么哭了？伤心的事情已经过去了。”

“嗯，我什么也没能帮上你。”查娜为程山父亲的事没有帮上忙而歉疚。

“出去走一走？”程山的嗓子有点沙哑。

“嗯……”两个人一起走出校园，边走边聊。程山不想让查娜看出他的落寞，淡然地说：“我准备退学了。”

“你胡说什么！为什么？”查娜焦急地停下脚步，“放弃你梦寐以求的理想，你曾经夜以继日地苦学不就是为了上大学吗？”

“我不能丢下我的老母亲。”程山再也难以掩饰无奈与辛酸，说到母亲时他泪流满面。

查娜着急地用手拽着程山的胳膊，焦急地说：“无论如何你也不能放弃上学，会有办法的。”

“实在没有办法了，大姐和二姐都不肯照顾母亲，我理解她们也是实在无力照顾。”程山的声音低沉而无奈。

“我替你照顾你妈，你安心去上大学！”查娜语气坚定地说。

“你照顾我妈？那可不行，我不能连累你。”程山内心无比感动，他深爱的查娜内心是多么的善良。

程山告诉查娜他的打算：退学后，他准备与查娜结婚，带着母亲一起生活。他不甘心这样的命运，但面对一贫如洗的家、眼巴巴瞅着他的老母亲，他不得不放弃他的梦想。

“我会等着你毕业，从今天起，你的母亲就是我的母亲。”查娜平静地说，一副胸有成竹的样子。

“可是你的父亲不会同意的。”程山深情地看着查娜，他舍不得让查娜为他受任何委屈。

“我自己的事自己做主。”查娜从未有过地坚决，“还有，你不用担心你的学费，每月发了工资我寄给你。”

程山不知道该说什么，说什么都无法表达他此时的心情，悲伤与喜悦夹杂，等待与希望并存，他走上前，将查娜紧紧地拥入怀中，流下了父亲去世后已经不知流过多少次的泪水。

查娜从未如此坚定地承诺过任何事，连她自己也弄不清楚从哪里来的勇气，她心里明白自己在做什么，也明白自己能做到什么。她可以为程山付出一切，一方面，她深信程山值得她付出一切，她不想像查干布拉格的农村妇女一样围着锅台转一辈子，不想过苟且的人生，程山背负着查干布拉格全村人的梦想，也背负着查娜的梦想，她希望程山未来能够有尊严地体面地活着。另一方面，她与程山青梅竹马，连接他们的不只是爱情，还有友情、亲情、悲悯之情……

晚上回到家里，查娜向父亲坦白了自己的想法。从前默许她和程山的感情，是因为程山上了大学，而现在情况变得复杂起来。查娜已做好接受父亲暴风雨般大发雷霆的准备，可是出乎她的预料，查干布拉格德高望重的村支书此刻却异常平静，只是来回踱着方步、抽着旱烟，唉声叹气。看到父亲默不作声，查娜心里反而失去了原来的底气。空气仿佛凝固了，家里安静得没有一丝声响。

查娜又焦急又委屈，不由得抽泣起来。老支书蹙着的眉在慢慢舒展，看样子是经过了一番思想斗争后有了结果。

他终于开了口："女子，你不要哭了。当年查干布拉格人救了你爷爷的命，又给了我们一个家。乡亲们不排外，各族群众亲如一家，我们在这里生活了几十年，得到过多少人的帮衬，我心里明镜似的。我为什么给你起名叫查娜，不仅因为查娜的汉语意思是'珍贵的花'，更因为查干布拉格这块土地养育了我们，所以你的名字里有一个'查'字，无论什么时候我们都要记得我们是查干布拉格人。上一任老支书培养我入了党，手把手带着我做工作，查干布拉格的乡亲们信任我，让我当这个村支书，我是日思夜想盼着查干布拉格好呀！党的政策越来越好了，咱们老百姓的日子也越来越好了。可是咱们农村的人才还是少呀，我活了这么多年，也没见过几个大学生。程山不是程家的大学生，他是咱查干布拉格的大学生呀！答不答应你们来往是一回事，帮不帮他是另一回事。"巴图老汉说着熄了旱烟，把烟锅子在鞋帮子上敲打着，磕掉了烟灰。老支书不愧是村子里的带头人，在大是大非面前还是识大体、有格局的。"我主要是看不上老'神倌'，家有一杆神，影响几代人。”老支书又装了一袋烟，声音越来越平和，“你帮程山照顾老娘我没意见，但你们俩的事你要慎重考虑，你年龄也不小了，比程山还大两岁，等他大学毕业后如果有什么变数，你不是白白等他几年？”

查娜明白父亲的良苦用心，但还是很坚定地说出了心里话：“程山不会变心的，即便有什么变数，我也不会后悔！”

老支书无可奈何地叹了口气，满脸的褶子拧成了一团，算是默认了查娜的选择。那声叹息里裹着说不清的滋味，像是妥协，又藏着几分无力的怅然。

查娜说通了父亲，与程山安顿好他母亲的日常生活，再一次送程山去火车站。还是那条熟悉的土路，他们俩走得特别慢，遇上坑坑洼洼或上坡路时，程山舍不得让查娜下自行车，他宁愿累着也甘愿推着车带着查娜走，他多想为查娜多付出一些，让查娜为他分担生活的困难，在他心里有太多的不舍。对于查娜，除了少年时期懵懂的暗恋、彼此情投意合的爱情，而今又增加了无法忘记的恩情。

小城的冬天冷清而寂寥，路过小城的一家录像馆，苗梅梅不由得驻足。七八级浅浅的石头台阶，几张斑驳的海报，和当年她与海子一起偷偷来这里看录像时的样子没什么区别。它就那样站在梅梅面前，一副老熟人的样子，显然它比苗梅梅走得慢。

“女子，进来看，刚到的港片。”店主还是那个胖胖的大婶儿，只是脸上多了些脂肪都撑不起来的皱纹。

梅梅摆了摆手，赶忙离开了。还是在查干布拉格上学的时候，海子领着她偷偷进城，那也是她第一次看录像，五毛钱一场，他们俩看了一个多小时。片名她已记不清了，但她记得录像厅里灯光暗下来后，黑魆魆的空间里顿时响起了港片里充满了英雄主义情怀的音乐。黑暗中光影交错，剧中正义感爆棚的古惑仔总是在打人或被打的路上，她紧紧地握着海子的手，海子安慰她“别怕”，可手心里也都是汗。

冷风将梅梅从记忆中拉回了现实，她紧走了几步，拐上了回家的小巷。梅梅大专毕业半年多了，半年里梅梅东奔西走，到处找工作，她在大街上发过小广告，在文印店里做过打字员，在小食堂里当过服务员……微薄的收入让她月月入不敷出。失眠的夜常常伴着梅梅，她不知道这样颠沛流离的日子什么时候才能结束。最后，在表姐的介绍下，她在一家财务公司找到了工作。有了稳定的收入后，梅梅从表姐家借住的小南房里搬了出来，临走时，梅梅认真地清扫了房子的每个角落，那扇只有两块玻璃的窗户被她擦得锃亮。

表姐出来送她，说：“外面住得不舒服了，就回来。”

“嗯。”梅梅有太多感激的话想说，却一句也说不出来，她努力地想给表姐一个微笑，但心里却是五味杂陈，那个微笑最后被扭曲成了一个无法描述的表情。

梅梅将简单的行李搬到了新租来的小南房里，这间月租金五十元只有十几平方米的房间，在放完一张床后地方已所剩无几，她折腾了半天挪出一个巴掌大的角落，正好可以安放一个可以做饭兼取暖的火炉。火炉不大，安起来却颇费周折，没有人帮忙，梅梅一个人上上下下好不容易才固定好了火炉。爱美的梅梅在床边搭了一个架子，上面用一块粉色旧桌布遮盖起来，显得小巧精致。她把小镜子、面霜、香皂等女孩子用的东西放在架子上，把自己的衣服和行李放在床上。梅梅喜欢淡淡的肉粉色，床单、小窗户的窗帘都是淡粉色的，收拾利索后，小房间竟也焕然一新。

在经历了感情与生活的双重磨难后，梅梅再也无心关注自己的美丽，她常常莫名其妙地伤感，她再也不是那个单纯天真的小姑娘了，再也无法轻易相信一个人，甚至不相信有真正的爱情。她在新单位里沉默寡言，埋头工作，很快得到了领导苏平的赏识。苏平外出工作时喜欢带着温文尔雅且工作细致负责的苗梅梅，朝夕相处中苏平对梅梅产生了一些异样的情愫。苏平个子不高，头脑却特别灵活，情商高，会说话，精于人情世故，想问题比较周全，做事也特别成熟。梅梅隐隐约约意识到苏平对自己的特别之处，在工作相处过程中，梅梅也很佩服苏平业务上的精通及为人处世的圆滑，他既没有海子直来直去、没心没肺的不成熟的傻气，也没有秦杰花花公子的轻浮，可她尘封的心已难再起涟漪。

再次被分手的海子怎么也想不明白梅梅与自己分手的原因，他自忖对梅梅已仁至义尽。虽然心里依旧放不下梅梅，但他一时也放不下自己的面子，再加上生意越做越大，每天大大小小的酒局越来越多，让他一时无暇顾及和梅梅的这段感情。在这座小城市，人们十几分钟就可以到任何一个角落聚集，因此无论是同学、朋友还是亲戚家人，常常喜欢聚在一起喝点儿小酒，做东的人以客人多喝为荣，觉得只有客人喝多了、喝醉了才算把客人招待好了。因此，“感情深一口闷”“握十次手不如喝一场酒”的劝酒词也成了活跃在酒场上的人们的口头禅。像海子这样直爽仗义的人，一不小心就会喝高了，三天一大醉两天一小醉成了他生活的常态。深夜醉酒的海子，一个人回到黑魆魆的院子里时，总会想起从前无论多晚，梅梅都会为他亮着一盏灯，都会在他进屋后递给他一杯浓酽酽的茶帮他醒酒。“不能再这么喝了，身体会受不了的。”梅梅总是这样嗔怪他，那时候他觉得真烦，可现在不知为什么却想哭，他常常忍着把眼泪憋回去，任嗓子里发出奇怪的哽咽声。

随着赚的钱越来越多，海子也慢慢张扬起来，但与生俱来的那种淳朴厚道却没有变，只要查干布拉格的亲戚邻居打招呼，豪爽仗义的海子不管工地上是否需要人，都不会拒绝。跟着海子打工的年轻人越来越多，工地上也有了浑水摸鱼的闲散人，这些人最擅长的就是跟在海子后面溜须拍马。在这些真真假假的吹捧声中，一时难辨真假的海子渐渐膨胀起来，一不顺心就会对身边的人吆五喝六。海子以为自己这是真性情，并不知道一些表面上唯命是听的人，暗地里一有机会就会挖墙脚。

和海子从小一起长大的常建军是海子除了程山之外最好的哥们儿，建军不是爱学习的人，却喜欢嫉妒别人。他初中毕业后就开始在城里摸爬滚打，有些小心机，再加上能说会道，跟了海子后自然成了海子的得力助手。

小城的冬夜，风凛冽地刮着，路上稀稀拉拉的行人急匆匆地往家赶。西部酒吧却是另一番景象，喧闹与嘈杂让这里显得热气腾腾。此刻，苏平带着苗梅梅与客户正在西部酒吧吃饭。西部酒吧在东胜也算是小有名气，这里既可以吃饭，也可以听歌、唱歌、跳舞，年轻人都喜欢来这里小聚。海子与建军带着一帮人也在这里喝酒，昏暗的灯光夹杂着喧嚣的声音，舞台中央一个留着长发的男子在声嘶力竭地唱着《让我一次爱个够》，一群穿着牛仔裤的年轻人在舞池里扭动，霹雳舞、闪电舞、太空舞……五花八门的舞步中叠加着一个躁动的时代，摇摆着小城人的热血和欲望。

白酒加啤酒的轮番互敬，海子已半醉半醒，他摇摇晃晃地站起来要上卫生间，建军小跑着跟在后面搀扶。海子甩开建军的手，喷着唾沫星子大声说："起开，我没……嗝……喝醉……"尽管如此，建军还是忠于职守地守在卫生间门口等海子出来。洗完手的梅梅刚直起身子，用手捋了捋额前的头发，却在镜子里看见了海子微醺的脸。梅梅慌乱地想要逃避，却已经来不及了。

海子径直走向她，拉扯着梅梅的袖子质问她："苗梅梅，你为什么和我分手？为什么一次次地伤害我？"

梅梅惊吓之余赶紧扶住摇晃的海子说："你又喝多了。不要问这些了，说这些有什么用！"梅梅半搀半拉着海子从卫生间出来。

建军看见海子被一个女孩子拽着胳膊，赶紧跟着海子问："怎么回事？"

"海子喝多了哇！"

建军与梅梅已多年未见，只是感觉这个漂亮女孩有点儿眼熟，却没认出是梅梅。梅梅却一眼认出了建军，建军的长相与上学时基本没变，只是身材更健壮了些，脸上的稚气褪了些。

“你是常建军哇，赶紧领着海子回去哇，不能让他再喝了！”

“好……好……”建军边应着边偷偷瞟着梅梅。

海子仍拉扯着梅梅不肯放手，不停地质问梅梅：“苗梅梅，你告诉我到底为什么？”

等不到梅梅返回的苏平不放心，出来找梅梅，正撞见海子与梅梅在拉扯。苏平以为是醉鬼在纠缠梅梅，顿时火冒三丈，不容分说猛推了海子一把。原本就摇摇晃晃的海子被苏平这么一推搡，重重地摔倒在了地上。梅梅顾不上解释原委，赶紧拉着苏平离开西部酒吧。摔倒在地的海子骂骂咧咧的，几次挣扎着要起来，身体却不由自己控制。酒吧里的人们不知道发生了什么事，都扭着头向卫生间的方向看着。建军害怕事情闹大，连拉带拽地扶海子出了酒吧。一出酒吧，一股冷风吹过来，海子在马路边的树坑里吐了个翻江倒海。

被海子折腾了大半夜的常建军回家后失眠了，再次见到从小仰慕的苗梅梅对他来说简直是惊为天人，梅梅那泛着红霞的脸庞一直在他眼前晃动，披肩长发自然散落，不经意间被扫了一下，触电般的感觉让建军心潮澎湃、回味无穷。他暗暗下定决心，既然海子放弃了梅梅，他一定要想方设法追求苗梅梅。

查干布拉格的天空又飞舞起了晶莹的雪花，凛凛寒风拨弄冰冷的琴弦为她伴奏，让人们感到无比的清冷。查干布拉格生火起灶主要靠煤炭，家家户户升起的缕缕炊烟让寒风中的小村子有了丝丝暖意。善良朴实的查娜不顾邻居的说三道四，不顾母亲的唠叨，每天一下班就行色匆匆地赶去照顾程山的母亲。老人家病了，查娜不敢写信告诉程山，她不想让程山为此分心，那么远的路程，来来回回交通也不便，徒增程山的烦恼。查娜一个人默默地承担起了照顾老人家的重任。程山的母亲每次见到查娜总是免不了一番唏嘘："哎呀，娃娃，婶子拖累你啦。我是修了哪辈子的福分呐……"说着就用那双粗糙的大手摩挲着查娜的手，兀自流着泪，泪中有对查娜的感激，也有对程山的想念。

糜米饭烩酸菜是查干布拉格人冬天饭桌上的主要食物。入秋后，每家每户都会套上牛车、马车进城拉回一车大白菜，整整齐齐地码在院子里。把腌菜的大缸清洗干净后，这项秋收之后最重要的工作就开始了。哪家买了多少斤，哪家买得便宜了，哪家买得品相差了，是女人们边腌菜边热议的话题。农历年前杀猪更是每家每户的一件盛事，主家早早请好了杀猪的人，提前计划该请谁来帮忙，该请谁来吃这第一顿猪肉。被请的人是一定要回请的，没请的也计划着给装盘送过去，平日里再节俭的人家，也会在这一天大大方方地招待每一个人。主家天不亮就起来了，将早已在户外搭好的简易炉子生起火，大铁锅里的水沸腾了，冒着热气，就等着给上锅的猪煺毛呢。孩子们格外兴奋，上蹿下跳地看大人们追着猪满圈跑，听猪临死前绝望的嚎叫，围着大人们等猪尿脬被挖出来的那一刻，便上去哄抢着互相追逐当球玩。及至下午两三点，杀猪菜上桌，人们被足足吊了一上午的胃口终于可以得到满足了。已经喝得脸红脖子粗的男人们吃着大片大片的肥肉开始互相吹嘘，酒量、肉量、饭量、力量都是可以拿来比较一番的；女人们则议论着谁家猪的分量大、谁家做的菜味道香……这慷慨的一天过后，人们将肉该腌的腌了，该冻的冻了，以后的日子就该计划着吃了，往后一年的油水就指着这些呢。

程山家那一年的油水在父亲的丧事上已经用完了，没有油水的烩酸菜让本就在病中的程山母亲更是食不甘味。查娜为了给老人改善伙食，只能就地取材，在程山家土豆窖里储藏的那些土豆上动脑筋。查干布拉格干旱少雨，沙地种植的土豆又沙又糯，村里的人家无论光景好坏，土豆成了每天必做的一道菜肴，烩酸菜、炒土豆片、炒土豆丝、蒸土豆丸子、熬小米土豆粥……尤其是穷人家更是离不开土豆。为了让病中的老人吃得下，查娜将土豆煮成泥，加到小米里熬粥，临出锅时在粥里滴了几滴麻油，热乎乎的粥让程山妈直咂嘴。安顿老人睡下后，查娜趁着天色将黑未黑之际赶紧回家。冬天天短，二里地的路程，紧走慢走天就黑了。查娜害怕走夜路，不远不近的坟地总让她胡思乱想，只有看到村里家家户户房顶上冒起的缕缕炊烟，她的内心才会踏实下来。每当这时，查娜就会想起外地人笑话伊盟人的那句话来："看不见烟囱冒烟就哭得哇哇的……"查娜这样想着，不由得笑了。

雪花断断续续地飘洒了几天，空气格外清新，查娜静静地坐在办公室里翻阅学生的作文。每当批改学生作文时，查娜总是感慨不已，恨自己水平有限，不能给孩子更多的指导。虽然村里的学生没有课外图书，阅读量有限，但大自然是最好的老师，他们质朴的文字总让查娜感动。孩子们笔下，查干布拉格春天的花、夏天的雨、秋天的向日葵、冬夜里熠熠生辉的星星，都那么生动有趣。她不由得又一次翻开程山送给她的《边城》。其实，查娜已经不知道自己读过多少遍了，有时候只要有点儿空闲就会随手翻翻。有的经典名句，她早已熟稔于心："火是各处可烧的，水是各处可流的，日月是各处可照的，爱情是各处可到的。"读着这些文字，查娜的思绪不由自主地飘向程山信中给她描绘的那片大海，让她纯洁的内心泛起淡淡的忧伤、思念……

小村缕缕炊烟还在雪中轻轻飘散
童年的记忆在岁月更迭中或深或浅
窗外拍着翅膀的麻雀不懂我的思念
依然在干枯的枝丫上叽叽喳喳闹翻了天
分别时的温暖瞬间依然在脑中盘旋
小村里的守候或是一轮明月
但愿寒夜里的星星捎去我对大海的思念
春暖花开近在眼前
等待与希望一起沉淀……

查娜的笔尖情不自禁地流露出自己的忧伤与思念，还有一丝丝不安。爱情是无处不在的，程山的心里是否如自己这般深爱着她？会不会随着时间与距离变成一种感激或是一种愧疚？查娜的担心也确实不是自寻烦恼。人生中有许多解释不清的东西，女人的感觉有时特别灵验。此时的程山正经历着内心的煎熬与情感的挣扎。

20世纪90年代虽说已实现了自由恋爱，但还是男追女居多，女追男也只是局限于悄悄暗示，女生明目张胆地追男生还是少数，而程山的大学同学江晓冰就是少数中的一个。江晓冰在纺织学院是一个特立独行、标新立异的人，她天资聪慧，充满青春活力，敢说敢做、敢爱敢恨，既有男孩子的率真果断，又有女孩子的诗情画意。她走在同学中间，即使不说话也自带光芒，她长相不是特别漂亮却十分亮眼，穿着打扮也属中性，短发让她显得很干练。面对这么优秀的女生，能抵挡得住她追求攻势的男生应该不多。对于程山来说也一样，即便有青梅竹马且感情非比寻常的查娜，程山也不知道应该怎么拒绝江晓冰，或者说不忍伤害这样一个有个性的女孩。自从江晓冰向他大胆表白后，他总是故意躲着她。江晓冰和他说话时，他总是闪烁其词，答非所问，心里却早已成了一团乱麻。一个人的时候，他在心里狠狠地谴责自己见到江晓冰时的悸动与慌乱，他觉得自己仿佛跌入了一个深深的漩涡，不停地旋转，却没有方向。对查娜愧疚多于思念的感觉让他痛苦不堪。看着查娜每次报母安、写满思念的信，他不知道该怎么回复，他常常在摊开的信纸前一坐就是几个小时，他甚至不知道他和查娜这段单调平淡的情感能否抵得住江晓冰那汹涌的热烈。

多姿多彩的大学校园生活让程山焕发出了从未有过的活力，他在查干布拉格土操场上练出来的投篮技术，在这里得到了充分的展现，他被推荐为校篮球队队长。课余一有时间，程山就活跃在篮球场上，成了围观女生眼中的焦点。江晓冰是不满足于当观众的，她总是穿着一套红色运动衣奔跑在篮球场上，成为一道与众不同的风景线。虽是女生，体力上略显不足，但她的机敏灵巧让她的球技并不输于男生。

又是叱咤球场的一天，江晓冰一上场，只听“咚”的一声响，球从同学手中扔向半空中，早已有所准备的江晓冰纵身一跃，伸手奋力将球抢到手，然后将球抛向篮球架左边的程山，球不偏不倚，正好落到程山的手里。接过球的程山没有犹豫，迅速带着球跑向对方的篮板正下方。对方球员见势不妙，飞快扑防过来。江晓冰心急如焚地想跑过去助程山一臂之力，哪料动作过大没有刹住脚步，与程山撞了个满怀，两个人相撞顺势倒地，一向落落大方的江晓冰也瞬间红了脸。程山更是窘得不行，脸烧得像火一样滚烫。他赶紧从地上爬起来，有心想拉一把江晓冰，却又犹豫着没敢伸手。犹豫间，江晓冰自己已经站了起来，场外的同学嗷嗷地叫着故意起哄，她不以为意地拍了拍身上的尘土，又跑向了球场中央。程山为了掩饰内心的窘迫，将篮球抛出了场外。篮球在空中画过一道美丽的弧线，转移了同学们的视线，程山趁机离开了篮球场。

篮球场摔倒事件后，江晓冰与程山相拥摔倒、四目相对的瞬间被同学们一再渲染，时不时被拿来开个玩笑，每到此时，程山总是笨拙地想掩饰什么，江晓冰还是一贯大大咧咧的作风，嘴上还说着：“哎呀，真可惜，当时要是拍个照就好了。”不管怎么说，经此一事，尽管两个人从未越过朋友之间的界限，但在同学们的眼中，他们俨然已是男女朋友了。程山的内心也泛起了耐人寻味的涟漪……

晚自习时，程山比任何人都用功，他明白自己需要真正学有所成才能撑起未来想过的生活，这一天他却心乱如麻，眼睛盯着书本，却看不进去一个字。江晓冰闯进了他的生活，他不可能当作什么也没发生，他既静不下心来，又不敢面对。以前他几乎天天给查娜写信，有的寄出去了，有的写在日记里，而现在却很长时间没有给查娜写信了，不敢提笔，也不知从何写起。该怎么解释与江晓冰的情感纠葛？他感觉自己罪恶深重，感觉自己已经背叛了查娜，想到查娜在家里一匙一碗地伺候着自己的老母亲，而他却在这里心猿意马地花着查娜寄来的生活费，程山在心里狠狠地唾弃着自己。可是，很多时候，人的感情并不是你对我错那么简单，江晓冰的热情泼辣仿佛是程山世界里的一道光，让他看到了人世间不一样的风景。他理智上刻意疏远，感情上又渴望靠近。这个来自查干布拉格的年轻人陷入了深深的痛苦之中。

时光飞逝，已是1993年的冬天，查干布拉格的天空中飘起了细密的雪花，远山近梁都已一片素白，查娜一个人走在下班的路上，这些天一直萦绕在她脑海中的那个想法又浮现了出来：进城务工。再有半年程山就毕业了，程山毕业肯定要在东胜工作，她不想一辈子在查干布拉格当民办教师，她也想通过自己的努力，实现进城生活的目标。她想起前两天碰到的同学秀，秀在羊绒衫厂做挡车工，月工资一千多元，是她当老师收入的二十多倍。秀对查娜说："查娜，你也来哇，我们厂现在又招人呢。"查娜心动了，她不想把自己的人生定格在查干布拉格这个小村子里，不想过这种一眼看到底的生活。有了这个想法后，查娜的心里莫名地激动起来。激动之余，她想到了一个现实的问题：程山的母亲。老太太的视力每况愈下，虽然地已经包出去了，但日常生活需要人照顾。自己进城后，谁来照顾老太太？"带着走呀。"这个念头让查娜再次激动起来，风雪中的查娜加快了脚步，走上了程家梁的垴畔……

放学后的校园里安静得没有一丝嘈杂声，查娜坐在办公桌前准备把自己的决定写信告诉程山。程山的来信越来越少了，偶尔收到一封信，也主要是问他母亲的生活，顺带表达对查娜的感激之情，那些感谢的话却让查娜读出了几分生分。查娜感到别扭，感到生气，却又不知该对程山如何说起，只能郁郁地闷在心里。刚收到的来信中，程山告诉查娜，寒假他准备打工挣学费，不回家了，母亲就拜托她了云云。查娜很失望，她一直期盼着寒假的到来，她想见到程山，想打消她内心那隐隐的不安，一句"不回来了”只能让那些看似无名却又挥之不去的愁绪继续笼罩在心头。她只能自己安慰自己：程山面临毕业，要准备实习、准备毕业论文、准备应聘，还要准备生活费……

查娜呆坐着，看着摊开在自己面前空空如也的信纸，突然感觉自己也不知从何写起了，提起笔想了半天，仍不知道该说什么，除了告诉程山她进城的决定、程山母亲的身体状况，她觉得再写什么好像都有些多余。以前查娜写信感觉有说不完的话、诉不完的情，一个小小的细节都生怕漏掉，而现在读过程山程式化的来信后，查娜也失去了倾诉的激情，尽管她对程山的爱没有减少一分一毫，但一种出于本能的自尊让她不想再进行没有共鸣的表达。办公室的窗户不太严实，时不时吹进一些冷风，查娜下意识地缩了一下身子，裹紧了棉衣，她想可能是自己有点儿冷了才使自己无从下笔。炉子里的火已奄奄一息，于是查娜拿起火铲往火炉里添了几小块炭，看着火炉里的灰渣也满了，查娜清理了炉灰，顺便将办公室打扫得干干净净。

重新坐下来时，炉火已旺了起来，熊熊的炉火将小小的办公室烘烤得温暖而舒适。查娜冰凉僵硬的手指也变得灵活柔软起来，她再次落笔时却发现钢笔笔尖堵了。这支钢笔是程山送给她的，查娜平常不舍得用，只有在给程山写信时才会拿出来。查娜撕下一页信纸，小心翼翼地擦拭着笔尖，谁知笔尖却不听使唤，一下子分岔掉了下来。查娜的手颤抖了起来，心仿佛也被笔尖刺伤般疼。这支钢笔曾经一次次书写着查娜少女时期最纯洁美好的记忆……然而此时她怎么忍心丢弃这支没有笔尖的钢笔？这如同撕碎那些纯真柔软的梦。查娜将分岔的笔尖用信纸包好，夹到笔记本里，不知不觉湿了眼眶，没觉得伤感，却有一点委屈。查娜另外找了一支笔，思来想去，绕来绕去，还是写了与程山母亲的点点滴滴。

同学秀为查娜联系了羊绒衫厂的工作，三个月的试用期，年后即可上班。

这是程山在江城上大学的最后一个假期，他无暇顾及江城的花草树木，也无暇与江晓冰谈情说爱，胸怀诗意的他在残酷的现实生活中不得不为“五斗米”奔波，他在江城的大小工地上搬砖铲泥。江晓冰给他带来的感情冲击，让他无颜面对查娜，更让他不能再心安理得地花查娜的钱，他选择了在江城打工。上大学后，程山已很少干重体力活了，他手上原有的老茧早已褪去，他的一双手也像城里人一样柔软了，如今再次磨出新的伤口更加疼痛难忍。

对于这个在泥土里长大的年轻人来说，身体上的劳累与疼痛尚可忍受，最难忍受的是夜深人静的时候自心底涌出的精神上的痛苦。在简易的工棚里，听着工友们此起彼伏的鼾声，程山常常夜不能寐。上学时他对查娜深深的暗恋、第一天当老师时与查娜碰面、他用自行车载着查娜进城、他们俩第一次牵手和接吻……这些画面曾是他灰暗生活里的一束光，照亮了他的整个青春。可是在江城霓虹闪烁的夜里，每当他再想起这些，江晓冰的身影就会交替出现。虽然他在行动上并没有背叛查娜，但连他自己也解释不清内心真实的想法，也许是良知驱使他无法面对真实的情感。这一段时间他与查娜写信时总是无话可说，与查娜交流的话题越来越少，虽然直到现在他从没有一刻停止思念查娜，但思念中更多地与负疚、责任、恩情纠缠在了一起。

敢爱敢恨的江晓冰不会轻易放弃自己所追求的爱情。她不知从何处打听到程山打工的地方，一个下着蒙蒙细雨的午后，当湿漉漉的江晓冰站在程山面前时，程山惊讶得说不出话来。他心里的最后一道防线彻底被江晓冰击破了，他再也无法抑制自己内心的澎湃，此时的江晓冰像是一道闪电击中了他的神经末梢，他再也无法视而不见。他扔下铁锹，旁若无人地跑到江晓冰身边，一把将她拥入怀中。他感觉到晓冰被雨水打湿的头发拂在脸上的一丝凉爽，也感觉到晓冰滚烫的眼泪流到自己的脖子里，暖融融的热流流遍全身，他感觉此时自己不存在了，像棉花糖被融化了，像大海上飘浮在半空中的云，不知该何去何从……

程山终究还是无法抗拒感情的波涛汹涌，不顾一切地与江晓冰恋爱了。

“你终于敢面对自己的感情了。”他们并肩坐在海边。

“你不知道我的情况，我在老家有女朋友。”

“你现在仍然爱她吗？”

“我也说不清，可我没有一天不在牵挂着她。”程山小麦色的脸因痛苦而扭曲着，“对不起……晓冰，我过不了自己良心这个关。”

“我会陪着你从那段感情中走出来……”

“晓冰，你看到的只是表面的程山，等你真正了解我的一切之后，你就不会对我这么执着了。”

在甜美如梦的爱情面前，即便是飞蛾扑火，年轻的火苗也不会熄灭。

程山与晓冰的感情之旅开始于浪漫的海滨之城，然而对于程山而言，这注定是一种煎熬。江晓冰的率真不仅没有抚平他内心的负疚与自责，反而加重了他心底深处的伤感。晓冰内心的丰盈、浑身散发出来的阳光和自信，都似乎在嘲笑程山的懦弱。炽热的爱情、梦想中的海景与程山的感情相悖，什么也无法让他从自己心底深处的不安和阴影中走出来。随后的半个月，尽管晓冰的热情不减，程山却越发消沉，他越想忘怀，越会激起无数的回忆。甚至他开始惧怕夜深人静的时候。他无法安心入睡，每次都会被梦中的查娜惊醒，有时候查娜在质问他，有时候查娜远远地望着他，有时候查娜还是学校初相见时的样子，羞涩地微笑着却不说话……凡此种种纠缠着程山，他不敢给查娜写信，但潜意识里每个瞬间都是查娜，他无法忘却查娜开始新的感情，这场冲动的爱情带给他的没有甜蜜，只有苦涩。

程山开始重新审视自己的感情，当铁锹把他拉回残酷的现实时，他再也无法逃避查干布拉格那个一贫如洗的家，还有家里眼巴巴等着他的老母亲。

程山又一次收到查娜的来信，还有汇款单，查娜详细讲了程山母亲的生活起居以及她准备年后去城里羊绒衫厂上班的事，却只轻描淡写地提了一句寄的学费。程山拿着汇款单，跑到海边迎着风，泪流满面，心仿佛被利刃划伤一样疼得厉害。他心疼查娜，这个单纯善良的姑娘让他无地自容，他无论如何也不能伤害查娜，他不能再对江晓冰优柔寡断。海浪拍打着海岸，海风吹过来，海也想告诉这个在感情里迷失方向的年轻人该清醒了，梦总有醒来的时候。

程山鼓足勇气向江晓冰诉说了与查娜的一切，并明确告诉江晓冰他始终爱着查娜，并且会一生一世守护查娜。从此，程山原本内敛的个性显得更加沉闷，他故意疏远江晓冰。江晓冰对程山没有一丝怨恨，反倒对程山与查娜的感情有了几分认同与感动。这个女孩虽依旧我行我素，但经历了这场短暂的恋情后，脸上的笑容总有一种刻意掩饰悲伤的感觉，让人看着有些心疼。

5

当查娜把打算带着程山母亲一起进城的打算告诉父母时，老支书的脸色又一次沉了下来。善良的母亲没说话，只是悄悄抹着眼泪，老两口不是不知道进城当女工工资高，他们也知道那是一份“两不见太阳”的工作，同时还要照顾一个有眼疾的老人，这怎能让他们不心疼呢？他们是舍不得查娜受苦，才不遗余力地供她上学，高考落榜后又想方设法地让她当了老师。农忙时，查娜下班后下地干活，老两口也是拣轻的活让她干。可是看查娜的表情，听查娜的语气，老支书明白，查娜不是和他们商量，而是在用尽量委婉的语气通知他们。老支书点了一支烟，刚吸了一口就剧烈地咳嗽起来。

查娜心疼地埋怨道：“爸，你少抽两口哇。”

老支书熄了烟，红了眼，站起来背过身，在走出家门的那一刻，挥了挥手说：“去吧。”那一刻，老支书突然意识到，这个看起来懂事温顺的女子其实是个主意很正的人。

查娜穿上深蓝色的工装，成为白云羊绒集团纺织车间的一名挡车女工。在实习期的三个月里，她跟着师傅白雪梅学习基础技能。同样来自农村的雪梅比查娜大三岁，性格温和，为人厚道。作为一名挡车工，必须了解羊绒衫的整个制作流程，开始的几天，雪梅带着查娜在各个车间穿梭，了解羊绒衫制作的工序和流程。看着工友们灵活的手指在机器上摆动，查娜不由得想起初中时学的“纤纤擢素手，札札弄机杼”来。她觉得从山羊身上薅下来的绒最后竟能变成漂亮的衣服穿在人们身上真是一件神奇的事情。

每年三四月间，天气回暖，羊绒开始从山羊身上一片片脱落，这就到了查干布拉格人剪羊毛、抓羊绒的时候了。这也是这时村子里的一大盛事，因为每年卖羊毛、羊绒的钱是查干布拉格农民们一笔不菲的收入。养羊多的人家一定要提前请好技术精湛的邻居来帮忙，一时间，只听得各家各户羊圈里此起彼伏的羊叫声和人们大声的交谈声，谁家羊的羊绒成色好、谁家羊的羊绒分量足，成了那段时间村民热议的话题。查娜见过村里抓绒的壮观场面，却不知道织成一件羊绒衫需要两三只羊“献身”，更不知道生产一件羊绒衫要经过这么多精细的工艺流程。

查娜既喜欢自己的师傅雪梅，也佩服师傅织羊绒衫时丝丝入扣、细致入微的工匠精神。查娜在教书时就以认真细致著称，面对全新的工作，她更是投入了十二分的心力。她看着女工们织好的平面、扭花、抽条、提花、嵌花、绣花、印花……各式各样的成型羊绒衫，又听说同龄的女孩子每月挣上千元的工资，查娜感到生活更有奔头了，未来美好的画面浮现在脑海中，她憧憬着程山学成归来一家人团聚的幸福生活。

生活的磨砺是年轻人快速成长的秘诀，单纯善良的查娜在三个多月的高强度实习后，得到了师傅雪梅的认可，也与雪梅成为无话不谈的好朋友。

偶遇苗梅梅的常建军再也无法平复激荡的内心，原本心思缜密、处世圆滑的他再次见到从小暗恋的苗梅梅后，却失去了耍滑头的本领，总是呆坐着走神，工地上的事儿也疏于管理，原本可以处理得滴水不漏的事却漏洞百出，这让海子很是恼火，他把心不在焉的常建军狠狠地骂了一顿。被骂后的常建军灰头土脸地耷拉着脑袋坐在工地的门口，望着路上来来往往的车辆愁眉不展。想见苗梅梅的冲动让他躁动不安，他觉得再见不到苗梅梅他会发疯，他无论如何都要见到苗梅梅，主意拿定后他站起来，骑着自行车一溜烟跑了。

尽管心急，但常建军并不是莽撞之人，他要做足了准备再行动。他把民生市场那些卖服装的店上上下下转了一遍，几番比较、讨价还价后，买了他人生中的第一套西装和第一双皮鞋。真是人靠衣装马靠鞍，常建军穿上这身行头后一下子精神了许多，看着镜子里西装革履的自己，常建军立刻觉得追苗梅梅的事儿多了几成胜算。他赶紧把衣服脱下来，小心翼翼地包起来，生怕压皱了。他不能穿这身衣服到工地上去，他倒不是怕工人们的眼光，而是担心海子过问原因。他们太了解对方了，一丝一毫的变化都会被觉察到。他想不出第一次去找苗梅梅该买什么礼物，身边也没有可征求意见的人，面对海子更是只字不敢提。他心里明白，如果海子知道了他的想法，他们之间二十多年的兄弟感情定会就此了结，他也只能离开海子的工地重新开始，前者是他不愿看到的，后者更是他忌惮的主要原因。对他来说，暂时没有另起炉灶的能力，尽管他早已受够了海子的呼来喝去，但时机还未成熟，他还需要通过海子积攒资金，他不得不在表面上继续对海子唯命是听。

经过多方打听，常建军终于找到了苗梅梅的住处。西装革履的建军是第一次穿皮鞋，穿上没多久，脚后跟就被磨得生疼。“他妈的，五十块钱的鞋还不如老子十块钱的单边鞋舒服呢。”常建军虽嘴里咒骂着，但仍舍不得脱下来，硬着头皮继续往前走，没人的时候一瘸一拐的，有人的时候故意用力踩出“踢踏踢踏”的声响来。走到苗梅梅租住小屋的巷口时，建军慢下来不停地搓手，初春的小城乍暖还寒，但建军手心里全是汗，他东张西望，甚至有点儿鬼鬼祟祟。他定了定神，才想起还没买东西，又从巷道折了回来。想了半天，能想起来要买的东西全是吃的，虽然平时他抠门、小气，但这次买了苹果、罐头等一大包平时不舍得买的吃的。从未谈过恋爱的建军不懂得浪漫，也不清楚女孩子喜欢什么，手提着一大袋食品，瞬间感觉底气足了。再次进入小巷口时，正好苗梅梅从巷口走出来，建军紫红、微胖的脸上满是惶恐，那一刻他觉得一袭粉衣的苗梅梅不是从巷口走出来的，而是像仙女一样飘出来的，他微张着嘴呆立着。

看到常建军，苗梅梅一脸惊讶："咦，常建军，你怎么在这儿？"

"我……我……"建军结结巴巴地嗫嚅着。他害怕苗梅梅走出去，就赶紧鼓足勇气低声说了一句："我来是想看看老同学哇。"

苗梅梅有些奇怪，仍然柔声细语地说："哦，是不是海子有什么事让你来找我？"

"哦，不是，是我自己的意思……"建军的脸像着了火一样。这时，走来一位老人，他俩占据着狭窄的巷口，老人一时无法通过。梅梅这才意识到常建军是来找她的，侧着身子让建军去她租住的小南房里坐坐，尴尬的常建军这才松了口气。

在社会上摸爬滚打了这么多年，建军也算是见过世面的人，深知见好就收的道理，小坐一会儿就起身告辞了，他害怕引起苗梅梅的反感。苗梅梅也不挽留，寒暄了几句，便送建军走出巷子。走出巷子的建军脚后跟疼得厉害，看到四下无人，赶紧坐在台阶上，脱掉皮鞋才发现脚后跟早已磨出了血。尽管如此，他心里还是美滋滋的。今天的小坐就是一个良好的开始，善于察言观色的他已经看出了苗梅梅的喜好，小小的房间布置得温馨舒适，粉色的窗帘、粉色的床单、粉色的衣服，他对下次的见面已经有了盘算。

苗梅梅对常建军的突然到访感到很费解，本来她对其貌不扬的建军没有什么好感，见到他只会让她再一次想到海子，从十五六岁开始的花样年华全部是与海子一起度过的，这段美好不是想忘记就能忘记的。饱尝爱情之苦的苗梅梅对感情已不敢有太多的期待，那些受伤的阴影一直在心里挥之不去，她的内心开始变得坚硬而冷漠。对于海子她却从未恨过，即便分手也不可能形同陌路，所以一听到或是看到与海子有关的人和事，她还是会忍不住地关心和询问。

大多数年轻人的迷茫源于没有明确的目标，而常建军这个不甘心世世代代当农民的年轻人，从走出查干布拉格那天起就对未来的生活有着清晰的规划，他立志要在城里买房子、娶媳妇，过上城里人的生活。再见到苗梅梅后，这个目标愈发清晰起来。他去银行取了些钱，厚厚的一沓钱揣在怀里，感觉走路的时候腰板都是直的。取了钱的常建军在东胜卖摩托车的那条街上整整转了一下午，起初他也不买，只是挨家挨户地逛，遇上有人买了他就站在旁边看，看老板讲各种车型的油耗、性能，看老板与顾客讨价还价时的表情。一开始他进门还有人招呼他，走了两圈下来，他再进门都没有人搭理了，常建军也不在意，遇上有人买车还是自顾自地看、自顾自地听。直到车行要打烊了，他才在暗自比较后选择了最便宜的一家店，开口说他要买车。

老板诧异地看着他说："年轻人，你要买车怎么不早说？"

"现在说你就不卖了吗？"常建军笑着问。

"卖，当然卖。"老板也赶紧笑道。就这样，车行老板以那条街上最低的价格与常建军做了一笔"关门买卖"，还顺带送了一套粉色的座套。

常建军骑着摩托车在街上疾驰，以前他只有在海子喝醉的时候才能骑海子的摩托车，现在他骑的是属于他自己的摩托车。春夜的凉风袭来，但他的心里却如火一般热，仿佛他正在载着心爱的苗梅梅行驶在爱的康庄大道上。

有了方向的常建军无比兴奋，常常是有事没事就去找苗梅梅，虽然每次苗梅梅见到他只是淡淡的表情，常建军也没有一丝灰心。世事难料，男人与女人的关系特别微妙，或暧昧，或感动，或心动，只要捅破那层窗户纸，温度便会迅速上升。

那是一个周末，苗梅梅的母亲病重，老家的人捎话来让她赶紧回家。正当梅梅焦急万分准备骑自行车回查干布拉格时，建军及时出现在了她面前。听着梅梅的哭诉，建军一边安慰梅梅，一边让梅梅上车准备送她回家。梅梅坐在建军的摩托车上，手轻轻地揪着建军的衣服，想要避免碰到他的身体。建军扭过头将梅梅的手揽到他的腰上，说："抓紧一些，路不好走。"一路颠簸，苗梅梅只能靠在建军背上，她能闻到建军身上淡淡的烟草味。

梅梅的母亲得了脑血栓，需要住院，几千元的医疗费让梅梅手足无措。母亲已危在旦夕，苗梅梅拼命压抑着在眼眶里打转的泪水，也压抑着无助与痛苦。常建军走到苗梅梅跟前，递给她一沓还带有体温的钱。成年人的世界里，钱确实是一个重要的筹码，这个筹码让一直因容貌深感自卑的常建军第一次在苗梅梅面前有了前所未有的底气。

梅梅的母亲顺利住院。

人生中有太多难以言说的机缘巧合，有些人在生命中只能是过客，有些人在生命中却是躲不开的宿命，无关爱与不爱。

苗梅梅的母亲终于出院了。建军也如愿以偿，在梅梅最无助的时候展现了一个男友应有的关心与爱护，也俘获了梅梅的芳心。梅梅来不及想对建军是感激还是爱情，因为在自己最需要他的时候，他总是在自己身边。梅梅对爱情好像彻底疲惫了，她不愿细想，对建军永远也不会有怦然心动的感情，却特别享受建军带给她的随时能依靠的感觉。他做事细致周全、关心恰到好处，让梅梅觉得很受用，她需要这样一个人，即便不爱也需要。

建军知道与梅梅恋爱关系确定后，他与海子只能分道扬镳了，于是，他盘算着海子欠自己的工资，表面上天天赔着笑脸，暗中从收回来的欠款中扣下部分款项，等待时机与海子摊牌。

纸终究是包不住火的。他们的圈子就那么大，建军慷慨解囊救了梅梅母亲以及梅梅和建军在一起的消息，早已在查干布拉格传得沸沸扬扬，海子是最后知道的那个人。那天，酒过三巡的海子上了趟卫生间，回来时听到屋内几个人正在聊天。

“也不知道苗梅梅是怎么看上常建军的，啧啧，那么个美人，可惜了。”

“还不是因为钱！他妈的，常建军这小子真是艳福不浅，哈哈……”

海子破门而入时怒睁着双眼，吓得说话的几个人再不敢吱声。一个机灵的人端起酒来打圆场，却被海子当场摔了酒杯：“你们再敢背着我说苗梅梅的坏话，我饶不了你们！”说完摔门而去。

出了门的海子踉踉跄跄地走在街头，夜晚的风带着浓浓的凉意，吹得海子不禁打了个冷战，那些话语和哄笑声在耳边回旋。他无法相信苗梅梅再一次心有所属，更无法接受自己身边最信任的兄弟竟然在自己的眼皮底下与苗梅梅谈起了恋爱。虽然不愿相信，但他也知道无风不起浪，那几个人也不是胡说八道的人，他突然意识到最近常建军的确比较反常，白天总是找不到人，酒局也基本不参加了。想到这一层的海子停住了脚步，他要与常建军对质。他火烧火燎地来到常建军租住的小南房，屋内的灯光隔着窗帘透射出来，散出淡淡的光晕。他想起他们兄弟起步时曾经多少次在这小屋里，一盘花生米、一瓶白酒，通宵达旦谈天说地，那时候他们发誓有钱一起挣，有难一起扛。可现在他不知道隔着窗帘的屋内是不是有他不想看到的画面，他无法想象美丽的梅梅与脸色如猪肝色的常建军在一起谈情说爱。

想到梅梅，海子呼吸急促起来，血一下子涌上头顶。他猛地一推门，却因为用力过猛差点儿摔倒。站稳后一抬头，只见常建军与梅梅两个人正依偎着坐在床边。两个人被这个不速之客吓得瞬间变了脸色，梅梅就像受到电击一般，大睁着眼睛，半张着嘴，想要说什么却又什么也说不出。从小对海子就有几分忌惮的建军更是吓得两颊的肌肉都松松地向下垂，猪肝色的脸涨得更加发紫。原本海子就不是一个能沉得住气的人，他一点就燃的性格并没有因年龄的增长而有所收敛，面对这样的情景，他无法冷静，也来不及思考，三年前财校门口那个下雪的夜晚发生的一切再一次重演，只是这一次换了男主角，让海子痛彻心扉。海子重重的拳头打在建军的脸上，建军没有还手，任凭海子的拳头像冰雹一样砸在身上。吓得半傻的梅梅不敢去阻止已经失去理智的海子，她像一根木头一样呆站着。直到海子打累了，直到小屋里的锅碗瓢盆噼里啪啦碎了一地，歇斯底里的海子才停下来，抱着头蹲在地上伤心地掩面流泪。碎了一地的盘子，像是海子碎了的心。

海子尚未愈合的伤口再一次被撕开，他舔舐伤口的办法还是借酒浇愁。显然，他与苗梅梅经历的分分合合并没有让他清醒，也没有让他学会成熟地处理感情问题，只是这一次的失去让他彻底明白，即便是已经分手了，他对苗梅梅的感情仍是根深蒂固。他们从少年懵懂时期开始的爱情是无法在短时间内忘却的，他们共同经历了人生中最纯真的美好时光。海子放不下梅梅，梅梅也许早已不再让他像少年时期那样怦然心动，但梅梅已然成了他生命中不可或缺的一部分，失去她像剜去自己身上的一块肉一样生疼。

很多事情的成功不必追问原因，细节即答案。海子在梅梅面前动手打建军的事，变成了建军与梅梅感情再次升温的催化剂，更加速了建军与梅梅婚期的到来。建军的脸上、胳膊上有几处伤，梅梅感觉建军挨打不还手全是因为爱自己之深，她细心照顾着受伤的建军，感情自然迅速升温。建军有着平常年轻人没有的敏锐洞察力，看准他们之间感情升温的最佳时机，准备向苗梅梅求婚。他琢磨了好几天，该用怎样的方式求婚才能一举成功。他不知从哪儿学来的让女孩子怦然心动的电影桥段——送鲜花。20世纪90年代的东胜，鲜花还属于奢侈品，一向抠搜的建军这次下了血本，他把日子选在梅梅二十二岁生日这一天，精心挑选了二十二朵粉色的玫瑰花。他之所以选粉色玫瑰，一方面是他知道苗梅梅钟爱粉色，另一方面卖花女孩介绍说粉色的玫瑰花代表铭记于心、永远甜蜜、柔情初恋，二十二既是梅梅的年龄，也代表好运。他还花了五百元精心挑选了一枚金戒指，小心翼翼地将金戒指藏在花中，他希望给苗梅梅一个最浪漫的惊喜。

建军一手捧着鲜花，另一只手握着摩托车把行驶在小城的街道上，引得街道两旁的行人纷纷驻足观望。那些渴望浪漫的女孩子们更是羡慕得半张着嘴巴，想象着自己的爱人有一天也能这样手捧着鲜花走向自己。常建军目不斜视，纵然姑娘们穿得花枝招展，但在他眼里都不及苗梅梅半分。

捧着鲜花走向苗梅梅的常建军，让苗梅梅有那么一刻动心。常建军紫红的脸膛因为激动和羞涩而显得神采飞扬，看着梅梅笑意盈盈地站在自己面前，建军的呼吸急促起来，语无伦次地说："我知道自己长成这样配不上你……"梅梅其实早已知道建军想说什么，却故作一副茫然不知的样子，等待着建军接下来甜蜜的情话。可是，建军面对梅梅始终是卑微的，心里还是没有十足的把握，一句话还没说完就卡住了，不知该说些什么了。梅梅假装转身要走，建军忽然心头一热，一把拉住梅梅的手腕，将梅梅拥入怀中。梅梅顺势倚在他的肩头，建军在梅梅的耳边低语着什么，梅梅没有听到，只顾着享受这粉色的浪漫与久违的感动。

大四的最后一个学期，离愁别绪和无法预知未来的惶恐在整个校园弥漫。程山的心情较其他同学更加沉重，他的年龄比同学们大两三岁，再加上过早成熟的内心和拮据的生活，让他无法轻松面对没有方向的未来。毕业那天，整个江城仿佛都笼罩着一层忧郁的薄云，即将分开的同学们被离别的情绪感染，即便曾经闹过意见的女同学也早已冰释前嫌，在这个时刻相拥着大哭一场。男同学也红了眼眶，默默地流着泪，来自五湖四海的同窗不知道什么时候再能相见，难舍难分的场面散发着青春别样的情愫。一向潇洒的江晓冰也哭肿了眼睛，她偷偷地看向程山，好不容易止住的泪水又掉了下来……

程山酝酿了很久，不知该与江晓冰怎么告别，南北相隔几千里，也许再无见面的机会。想到江晓冰的点点滴滴，程山鼻子一酸，眼眶湿了，强忍心酸，在晓冰的留言纪念册上写下这样的话："云为笔，海为墨，无法描绘独特的你；平凡的我，一粒尘埃，往事不堪回首，让一切归零，未来可期。"江晓冰看到这样的话，伤心之余也彻底失望了，她感觉错付了感情，"让一切归零"，一句话就能让曾经的爱随风飘散，这样的人值得她爱吗？而程山只是希望晓冰重新出发，开始新的感情历程。

江晓冰刻骨铭心地爱着程山，再加上这种爱而不得的遗憾，更让江晓冰这样自信的女孩子无法释然。她对自己认准的目标，都有一种不达目的绝不罢休的执着，然而只有程山这个土包子在短时间内让她品尝了初恋的美好和失恋的苦涩。她是一个烈性子的女孩，但只要想到有着小麦肤色、眼神忧郁的程山，她内心就会瞬间变得柔软。江晓冰无法否认她是如此爱程山，她不只是爱他与众不同的才情，还爱他的土气和傻气，纵使他让她失望、绝望，她都无法在内心深处怨恨程山。程山离校的那天，她思虑再三后仍然起了个大早，第一次化了淡妆，第一次穿了天蓝色连衣裙，在学校大门口等程山。校园的大喇叭里来来回回播放着吴奇隆唱的《祝你一路顺风》，将离别的情愫渲染到了极致……

提着大包小包的程山远远地看见了晓冰，他不知道该说什么，也许此时此刻说什么都是多余的……她默默地跟在程山的后面，没有说话，强忍着眼睛里几欲滑落的泪。周围的世界都模糊了，车站里来来往往的人群中，她眼里只有一个身影。她买了一张站台票，脚步越来越慢，程山跟随着排队的长龙一点点挪动，离火车车门越来越近，他的内心越来越复杂、越来越不舍，他几乎能感觉到江晓冰的心跳，他甚至希望队伍排得再长一些，人们走得再慢一些，火车晚一些开。眼看着行进的人越来越少，程山情难自已，猛然回头紧紧地抱住晓冰。晓冰猝不及防，两个年轻人已是泣不成声。

程山低沉的声音在晓冰耳边呢喃："对不起，晓冰，我对不起你……"他滚烫的热泪流进了晓冰的脖颈里，转身迅速上了火车。晓冰都没来得及说一句话。程山任凭泪水模糊了双眼，再也不敢回头。他害怕看到晓冰渴望的眼神，他宁愿自己心碎。他在心里默念："再见了，晓冰……"晓冰仿佛被拥挤的人群抛弃了，她多想踏上这趟列车，她多想跟随心爱的人并肩前行。转眼间，火车已经启动，程山被淹没在汹涌的人潮中，她不顾一切地大声呼喊着：“程山，我一定会去找你……”

在查娜苦苦地期待中，终于等来了程山要归来的消息。从接到信的那一天起，查娜就开始盘算着这次见面的情形，整整一年没有见面了，该是怎样的欣喜与激动。查娜也迫不及待地把这个好消息告诉了未来的婆婆。自从程山的父亲去世后，不知为什么婆婆的视力开始急剧下降，查娜几次要带她去医院检查，她说什么都不愿意。是啊，这个善良的姑娘已为他们这个破败的家付出太多了，她怎么忍心再给查娜添麻烦呢？羊绒衫厂的工作强度大，每天十几个小时的工作，娃娃连个囫囵觉都睡不上，她眼见着查娜一天天瘦了下来。每次查娜提起，这个老太太都会说：“点了你买的眼药水好多了。咱们再等等看。”

程山回来的那一天，查娜提前请了假，去市场买了鲜肉，买了新鲜的芹菜，剁好了饺子馅，擀好了饺子皮。一切收拾停当后，查娜对着镜子穿上她特意为去接程山买的那套红西服，这是今年小城流行的新款式，要不是一年没见程山，查娜是怎么也舍不得花上百块钱买这套衣服的。衣服穿上身后，查娜从镜子里看见自己瘦削的脸有些苍白，要见到程山的兴奋也没能掩饰住她脸上的疲惫。

小城的七月，雨水明显多了起来。查娜出门时天还只是稍稍有些阴，到了车站不一会儿，淅淅沥沥的小雨就开始下了起来。人们纷纷跑到候车室避雨，可查娜却执拗地站在出站口，认真地聆听每一次广播，生怕错过程山的车次。其实她也知道程山乘坐的那趟车至少还要半个多小时才能到，她也知道她等待的地方是这座火车站唯一的出站口。

程山提着鼓鼓囊囊的行李，随着人流走出了火车站。一出站，他一眼就看见了查娜那一身已被雨水淋透了的扎眼的红衣服，他有些错愕。在他的记忆中，查娜应该是恬淡而沉静的，这身红与他印象中的查娜有些格格不入。他看见查娜正焦急地抹着脸上的雨水，伸长脖子在人群中张望。程山有些迟疑，不知该怎么上去招呼查娜，他又有些懊恼，自己怎么会没有一点儿久别重逢的喜悦。迟疑间，查娜看到了程山，她跳起来向程山招手："程山，程山……"程山有些尴尬地四下看看，他以前怎么没发现查娜有这么高的嗓门。他紧走几步来到查娜跟前。日思夜想的人就在眼前，查娜一时有些愣怔，嘴张了几次，竟说不出话来，只有忍了又忍的泪水不争气地流了下来……

夏天的夜色，总是挂着迷人的色彩，有点儿深沉，也带着几分浪漫。蛙鸣虫啾中，高悬的明月把如水的清辉慢慢倾泻，习习的凉风把白日里的烦与忧轻轻地弥散开来。

程山有些烦躁地在院子里踱着步，去白云羊绒集团报到已经一个多月了，可到现在还没有通知他上班。白云羊绒集团生产车间缺人，每天都有新进的挡车女工，像他这样的大学生却是可有可无，管理层不缺人，更何况白云羊绒集团都没有与服装设计专业对口的部门，所以人事部的负责人只告诉程山回家等消息，至于等到什么时候，他也不知道。程山有心先找份临时的工作，又担心干不了几天就会通知他上班。更让他感到烦恼的是，面对每天早出晚归的查娜，他的心里只有感激和内疚。那种看不见摸不着的生分感在他和查娜间悄悄弥漫，他能感觉到下班后的查娜尽管已经很疲惫了，依然强打精神给他讲车间里的事，他也极力配合查娜，装作很感兴趣的样子。每每这时，他就越发觉得出租房变得逼仄起来。每当查娜上班走后，母亲就开始念叨查娜的好。在母亲的絮叨中，程山越发觉得自己不知该如何面对查娜了。

夜深了，隔着玻璃，程山看见查娜服侍母亲睡下了，查娜朝窗外望来，他赶紧别过头，假装没看见。因为出租屋的狭小，因为母亲的存在，也因为查娜的忙碌，一个多月来，他和查娜竟没有独处的机会。有时母亲早睡，程山就借机在外溜达到很晚或者假装睡着。暗夜中，他能觉察到查娜悄悄地用手抚摸他的胳膊，他发出沉重的呼吸声来掩饰自己的慌乱，心里像打翻了五味瓶一样，不知道是什么滋味。

程山回来后，查娜的郁郁寡欢让雪梅有些诧异。雪梅喜欢这个徒弟。她勤劳、质朴、善良、内敛，还很好学。尽管上班时间不长，但她挡车的技术一点儿也不逊于那些老职工。

午饭的时候，雪梅问查娜：“查娜，你是不是有什么心事？”

查娜正夹菜的筷子悬在半空，沉吟片刻后，她挤出一丝笑容，说：“没有，我没有……”

雪梅意味深长地看着查娜，说：“没有就好！”

查娜强打起精神扒拉完碗里的饭就回到午休的宿舍躺了下来。程山的变化让查娜始料未及，尽管在之前的通信中她隐隐地感觉到他们之间似乎生分了——程山来信的频率减少了，信中的言语也不像以前那样热情了……但善良的查娜把这归结为程山忙于应付毕业考试。可是，回来后程山的表现让她明白原因绝对不是这么简单，难道程山变心了？每次痛心地想到这里，她就使劲摇头来驱除这个想法，她无法也不愿把曾经那个对她热情似火、深情专一的程山与这个念头联系起来。查娜烦躁地翻了个身，高低床也随着吱吱呀呀地响了起来……

查干布拉格的冬天因为失去了绿荫的点缀，显得冷清而破败。没了枝叶的树干，被西北风吹得呜呜直响，像是呜咽，又像是呐喊。忙碌了一年的人们也都蛰伏在自家的炕头上，女人们做一些针线活儿，娃娃们趴在炕上玩着自创的游戏，男人们躺着思谋着什么。火热的炕头容易让人犯困，不一会儿就发出了均匀的鼾声。

苗梅梅要嫁人的消息让这个寂寞的冬天有了几分生机，人们茶余饭后总算有了新的谈资。有羡慕苗梅梅收到不菲彩礼的，有嘲笑新郎其貌不扬的，有鄙视苗梅梅见异思迁的……各种说法在小村灰色的上空飘来荡去。

海子也在冬天回到了查干布拉格，尽管海子自回家后就没迈出大门一步，但关于苗梅梅的各种消息还是不可抗拒地传到了他的耳朵里。海子不愿听，也不愿去想，但一闭眼，苗梅梅的一颦一笑就浮现在眼前，他想恨，恨她的薄情寡义，恨她的见利忘义，可是想到她的千般不好，他还是恨不起来。他只能就着酒将痛苦一遍遍地咀嚼。然而，酒在肚里，事在心里，中间总好像隔着一层。无论喝多少酒，都淹不到心上去。那些痛苦还是那样无边无际地吞噬着他的心，让他坐立不安，让他不思茶饭。

清晨，残月像一块失去了光泽的鹅卵石，被抛在天边。海子顶着残月，回头看了看已然热闹起来的常建军家，想到他曾经热恋过的人今天就要穿着嫁衣走进这个院落，海子再也忍受不了了。他紧紧地攥着拳头，牙齿咬得咯咯作响，他想要怒吼，想要发泄，可不争气的眼泪却流了下来，接着他失声了，而后又变成了长嗥，海子像一匹受伤的狼，在清晨的旷野里嗥叫，哭声里夹杂着愤怒和悲伤。海子狂奔起来，他再一次选择了离开……

苗梅梅也一夜未眠。黑暗中往事像潮水一样涌了出来，遇到过很多人，经历过许多事，而只有与海子在查干布拉格的那些青涩的日子才越发清晰起来。溪边、河畔、山上、树下，一起走过的羊肠小道，一起跨过的坑坑洼洼，仿佛放电影一样，画面一帧一帧地浮现在眼前，泪水也随着回忆缓缓落下。苗梅梅知道她还爱着记忆中拉着她奔跑在田野里的海子，爱着那个在众目睽睽之下大胆表白的海子……她也知道，他们再也回不去了，她可以和常建军过没有爱情的日子，但她无法接受和海子过没有爱情的婚姻。她知道有些人是永远无法忘记的，他已经被镌刻在了自己的生命里，永远无法磨灭。

既然爱而不得，那她就选择一种可以让她安稳过日子的方式吧。这么多年，她也累了。她想起了在东胜上学时那些周末徒步回家的日子，十几里的路，她一个人踽踽独行，夏天被太阳炙烤，冬天被严寒侵袭，她看着村里那些骑自行车的人从自己身边呼啸而过，想拥有一辆自行车成了她最大的愿望，而这个愿望她只能悄悄地放在心底，不敢提起，甚至不敢想起，因为一想起她就会有一种贪得无厌的负罪感。她想起了那些居无定所的日子，因为交不起住宿费被学校停课，在最后的期限里她拿着四处借来的钱交到老师手里时，课桌已被挪到了教室的最后一排。毕业后租了一间不到十平方米的小屋，周末她从老家回来，赫然看见房门已被打开，自己的东西被堆了一地，房东出来说："你不在，着急要换一下床，你再收拾一下吧。"看着散落一地的东西，苗梅梅觉得自己的尊严被践踏了……

天渐渐破晓，淡青色的天空中镶嵌着几颗残星，大地朦胧，仿佛被罩在了银白色的轻纱里。苗梅梅家的院子里热闹了起来，苗梅梅揉了揉酸胀的眼眶，打起了十二分的精神。她知道，有些人和事只能留在记忆中，她今天要迎接的将是她全新的生活。

海子不止一次地游说程山和他一起干建筑，虽说苦点累点，但一年下来收入比上班多得多。程山倒不是怕苦怕累，他一个土里泥里成长起来的人还会怕苦吗？虽说上了几年学，可是该吃的苦一点儿也没落下。他不甘心。他喜欢设计，如果说艺术是生活的升华，那么设计就是艺术的呈现，程山特别享受在苦思冥想之后，艺术之光照亮夜空的过程。上学时，专业老师对程山褒奖有加，说程山的作品既稳重又不乏生气，精致而又不失含蓄。在东胜这座小城，能让程山有用武之地的单位也就只有白云绒衫集团了，可是报到大半年了，工作的事还没有着落。他目前只能跟着海子干。海子倒是很高兴，巴不得他的工作一直没着落呢。程山一来，海子就把购买材料、出入库这样重要的工作交给了程山。程山当然也是值得信任的，才去了三个月就把海子之前那些麻烦账给理得清清楚楚了。

在和海子一起共事的三个月中，程山发现海子变了。虽然海子对他一如当初的豪爽、仗义，但海子待人接物时表现出来的狂妄、虚荣，甚至堕落，让程山感到难过。那个曾经满腔热血的青年被生活磨砺得不再单纯，不再相信美好。海子常常出入高档酒店，与那些八竿子打不着的人应酬，在灯红酒绿、莺歌燕舞中消耗一夜又一夜的时光。一次，醉酒的海子抱着程山痛哭，喃喃地诉说他和苗梅梅的过去以及他现在的空虚。程山知道海子的一掷千金只是为了掩饰他内心的空虚。程山想劝劝海子，可是当他面对酒醒后的海子时，他知道昔日的海子已不复存在了，依然称兄道弟的他们之间俨然已经隔了些什么。

那天下午回到工地的海子显得异常兴奋，他把程山叫到办公室，神秘兮兮地说："山哥，咱们弟兄俩干一把大的怎么样？"看着海子微醺的样子，程山以为海子又在说醉话，没有搭话，只是不置可否地笑了笑。

"我告诉你，我认识了一个能人，他能低价搞到钢材，咱们一转手就有钱赚。到时候，房子、车子都不是事儿。你也不要天天苦哈哈地等那份儿没影儿的工作了，就踏踏实实地跟着我干。你也知道，我是不会亏待你的。”海子挥舞着手，动情地说，烟灰随着扬起的手落了一地。

听海子这么说，程山坐到了海子对面的沙发上。程山想借这个机会和海子好好谈一谈。他清了清嗓子，说：“海子，我觉得你变了很多……”

“能不变吗？嗯？你说我能不变吗？苗梅梅是怎么一而再、再而三地离开我，你也不是不知道。山哥，我算看透了，这个世界只认钱，感情算什么，一文不值。”

程山张了张嘴，未及开口，海子站起身来，拍了拍程山的肩膀，说：“山哥，现在的世道，撑死胆大的，饿死胆小的，大投资才会有高收益……”

程山听着口若悬河的海子描绘大把挣钱的蓝图，一时不知该说什么好。他咽了咽口水，一同咽下去的还有那些想了很久准备对海子说的话……

小城的冬天总是很冷，街上束手束脚的行人行色匆匆地往家赶。查娜却慢腾腾地走在下班的路上，仿佛这冬日的严寒与她并不相干。曾经日思夜想的人回来了，但查娜感觉回来的可能并不是她想念的那个人。半年多了，程山对她刻意的疏离让她难过，而这种难过又无从说起，就像一根若有若无的刺，你想拔掉它却又不知道该怎么拔。烦恼的情绪困扰着查娜，查娜推门进屋，却只见程山一个人坐在沙发上发呆。

“妈呢？”查娜有些诧异地问。

“哦，大姐接去她们家里住几天。”程山低着头应道。

“哦……挺好……”查娜为自己说的这句话感到有些生气，好像自己嫌弃老人似的。可是话已出口，她只能尴尬地闭嘴。空气仿佛一下子凝固了，没有第三个人的存在，横亘在两个人之间的那道无形的屏障瞬间清晰起来。

查娜一下子变得不知所措起来，用只有自己才能听得见的声音嗫嚅道：“你吃饭了吗？”

“啊？”程山看着查娜。

查娜有些懊恼，程山回来后两个人一直没有独处的机会，她一直想找个机会和程山好好谈一谈，那些一遍遍盘旋在脑海里的疑问每天折磨着她，让她寝食难安。可是，现在面对程山，她竟不知该从何说起。程山看着查娜局促地呆立着，俊秀的脸憋得通红，噙满泪水的双眼欲说还休，屋外如水的月光倾泻在这个淳朴的姑娘身上，柔软而孤寂。程山这才发现查娜憔悴了很多，他心里一疼，不由得站起身，上前紧紧地抱住了查娜。身体瞬间被束缚进一个有力的怀抱，闻着程山身上熟悉的味道，查娜再也忍不住了，所有的委屈伴随着汹涌的热泪夺眶而出。他伸出一只手轻轻地擦去她脸上的泪痕，慢慢地捧起她的脸，缓缓地吻向她，未尽的话语湮没在满是情意的吻里。微冷的舌尖滑入口中，贪婪地攫取着属于她的气息，用力地探索每一个角落。这一瞬间的悸动，使彼此忘记了周围的一切……

月亮也悄悄地隐没在了云层背后，只留下几颗星星愉快地眨着眼睛……

苗梅梅怎么也没想到，她的婚姻竟然是她噩梦的开始。离开海子的工地后，常建军另起炉灶，带着十几个人也干起了建筑行业。可是毕竟海子干的年头长，人脉广，业务精，小城又不大，很多时候两个人会同时在一处揽活儿。每当这时，甲方连说话的机会都不给常建军，而海子总会皮笑肉不笑地拍拍他的肩膀说："兄弟，等我干完，来给我收拾工地，哈哈哈……"看着海子在笑声中消失的背影，常建军只能狠狠地往地上啐一口痰。一个多月来，常建军已是第三次被海子这样奚落了，他觉得海子是在故意整他，他在哪里揽活儿，海子就出现在哪里。常建军愤愤地回到家，闷坐在沙发上。苗梅梅将做好的饭菜摆上桌，叫常建军过来吃饭。见常建军没有应声，苗梅梅知道活儿又没揽成，就走过来在常建军身旁坐了下来："建军，你不要着急，活儿咱慢慢找。要不，我出去工作吧，兴许我还先找到工作呢？"自从和常建军确定关系后，常建军就软磨硬泡地让苗梅梅辞了财务公司的工作。记得有一回常建军动情地说："梅梅，我知道你受了很多苦，从今往后，吃苦受累的事儿由我来做，我不允许你再受半点儿委屈。"再后来就是母亲住院、操办婚礼，也没工夫思谋工作的事儿。可是结婚半年多了，常建军一个活儿也没揽到，公婆家也是靠土里刨食，这么大的两个人总不能让老人养着吧。"哈呀，连你也嫌我没活儿干了，是吧？啊？老子没活儿干，也没误下你花钱吧？啊？老子找不到活儿还不是因为你！怎么，耐不住寂寞了？又想出去勾搭谁？啊？"尽管婚后的常建军不像结婚前那样鞍前马后地给她献殷勤了，最近也给她甩过几次脸，但苗梅梅只当是常建军工作不顺利，心情不好，她万万没有想到常建军会撕破脸这样骂她。苗梅梅呆站在那里，泪水像断了线的珠子一颗一颗往下掉。她就那样透过泪眼看着常建军的嘴一张一合地骂着，声音却越来越远……

梅梅心情郁闷、情绪低落地躺在沙发上，昏昏沉沉的，感觉回到了查干布拉格上学的时候，许多人、许多事都模模糊糊的，只剩下些隐约的轮廓在脑海里一闪而过。只有海子特别清晰，和海子在查干布拉格的点点滴滴，封印成梅梅心底永恒的美丽，又浮现在她眼前……查干布拉格那条宁静的小河，清浅的河水缓缓流向远方，流向那个不知道多远的地方，只见海子卷起裤腿站在河畔向梅梅招手，梅梅却怎么也挪不动脚步……一会儿又看见海子向校园树林里飞快地跑去，她却站在校园里，心里拼命想追，身体却怎么也动不了。

苗梅梅微微动了动睫毛，终于挣扎着睁开了眼睛，环视四周，发现自己躺在医院里。洁白的墙壁，洁白的窗帘，阳光透过窗户照进来，若隐若现。空气中弥漫着浓浓的消毒水味，病房外是杂乱的脚步声和刻意放轻的谈话声。苗梅梅有些恍惚，自己怎么会在医院里？疑惑间，常建军风风火火地从外面闯了进来："梅梅，你终于醒了，你可吓死我了。"说着，他蹲在床边拉着苗梅梅的手放到唇边吻了起来。苗梅梅的意识慢慢恢复过来，她想起了昨天晚上的事儿，她挣扎着要挣脱常建军的手，却被常建军握得更紧了："梅梅，你听我说，我错了，我是昏了头了，我不是人，要打要骂都由你。"说着他放开了苗梅梅，竟然扇起了自己耳光，一边扇一边骂自己。

看着常建军被自己打得红肿的脸颊，苗梅梅着急地坐了起来："建军，你不要这样……"说着，泪水也跟着簌簌地流了下来。

"那你原谅我了？"常建军咧着大嘴，不知是在笑还是在哭。

苗梅梅默默地点头。

常建军站起身来挨着苗梅梅坐了下来，说："梅梅，你放心，以后我一定会对你们娘儿俩好的。"

“娘儿俩？”苗梅梅一脸惊讶。

“嗯嗯，医生说你怀孕了。”

闻言，苗梅梅下意识地抚着自己的肚子，情不自禁地流下泪来……

常建军的情绪常常是阴晴不定的，对梅梅时好时坏，梅梅也渐渐习惯了这样的变化，性情也越发忧郁沉闷，即便是对他们未出世的孩子也不是一种期待，而是忧伤和无奈，如果自己可以选择，梅梅宁愿没有孩子。她对现在的生活充满恐惧与失望，恨自己当初被他的花言巧语哄骗，恨自己的虚荣。她一次次萌发离开常建军的念头，但一想到腹中的孩子，她又动摇了，摸着越来越大的肚子，感受着时而温柔时而强烈的胎动，苗梅梅的母性被唤醒了，一种说不清道不明的感觉涌上心头，让她第一次感受到了孕育生命的喜悦，她也明白了，做任何决定再也不是一个人的事了，她的命运已同腹中的孩子交织在一起了。

苗梅梅的肚子越来越大了，常建军工地的活儿也逐渐多了起来。老家秋收完毕后，常建军就把常老太太接到了城里照顾苗梅梅。尽管苗梅梅一再表示她能照顾好自己，可还是拗不过常建军。婆婆的到来，让苗梅梅的生活一下子丰富起来。她也不知道婆婆怎么会有那么多的信息渠道，听说东郊有个神婆能掐会算，摸一下孕妇的手便知怀的是男是女，苗梅梅便被婆婆不由分说地拉去了东郊，听神婆神神道道一上午，手被摸了又摸，最后神婆信誓旦旦地保证苗梅梅怀的是个男孩儿。婆婆高兴得合不拢嘴，慷慨地从怀里摸出了三张百元大钞，毕恭毕敬地交到了神婆的手里。

过了几天，婆婆又神秘兮兮地提回一包药粉来，如获至宝地向苗梅梅炫耀："梅梅，你是不知道，杨大夫那儿排队的人有多少，我还是托了关系才给你讨到的药。"

"什么药？"苗梅梅闻着味儿就不由得干呕起来。

"你瞧瞧，药劲儿大不大？大夫说了，你按时服用，保管生儿子，还说去得正是时候，月份再大就不管用了。"婆婆说着就用热水给苗梅梅冲药。

苗梅梅皱着眉头，哭笑不得。

"来，梅梅，听话啊，我们老常家三代单传，你一定要争气，给咱生个大胖小子。你是没见白三家抱了孙子的气人劲儿，天天在村里瞎逛，见人就说……"

为了不听婆婆自从来的那天就开始念叨的"孙子经"，苗梅梅只好屏住气一口喝下了那碗"生儿药"。

私下里，苗梅梅和常建军抱怨过几回，常建军笑着说："让你喝你就喝呗，这样双保险，给我生个儿子。庆贺生儿子的酒我都和兄弟们喝过了，哈哈……"看着常建军得意的表情，苗梅梅的内心隐隐地感到了一丝不安。

生产的日子到了。在婆婆和常建军伸长脖子的期待中，苗梅梅在医院生下了一个女儿。婆婆的脸在孙女出生那一刻便拉长了，常建军也只是礼节性地看了一眼病床上的苗梅梅和襁褓中的女儿，就借口工地有事儿离开了。看着邻床的产妇被一群人围着嘘寒问暖，苗梅梅强忍着泪水，伸出手握住了这个刚来到人世间就遭受白眼的小生命的手，她是那么弱小，眼睛紧紧地闭着，还未曾睁开，皱巴巴的小脸上还残留着出生时的几处污渍，小嘴一张一合的，像是在吮吸着什么……苗梅梅忍着产后的剧痛和虚弱，支起身，拿起床头挂着的小毛巾轻轻地擦拭女儿的脸，她小心翼翼地擦着，眼泪也跟着一滴一滴地掉了下来……

女儿娇嫩的啼哭声吵醒了睡梦中的苗梅梅。可能是身体虚弱的原因，苗梅梅最近总是做梦，梦中的自己总是在黑暗中不停地奔跑，漫无目的，却又不敢停下来，好像一停下来就会被什么人抓住，每次醒来，都是大汗淋漓。她擦了擦头上的汗，拧亮了小夜灯，身旁的婆婆正大张着嘴打呼噜。常建军借口孩子哭闹自己睡不好影响第二天的工作，搬到小卧室去睡了，留下婆婆陪自己。婆婆的孙子梦破灭后，对苗梅梅的态度判若两人。白天还能对付着给熬个稀粥、煮个挂面，晚上便自顾自地睡了。苗梅梅只能拖着虚弱的身体自己照顾孩子。好在苗梅梅奶水足，孩子也争气，晚上起来的次数也不多。可是，苗梅梅感觉今天孩子的哭声有些异样，借着灯光，她看见女儿的小脸通红，用手一摸感觉特别烫。

她赶紧用手推身边的婆婆："妈，妈……您醒醒。"

婆婆勉强睁开惺忪的睡眼，不高兴地嘟哝道："怎么了，三更半夜的……"

"小丫发烧了。"苗梅梅带着哭腔说。

"我看看。"婆婆起身抱起孩子，用手摸了摸，说，"没事儿，稍微有点儿烧。"

"怎么没事儿呢？都这么烫了！"情急之下，苗梅梅提高了嗓门。

"咦，你嚷嚷什么？不要大惊小怪的。"

"怎么是大惊小怪呢？孩子得去医院。"苗梅梅的声音不由得又大了起来。

"要去你自己去，大半夜的你折腾我这老婆子。本来伺候月子也该是你妈的事儿，生了个锅边儿站的，你还脾气这么大……"婆婆说的话越来越难听，顺手把孩子扔到了床上。孩子哭得更厉害了。

苗梅梅也顾不了许多，下了地，手忙脚乱地套上了衣服，又把孩子包裹好。她抱着孩子来到小卧室，打开门，一股扑鼻的酒味迎面而来。她想叫醒常建军，开了灯却看见常建军早已烂醉如泥，衣服都没脱，四仰八叉地仰卧在床上，也不知道是什么时候回来的。苗梅梅没办法，只好抱紧孩子，拖着虚弱的身体出了门。

小城的冬夜格外冷，刺骨的寒风呼呼地刮着，时而狂怒地咆哮，时而疲惫地喘息，光秃秃的树木在风中无奈地摇曳着。扑面而来的风像刀子一样无情地刮着苗梅梅的脸，她顾不得自己的疼痛，只是紧紧地搂着怀里的女儿，深一脚浅一脚地朝医院走去……

连续几日的春雨让空气变得清凉而湿润。在东胜，春雨是很珍贵的，但今年，春雨竟然淅淅沥沥地下了几日，那雨后清新的气息就这么唤醒了北方小城沉睡的土地，绿油油的小草偷偷地从地里探出了头，好奇地打量着这个新奇的世界。

查娜依然是第一个打卡上班的人，她照例先用干净的抹布认真地擦拭着她的纺车，一年多的朝夕相处，查娜不只把它当作一台机器，更把它当成了有感情、有温度的好朋友。查娜俯下身擦拭完纺车的底座起身时，突然眼前一黑，感到一阵晕眩，她扶住纺车，慢慢站定。

刚走进车间的雪梅一眼就察觉了查娜的异样，紧走几步来到查娜身边，问道："查娜，你怎么了？"

"师傅，我头有点儿晕。"

雪梅看着脸色苍白的查娜，不由分说地扶起她说：

“走，赶紧去医院。”

“不用，师傅，我休息休息就好了。”查娜在雪梅的搀扶下坐在了椅子上。

雪梅给查娜倒了杯热水，看着查娜端水的手在微微颤抖，脸也愈发苍白。雪梅向车间主任请了假，拉着查娜去了医院。

“你怀孕了，要注意休息，过度劳累就会引起眩晕，也会影响胎儿的发育。”一番检查后，医生面无表情地说。

“啊？不会……吧……”查娜满脸不可置信。

雪梅也张大嘴吃惊地看着查娜青一阵白一阵的脸，不知该说些什么。

挂完点滴，查娜感觉好多了，在营养液输入她体内的过程中，她已经把她和程山的故事讲给她信赖的师傅听了。

可敬的师傅搂着她的肩，语重心长地说：“查娜，程山很好，你们商量过结婚的日子吗？”

“商量过，我们想等程山的工作有了着落再办，他现在只是做些零活儿，集团公司这边的机构改革完成后应该就会安排他们的岗位了。”

“那你现在还要等吗？”

查娜下意识地用手抚着自己的腹部，一时无语。事情来得太突然了，她还没来得及想，看来怀孕的事要把所有计划都打乱了。

从医院出来的时候，天已经放晴，雪梅执意不肯让查娜再去单位，帮查娜打了车回家，自己才匆匆上班去了。

看着师傅离开，查娜让出租车师傅停了车，在出租车司机诧异的目光中下了车。查娜需要理一理纷乱的思绪……

江城的春天充满了生机，鸟儿们迫不及待地在清澈透亮的早晨放声歌唱，娇艳的花儿们在躁动不安的春风里摇曳。河道里平静的水，从冬天的素净中苏醒过来，被大自然的色彩打扮得青翠欲滴。

江晓冰已经是江城一家知名服装公司的设计师了，她设计的产品已在业内崭露头角。这一方面得益于她敏捷的才思，另一方面得益于她敢想敢干的泼辣性格。而人前貌美多才、光鲜亮丽的她，却常常郁郁寡欢，她忘不了程山。爱慕、追求她的人很多，不乏多金有才的“高富帅”，可是程山已经成为她心中的一颗朱砂痣，让她无法再接纳别人。

江晓冰是在同学的婚礼上得知程山的工作还没有着落的。毕业之后他们再没有联系过，江晓冰原以为程山应该已经工作结婚了，尽管心里从来没有忘记过他，但她刻意不去打听关于他的消息。她想让这种爱而不得的痛苦随着时间的流逝慢慢消散，可是当同学们提起程山的名字时，江晓冰感觉到自己的心跳开始加速了，脸也不自觉地开始发烫。她装作若无其事地听完关于程山的消息后，再也坐不住了。她推说公司有事，提前离开了饭店。

一个小时后，江晓冰揣着那本同学录坐上了去往东胜的火车……

银白的月光洒满大地，到处都有蟋蟀凄切的叫声。刚收工的程山骑着自行车急匆匆地往家赶，拐进没有路灯的小巷时，就着月光，程山看见一个徘徊的身影。他下意识地下了车，越走近他越不敢相信自己的眼睛。此时的江晓冰也看见了程山。因为程山在同学录里留的地址没有门牌号，江晓冰只找到了这个巷子。她不知道该去哪里找程山，但冥冥之中好像有个声音在对她说：就在这里等。于是，舟车劳顿的她就在这个巷子里等了足足五个小时。蹲下，站起，徘徊，张望……就是不曾离开，她怕一转身会错过。等待像是一辈子，而重逢却只在一瞬间。看见程山的那个瞬间，江晓冰再也忍不住了，她哭喊着奔向程山，所有的思念和委屈伴着泪水夺眶而出，她紧紧地抱着程山，紧紧地抱着，再也不想撒手……

一夜未眠的查娜顾不得洗漱，天不亮就跑到了海子的工地。工地的看门老头睁着惺忪的睡眼，诧异地看着眼前这个惊慌失措的姑娘。得知是来找程山的，老头热情地把查娜让进了自己狭小的门房。

昨天她回家后，一整天都坐立不安。她急切地等待着程山回来，想要和程山商量商量该怎么办。她总是会下意识地抚摸腹部，尽管她知道那还只是一个未成形的胚胎，可是母爱让她有一种无法言说的感情。她不知道是该高兴还是该难过，高兴的是她和自己心爱的人有了爱的结晶，难过的是他们现在的处境可能还不适合迎接这个小生命。百转千回中，她终于等到了日落，可是迟迟不见程山的影子。“一定是工地有事耽搁了，以前也有这种情况。”喃喃自语的查娜安慰自己。

夜越来越深了，查娜的心也越来越慌。在一夜的胡思乱想中，她终于等到东方破晓，她想不出该去哪里找程山，便迫不及待地来到了海子的工地。

工友们陆续上班了，唯独不见程山。查娜好不容易等到了海子，像见到救星一样拉住他，得知昨天收工后程山就走了的消息，查娜的眼泪一下子就涌了出来。海子慌慌张张地说：“你别哭啊，来，你上车，说不定程山已经回家了，咱们再回你家里看看。”说着，海子发动了摩托车，风驰电掣般地向查娜的出租屋驶去。

看见程山和一个气质不俗的姑娘坐在出租屋那张廉价沙发上时，查娜的脸一下子涨得通红。程山站起来，有些局促地搓着手，正准备张口，江晓冰站起来，落落大方地伸出手来："你是查娜吧，你好，我是程山的同学，我叫江晓冰。"

查娜伸出手正要去握，海子抢先上前握住江晓冰的手说："哎呀，久闻大名。怪不得程山夜不归宿呢，原来是有朋自远方来呀！"海子的阴阳怪气并没有让江晓冰感到难堪，倒是让程山一脸尴尬。

江晓冰抽出手笑着说："那你就是大名鼎鼎的海子喽。"

海子没有搭理江晓冰的调侃，只是转向程山，瞪着程山问："昨晚怎么回事？你一夜未归，查娜都要急疯了！"

"我……"程山一时语塞。

"哦，我从江城过来找程山，我们公司要聘请他当设计师，时间紧急，我们俩连夜商讨相关事宜，所以没来得及回来打声招呼，这都怪我，都怪我。"江晓冰接过话茬儿笑着说。

"这么说，你是决定走了？"海子再次瞪着程山问。

查娜强忍着眼眶里打转的泪水，看向程山。

程山的脸憋得通红，点了点头，小声说："查娜，对不起，我……"

查娜转身跑了出去，她不想在江晓冰面前哭。

"程山，你这个混账王八蛋，看我怎么收拾你！"海子扔下这句话，急匆匆地追了出去。

查娜并没有跑出多远，海子骑车很快就追上了查娜，查娜却不肯上车，海子只好推着车陪着查娜走。

“我想一个人走走，静下心想想，我不想让程山为难，也不想阻碍他的前程……”查娜啜泣着，显然已经平静了许多。

海子也不知道该怎么安慰查娜，用查干布拉格最狠最难听的话咒骂着程山，扬言定要替查娜暴揍程山一顿。

程山终究是拗不过命运的安排，也禁不住远方的诱惑，青梅竹马的初恋敌不过现实的煎熬。他不敢面对查娜，他知道只要见到查娜就再也没有勇气走出去，内心被道德良知抽打着，他含着泪水给近在咫尺的查娜写下了分手信。他悄悄地带着母亲的东西离开了这个满是查娜味道的小家。他再三恳求姐姐帮他照管母亲，并留下了身上所有的钱。

去往江城的列车照例慢悠悠地驶进了站台，挽着程山的江晓冰引来了不少人的目光，她时尚的穿着与出众的气质与东胜这座有些破败的小站有些格格不入。程山回过头，视线越过人群好像在寻找什么，随即收回视线，像下定决心似的踏上了列车。

列车缓缓启动，站台上那根斑驳的大柱子后面的查娜已是泪流满面。程山回眸的瞬间，她差一点就冲出去了。她抬起手擦去脸上的泪水，在人们诧异的目光中转身走出了站台……

这列唯一在东胜小站停留的绿皮火车呼哧呼哧地喘着粗气，像一头老牛，拖着沉重的身躯，再次带着程山驶离了他的故乡。程山知道，这次的离开不同于以往，也许是真的离开了。“哥哥你‘走西口’，小妹妹我实在难留……”顺着飘来的信天游，程山看到车窗外的山梁地上一位老汉正赶着牛在耕地，他一手拿着鞭子，一手握着犁，大黄牛拉着犁慢腾腾地走着，犁尖翻起来的黄土像翻滚的浪花。远处的圪梁上已经泛出了绿意，几只花灰的麻雀站在电线上直晃悠。这曾经熟视无睹的一切，此刻却让程山百感交集，他眼圈突然一热，又怕被江晓冰看见，就赶紧借口上厕所离开了座位。在车厢连接处，程山对着车窗站了很久。他觉得自己像个逃兵一样逃离了自己的生活，他把母亲的衣物和生活费匆匆地交给姐姐，告诉她们他在外地找到了工作。他撒了谎，告诉她们单位给查娜增加了新的工作任务，需要在夜间完成，所以以后母亲的起居需要两个姐姐轮流照顾，母亲的生活费他会按时寄来。他给查娜留了信，除了感谢，他不知道该说什么，当然他也知道，查娜并不需要这样的感谢。然而，总得往前走吧，就像这列破旧的火车，毕竟每往前走一步风景都会不一样。工作的事遥遥无期，大学毕业的他总不能真的就给海子当管家吧，和查娜的感情早已不温不火，结了婚又能怎样？难道就这样过一辈子吗？况且现在的情况下，即使结了婚，还不是得过穷日子吗？查娜，我欠你的，以后慢慢还吧。最后，程山不得不在内心这样劝自己，这既是对自己选择的合理解释，也是鼓励自己往前走的理由。

程山调整好情绪回到座位，江晓冰歪着头笑着问：“干吗去了，这么长时间，我还以为你舍不得查娜跳车跑了呢。”

“说什么呢？”程山的脸瞬间变黑了，语气也跟着变得严厉起来。

江晓冰赶紧收起笑容，低声说：“对不起，跟你开个玩笑。”

程山虽然语气软了下来，但认真地说：“晓冰，我觉得我没有资格再提起她。”

聪明的江晓冰赶紧岔开了话题，轻轻地偎在程山的肩头，向程山讲述起程山离开后她的思念、她的工作、她的生活，接着又向程山讲述起他以后的工作……

这列曾经载着程山奔向大学梦的火车，再一次长叹一声，载着程山驶向了新生活……

6

程山走了。然而，生活还在继续。

查娜是个温柔善良的姑娘，她明白与程山的情分还没有被消耗殆尽，自己礼貌地退场，还能保留最后的尊严，把自己的体面还给自己。人总是在受伤最深、最无助时才最想家。虽然查娜没有太多的时间悲伤，甚至连哭的时间也没有，生产任务很重，姐妹们都在车间里连轴转，但她还是请了一天假回了一趟查干布拉格。

单纯善良的查娜一头扎进感情的无底洞里，一心一意想着程山的前程、难处，很少想到自己的父母，可这几天，她天天想着回查干布拉格。查娜知道她不能再逃避了，不能再让朴实的父母担心了。程山毕业后，家里就不止一次地催他们把婚事办了，村里同龄的姐妹们都当妈妈了，而她还不结婚，家里人能不着急吗？查娜体谅父母的心情，但她更体谅程山的难处，知道工作没着落的程山没有结婚的心思。每次她都安慰父母："等程山的工作定下来我们就举办婚礼。"尽管她内心深处隐隐地感觉到了她和程山之间的隔阂，可她怎么也没想到会是这样一个结局。

查娜从来没有像现在这样迫切地思念父母，思念就像一条小虫子钻进了她的身体，无时无刻不在吞噬她的肌肤，一刻也不能再等，只有回到查干布拉格，她才能找到自己生活的出口。走在回家的路上，查娜悲从中来，那熟悉的一村一舍、一草一木，都让她想起与程山一起往返于家里和城里的日子。那些甜蜜与欢笑仿佛就在昨天，而今天她却要一个人去面对这样一种尴尬的局面。村里的那些风言风语，查娜不是不知道，可是那时她认定她和程山结婚是迟早的事，人们说什么她都不在乎。可今非昔比啊，查娜抹去不知什么时候流下来的泪水，放慢了脚步。村里人的闲言碎语她可以不在乎，可是想到年迈的父母要因为她忍受那些羞辱，她的心又痛了起来。尤其是父亲，当了一辈子村干部，是村里说大事了小事的有头有脸的人物，让他怎么去面对程山的不辞而别？怀揣着一肚子心事的查娜踏进了家门。

看着失魂落魄的女儿回来，当了大半辈子村支书的巴图老汉已经猜到了八九成。查娜婉转地诉说了程山去江城工作的事情，分手也是无奈的选择，她避开了自己怀孕的事情，也没有说程山变心的话，更没有抱怨。查娜的母亲听到这些，不住地抹眼泪。巴图这个精明的老汉喝住哭哭啼啼的老伴儿说："哭什么？又不是天塌下来了。"转而对查娜说："查娜，爸爸知道你是个好姑娘，程山错过你，是他一辈子的损失。咱是好人家，你是好姑娘，不愁找不着好婆家。"所有伪装出来的坚强在这一刻崩溃了，查娜终于大声地哭了出来……

再次回到江城，程山踌躇满志。除了理想和抱负，他还迫切地需要钱。母亲每月的生活费他要给得宽裕，上学时查娜供他的学费也是一定要如数奉还的，要在江城落住脚他也不能光指着江晓冰呀，所以一到江城，他就急着让江晓冰给他引荐公司的领导。江晓冰却不着急，她兴致勃勃地带着程山来到新租的公寓里，开始布置他们的爱巢。

"你说咱们是买实木床呢，还是买张真皮床？"江晓冰一脸兴奋地问程山。

"这不是有床吗？我看这张床就挺好的。"程山看着那张八成新的床说。

"好什么？这里的家具我都要换成我喜欢的风格，我要让这里焕然一新，我要在这里开始我们的新生活。"江晓冰边说边推开窗户，像迎接什么似的张开了双臂，旋即又回过身跑过来搂住了程山的脖子，仰起头来，用炽热的目光看着程山，动情地说，"程山，我们是真的在一起了吗？你不会再离开我了，对吗？有时候，我很担心我是在做梦。”

程山用手捋了捋江晓冰额前的发丝，笑着说：“傻瓜，胡思乱想什么呢？我不是在这儿嘛。”

江晓冰哧哧地笑着将头埋进了程山的怀里。程山揽着江晓冰，看着窗外的车水马龙，也有一种似在梦中的不真实感。

一晃一个星期过去了，程山跟着江晓冰奔波在各个家居市场。每当江晓冰询问程山的意见时，程山总是说：“行，挺好的。”这让江晓冰有些生气，觉得程山没把装饰新家这件大事放在心上，心里不高兴，脸上也挂不住了，突然就扔下一盏正在挑选的台灯，噔噔噔地走了，留下一脸茫然的程山。

店员问程山：“先生，灯还要吗？”

程山尴尬地笑了笑说：“哦，不好意思，我们再看看。”说完连忙出去追江晓冰。

程山追上气鼓鼓的江晓冰，也不说话，只是在江晓冰后面走着。江晓冰突然猛地回头，吓了程山一跳，程山也赶紧停住了脚步。

“我生气了，你知道吗？”江晓冰一脸委屈地问程山。

“我看出来了，但我不知道你为什么生气。晓冰，咱们都是成年人，成熟一点儿好吗？”

江晓冰没想到程山不但不安慰她，还责怪起她来，眼泪簌簌地往下掉。

看着来来往往的人，程山只好赶紧低声说：“晓冰，不要哭了，这么多人看着呢。”

“那你错没错，道不道歉？”江晓冰仰起脸问程山。

“好，好，我错了，对不起。”程山只好违心地说。

“这还差不多。”江晓冰这才破涕为笑，挽起程山的胳膊往前走。

江晓冰哪里知道，道了歉的程山并不知道自己错在哪里，她也并不知道程山的心思。一来，在程山的意识里，公寓里原来的陈设就相当好了，完全没必要再费钱费时重新布置；二来，程山长这么大，还是第一次逛这么大的家居市场，他见过最好的家具就是公寓里原来摆放的那些了，他即使上心也实在提不出什么具有建设性的意见来。

江晓冰的假期已满，他们的公寓也已装饰一新，看着江晓冰像衔泥的燕子一样，一件件地往家里搬东西，程山的心里说不出的感动。他知道江晓冰从小就是衣来伸手、饭来张口的主儿，这些天除了奔波在家具市场，在家的时候就将长发高高地绾起，两只胳膊上戴着长长的袖套，忙前忙后地招呼送家具的师傅将家具放在合适的位置，乐此不疲地招呼程山把她买的小物件摆来摆去，俨然一副女主人的样子。程山印象里的江晓冰热情、活泼、果敢，甚至有些高傲，而这样的江晓冰不禁让程山有些动容：“晓冰，让你受累了。”当程山这样对江晓冰说时，江晓冰就会跳起来搂着程山的脖子亲一下他，然后俏皮地说：“好了，这下不累了。”程山宠溺地看着江晓冰忙碌的身影，不由得在心里感叹他们是多么不同的人。

程山第一次穿上上千元的西服和皮鞋时，感觉整个人像被套在了一个套子里似的，连走路都是拘谨的。可是江晓冰说这是在他们那栋楼里工作的标配。程山不再说什么，除了心疼江晓冰付出的那一沓钱，就是尽量调整身体姿态去适应这衣服。

江晓冰领着程山走进公司，这件事在公司里引起了不小的轰动。江晓冰有男朋友了的消息这段时间传开了，同事们都很好奇能入平日里趾高气扬的江晓冰法眼的人是何方神圣，所以一进门大家就开始对程山指指点点。程山的样貌的确很抢眼，除了帅气，他还有着同龄人不具备的沧桑感，给人一种成熟、稳重的感觉。

江晓冰挽起程山的胳膊大方地给同事们介绍：“这是我的男朋友，程山，以后要和大家一起工作，还请大家多多关照。”

程山红着脸向大家轻轻点头，算是打过招呼了。

“请客啊，晓冰，找了个这么帅的男朋友。”“是啊，给我们说说怎么钓到这金龟婿的……”同事们嘻嘻哈哈地开起了玩笑。

程山窘迫地看向江晓冰。江晓冰笑着说：“别理他们，走吧。”说着就领着程山来到了部长办公室。

“晓冰，你回来啦。”部长热情地招呼江晓冰。

“回来啦，还按照您的指示给您找了一位得力干将，他可是我们班的班长，是专业课年年第一的学霸。”江晓冰说着把程山拉到了部长的面前。

“哦，晓冰，有些情况可能你还不知道……”部长搓着手，面露难色。

“什么情况？”江晓冰提高了嗓门。

“总经理家的一个亲戚也是设计专业毕业……”

“你不会是想说设计师的岗位有人了吧？”还没等部长说完，江晓冰就抢着问道。

“嗯。不过，晓冰，别着急，咱们再等等，还会有机会……”

江晓冰把部长的话重重地甩在了门里，被气得满脸通红的她拉着程山走出了公司。

看着江晓冰还要往前走，程山拉住了她：“晓冰，你先回去上班，等下了班，咱们再商量。我已经等了一年多了，也不急在这一时半会儿的。再说，我已经来了江城，机会总比老家多，你说是不是？”不知道为什么，程山的温言细语总能让江晓冰平静下来。

江晓冰闻言想要拥抱一下程山，程山见状赶紧后退一步，挥着手说："快去上班吧。"江晓冰只好悻悻地转身朝着公司走去。

走在熙熙攘攘的街头，程山一筹莫展。他可以安慰江晓冰，却不知道该如何安慰自己。他跟着江晓冰一头扎进了江城，却还是得到了一个需要等待工作的结果。他松了松领带，茫然地向前走。这偌大的城市，却没有他的一席之地，他也不是不能干别的工作，论吃苦，程山不输别人，他只是不甘心。在选择这所学校和这个专业之前，他对服装设计一无所知，可谁曾想他竟误打误撞地找到了自己最喜欢的专业。而且在四年的专业学习过程中，小山村里出来的程山竟表现出了其他同学没有的灵性，他没有见过什么世面，反而成了他的优势；他不会囿于以往的认知，反而常常会冒出许多新奇的想法来。在许多次实践作业中，他的作品因为设计新颖、风格独特而又不失温情，获得了老师的高度赞扬。连学校里最严苛的"老孙头"都在他毕业答辩时为他竖起了大拇指。毕业时，他也意识到回到老家，自己所学的专业可能没有什么用武之地，东胜最大的白云羊绒集团当时也没有专门的设计部门，但还是抱着那么一线希望回白云羊绒集团报到，却迟迟没等来上班的通知。

命运让他再次回到江城，这是他梦想开始的地方，会是他梦想实现的地方吗？无论如何，不能再等了。程山在心里对自己说。毕竟这里是服装设计的前沿阵地，程山不相信自己真的就无路可走了。程山理清了思路，匆匆回到了公寓，从行李箱里翻找出他上学时设计的作品，坐在桌前开始制作自己的简历。翻看着上学时还略显稚嫩的作品，程山突然就热泪盈眶了。是啊，这么长时间以来，自己并没有认真地思考过今后的路该怎么走，只是觉得毕业了该回到老家去，该去赡养一生清苦的老娘，该去偿还欠下查娜的四载年华，只是在一味地等待着工作的机会。在日复一日的等待中，他变得越来越焦虑，他的热情与渴望也一点一点被磨灭，包括他与查娜的感情。江晓冰的突然出现是他看不到希望的灰蒙蒙的生活中投下的一道光，让他瞬间看到了希望。但他还没来得及细想，就被裹挟着进入了另一种生活。

他抬起头望向窗外，江城的春天格外生机盎然，春意就那么肆意地铺展开来，让他的每个毛孔都能感受到春的气息。程山郑重地收起自己的简历，他知道是时候向前迈一步了。

江城的春风是温暖而柔和的，就像女子的纤纤细手，就那么轻轻地拂过你的发、你的脸，让你情不自禁地陶醉。程山走在这慵懒的春风里，却不敢有丝毫的懈怠。尽管江城是服装之都，但程山的求职之路并不顺畅。虽然也有公司确实需要人，但一看程山没有任何工作经验，连试一试的机会都不给就将他拒之门外了。

江晓冰并不赞成程山这样没有目的地瞎撞，她觉得凭借她在这个圈子里的人脉，程山的工作问题不难解决。但程山不想再等下去了，他不顾江晓冰的反对，依然早出晚归地去敲那一扇扇紧闭的门。然而，半个多月过去了，递出去的简历如石沉大海，他填写的联系电话是公寓里的电话，每天回去他做的第一件事就是翻看电话记录，看有没有未接电话，然而仅有的一个未接来电却是物业通知缴费的电话。让程山感到最难堪的是他刚递过去简历，还未等他转身，简历就被人扔进了垃圾桶，那一刻他有种冲上去打人的冲动，但理智还是让他谦卑地笑着，礼貌地退出去，轻轻地关上门。

每一天投递无果，程山都不想回到公寓里去，他不想面对江晓冰热情的迎接，他要藏起他低落的情绪，去配合她每天见到他的欣喜。他也不能和她分享他遇到的糟心事，因为只要他流露出一点不顺心，她就会劝他停止求职，要带他去见业内的老总。他每天都得装作开心的样子回去，还要告诉她和几个公司的负责人进行了交流，也有人对他感兴趣。程山知道过不了多久江晓冰就会识破他装腔作势的把戏，但他还是想再挣扎一下。

程山走进宇珊服装设计公司的时候，已是将要下班的时候了。他也记不清这是他今天求职的第几家公司了，他挤出了一丝疲惫不堪的微笑后，按惯例递上了自己的简历，并留下一句“如果贵公司需要设计师的话，麻烦联系我”就转身准备开门离开。“程山——”程山闻言赶紧停下脚步转过身来，办公桌后面的人正拿着他的简历并念出了他的名字。

“领导，您叫我吗？”程山毕恭毕敬地问。

“你是程山吗？”那个人反问道。

“是。”程山有点儿蒙，但还是认真地回答。

“我也是纺织学院毕业的，我是高你一届的师兄，那年学校的服装设计大赛，我是仅低你1分的亚军得主啊，哈哈……”一阵爽朗的笑声过后，那个人站起身走过来，握住了程山的手说，“我叫刘宇，公司成立一年多了，不嫌庙小的话，你就跟着我干。”

这突如其来的好事让程山一时之间竟有些不知所措，只是握着刘宇的手忙不迭地说：“好，好，好……”

苗梅梅已嫁作他人妇的现实让海子痛苦不堪，时间并没有治愈一切，而是让痛苦日复一日地积累、沉淀，变得愈发厚重起来。他也想过自己应该祝福苗梅梅，可是一听说哪个建筑工地要和常建军合作，他就怒火中烧，接着靠自己这些年打拼下来的口碑和实力毫不费力地撬走常建军的生意。他知道自己这样做不大气，那又咋样，他能干出抢朋友女朋友的勾当，我这算什么？每每此时，海子心里都会这么想。然而，这样的报复并未让他舒坦多少，短暂的快意后内心是更大的失落。于是，他夜夜笙歌，为的是那一时的沉醉与忘却。

程山走后，海子消沉了一些日子。在海子的心中，苗梅梅单纯善良，程山重情重义，可是如此亲近、如此让他信任的人却都作出了让他意想不到的选择。海子再度陷入了深深的迷茫之中……

好在生意做得风生水起，日日的奔波忙碌，暂时掩盖了他内心的伤痛。

这天，海子正在埋头研究一张图纸。“咚咚”的敲门声响起，海子应声抬头：“进来。”在烟雾缭绕中，海子看见一个纤细的身影走了进来。进来的人被屋里的烟味呛得咳起来。海子这才发现自己的烟灰缸里已经是满满的一缸烟蒂，有些被摁灭了，有些还苟延残喘地冒着烟，而自己手里的这根烟也快烧到手指头了。他赶紧熄灭烟头，站起身来打开了窗户，扭头时办公桌前已经站了一个人——白皙的脸庞，长长的睫毛，因为过于清瘦，一头长发显得有些厚重。

“李总，这是这个月的材料进出清单。”

细弱的声音响起，海子回过神来："哦，你是？"

"我是王琴，下夜的老王是我爸。"王琴垂着眼帘不敢看海子。

"哦，放下吧，我看完再找你。"海子这才想起程山走后，下夜的老王推荐自己初中毕业的女儿来工地当保管员的事。

王琴转身离开，脚步细碎无声……

小城的春天很短，基本上刮几场风，春天就过去了，尽管如此，柳枝还是在悄悄地往外冒新芽，在风中招展着它的新绿。

海子骑着摩托车在风中呼啸着到了工地，停好车，便看见王琴匆匆忙忙地从他的办公室里走了出去。海子狐疑地走进办公室，不由得眼前一亮：玻璃被擦得亮堂堂的，望出去正好是一排笔直的白杨，凌乱的桌子也被收拾得井井有条，烟灰缸里的烟蒂不见了，侧面贴了一个可爱的笑脸，旁边是一行娟秀的小字"吸烟有害健康"空气中飘荡着洗衣粉的清香……海子扭头往院子里看去，王琴正和送材料的师傅说着什么，转回头时对上了海子的目光，素白的脸上泛起了一片红晕。

海子在办公室待的时间越来越长，抽的烟却越来越少了。每次看到被精心擦拭过的烟灰缸和那个可爱的笑脸，海子就会不由自主地把拿起的烟放回去。每次在院子里碰到，王琴都会怯怯地向海子问好，然后匆匆离开，而海子看到最多的是路过值班室时王琴低头看书的模样。

这天，海子在院子里碰到老王，与他攀谈了几句，不知怎么的就聊到了王琴。

“这娃爱学习，学习也好，可是女娃娃家上个初中也管行了，家里哪有那么多闲钱供她上学，她底下还有两个弟弟呢。”老王摩挲着半秃的头笑着说，“李总，您认识的人多，在你们这地方给我家娃物色个好人家。”

“啊？噢噢……”海子一边应着一边走开了。

王琴再来送材料清单的时候，海子就会想起老王的话来，盯着王琴想，什么样的人适合她，这样一个安静的人，脚步声都是静悄悄的，好像害怕惊动什么似的。

“李总，有什么问题吗？”声音细弱得让人心生怜悯。

“啊，没有。”海子连忙拿起一支烟想要掩饰自己的失态，却看见王琴关切的眼神，于是只好打着哈哈，把烟夹在了耳朵上。

送完客人已是深夜，海子摇摇晃晃地站在路边打车，出租车很少，偶有路过的也已经载了客人。小城的春天，乍暖还寒，海子紧了紧衣服，抬起头看见月光漫过了树梢，树影婆娑，风吹过来，叶子沙沙作响。倏忽间，潜藏在心底的那些思念一下子涌了上来，那种无法言说的痛楚让海子感到无所适从。他跌跌撞撞地走着，不知走了多久，他发现自己站在了工地的大门外。

铁大门吱吱呀呀地打开了，瘦弱的王琴噤若寒蝉地站在海子面前，海子一把拉过王琴，将她拥入怀中，嘴里反复念叨着："梅梅，梅梅，不要走……"

海子醒来时发现自己睡在办公室的沙发上，浑身疼。他坐起来，摇了摇嗡嗡作响的脑袋，想要回忆起昨晚的事情，却什么也想不起来。他揉了揉酸胀的眼睛，趿拉着鞋站起来，办公桌上有一杯浓酽的茶，旁边的小米粥和包子还冒着热气。肚子就在这时"咕咕"叫了起来，海子坐下来大口大口地吃了起来。小米粥金黄黏稠，包子软嫩鲜香，海子感觉自己好久没有吃到这么美味的早点了。

忙完工地的事儿已是中午了。路过值班室的时候，海子闻到了一股焖面的香味，他折回来推门进去，看见刚揭开锅盖儿的王琴被包裹在一股热气里。那一刻，海子突然想有个家了。

几场风后，小城的夏天就迫不及待地来临了。初夏的阳光从密密的枝叶间透下来，地上映满了铜钱大小的光斑。绿树荫浓夏日长，夏天的工地更加忙碌。

王琴依然每日早早地将海子的办公室打扫干净，依然会在海子偶尔住在工地的早上做好早餐，依然每月准时送来出入库清单，依然在工作之余不声不响地埋头于书本中。老王和工友们有意撮合他俩，总是有意无意地在海子面前说起王琴的好来。海子也觉得王琴好，他也不是没想过，可见到王琴，他只会心生怜惜，总少了那份心动。

说话间就到了中秋节，听说他不回家，老王就邀请他一起过节。海子也没推辞，特意买了一盒月饼，傍晚时分来到了值班室。屋里只有王琴一个人，见他进来，王琴赶紧放下手中的书，脸先红了起来："李总，你来啦？"

"嗯，你爸呢？"海子也有些尴尬。

"他出去买点儿东西，你先坐。"说着就从饭桌下面往外拉凳子。

"我自己来吧。"海子说着也伸手去拿凳子，凳子没拿到，却碰上了王琴柔若无骨的手。手指冰凉，海子不由得将她的手握住了："你的手怎么这么凉？"

"我……"王琴面红耳赤地想要挣脱。

海子赶紧松开："对不起，我……"两个人一时都不知该说什么好。沉默中，海子闻到了她衣服上清新的味道。王琴红着脸给他倒了水，却再也不敢抬眼看他。

那年中秋，海子和老王喝了很多酒，说了很多话，从他离开学校进入社会说起，说他求职时的四处碰壁，说他做小工时的低三下四，说他应酬时的身不由己，这么多年，这些话海子从来没对人提起过，而那一天，海子不知道自己是在说给自己听，还是在说给王琴听……

凛冽的寒风中，冬天悄然来临。小城的冬天寒冷而肃杀，让人平添了几分伤感。

工人们都已回去，只留下老王和王琴看守工地。往年这个时候，也是海子回老家的时候，可是一想到回去要面对父母不停地唠叨海子就有些发怵。前两天母亲托人捎话给他，说他二姨要给他介绍对象，让他安顿好就早点儿回去。海子还没想好怎么应对，不想回去了。老王明里暗里也和海子说过几次，想让王琴和海子在一起。每次海子都支支吾吾地岔开话题 。其实，海子不是没有想过他和王琴之间的事，他承认他对王琴有好感，可是这好感和当初对苗梅梅的感觉是不同的：每次见到王琴他就会因她的瘦弱纤细心生怜惜，也会因她的认真好学心生佩服，但没有一个成年男子对喜欢的异性的那种激情。他不确定随着时间的推移，这种感觉会不会有所变化，潜意识里他期待着发生某些变化，因为他知道王琴是个好姑娘。

然而，人生中总会有许多巧合和偶然，也会有许多意外和错过。

如果那个晚上不是约好的饭局临时取消，海子也不会萌生去工地看看的想法；如果那个晚上王琴没有得急性阑尾炎，海子也不会大半夜地出现在医院，也就不会在收费处碰到抱着孩子看病却没有带钱的苗梅梅，更不会因目睹苗梅梅的憔悴不堪而整夜失眠。因此，他和王琴的结局在那一夜便被写好了。

王琴出院后，他第一次正式找王琴谈话。王琴局促地坐在沙发上摆弄着手指头。

海子开门见山："王琴，你是个好姑娘，在我心里你就像我的妹妹一样，我看你那么喜欢学习，我资助你回去上学怎么样？"

王琴惊愕地抬起头看着海子，眼神中似惊喜又似失落。

王琴走了，留了一张便条，依然是娟秀的字迹："哥，谢谢你！我会好好努力……"烟灰缸上的"吸烟有害健康"也换成了新的。

海子坐在办公桌前时常会想起王琴来：娇弱的身影，细碎的步伐，躲闪的眼神，还有那娟秀的字迹……他有时也会问自己，如果那个冬天的夜里，没有在医院碰到苗梅梅，他会不会娶王琴？每次都没有确定的答案，他也知道，人生不会有什么如果。

7

查娜一如既往地早早来到车间，照例用纱布细心地擦拭完她的机器后，就开始了一天的工作。这个淳朴善良的姑娘用沉默和忙碌对抗着内心涌动的无尽痛苦。

下班了，工友们争先恐后地走出车间，热烈地讨论着哪家的酿皮好吃，哪家服装店又上了新品。查娜慢吞吞地收拾完，最后一个走出车间。她低着头，慢慢往前走，却看见雪梅正扶着自行车站在厂门口等她。她紧走几步迎了上去：“来，查娜，我带你。”雪梅拍了拍自行车后座说。

“去哪儿？”查娜一脸迷惑。

“去我那儿，咱俩聊聊天儿。”

一上班，细心的雪梅就看出了查娜的异样，查娜憔悴的脸庞、深陷的眼窝，与人说话时从嘴角挤出来的微笑以及昨天慌慌张张地托她请假，都让雪梅觉得查娜一定是遇到什么事儿了。她了解查娜，这个善良的姑娘骨子里有一种倔强，遇到难处不会轻易向别人求助，只会一个人默默承受。她想帮查娜，她们都是从农村出来打拼的，那份遇到难处自己扛的不易她感同身受。

来到雪梅的出租屋，手脚麻利的雪梅很快就和好了面，擀了两碗细长的面条。雪梅把一碗热气腾腾的面条端到查娜面前时，她那深陷的眼窝里涌出了一滴一滴的泪水。在这个像姐姐一样关心她的人面前，查娜绷不住了，双手捂着脸蹲了下去，那瘦弱的双肩猛烈地抽搐起来，泪水顺着指缝无声地滑落。

雪梅走过去搀起查娜，将她拥入怀中，一只手轻轻地抚着查娜的后背："查娜，你想哭就痛痛快快地哭出来，别委屈自己。"

听着雪梅温柔的安抚，身心俱疲的查娜终于放下了伪装，搂着雪梅毫无顾忌地哭了起来……

夜幕缓缓降临，灰暗的天空中飘来团团厚重的阴云，星月逐渐隐去，淅淅沥沥的雨声渐次响起，敲打着窗玻璃，像是歌者的低吟浅唱。

查娜没让雪梅开灯，两个人倚着叠好的被子坐在黑暗中。听了查娜的讲述，两个人一时陷入了沉默。雪梅知道，此时任何安慰都显得苍白，她能做的只是静静地陪伴。查娜已不再哭泣，从程山回来之后相处的这段时间里，她的心里已经隐隐地意识到了他们会有这样的结局。

程山的憋屈，查娜早已看在眼里、疼在心里，她渴望一个能让程山施展才华的机会，如果这个机会会让她失去程山，她也毫不后悔。只是她没想到，这个机会让她发现他们的这段感情是这么不堪，结局仓促到连查娜想表明自己心迹的机会都没有，是程山不敢面对，还是在程山心里他们的这段感情只配得上这样一个敷衍的结局？

“梅姐，你还得帮我一个忙。”查娜暗哑的声音在黑暗中响起。

“好，你说，只要我能帮得上忙。”雪梅急切地说。她多想帮助眼前这个可怜的姑娘啊！

沉默良久，查娜开口了：“帮我找个可靠的人，我得去医院打胎。”查娜的声音很低，这句话像是用尽了她全部的力气。

雪梅靠近查娜，用胳膊揽住她的肩头轻轻拍着：“你放心，我会找一个可靠的人，这事只有你知、我知、他知。”

浓重的黑暗自天际涌来，远处传来几声惊慌失措的犬吠声，哗哗的雨声不绝于耳，伴随着查娜沉重的叹息声，在雪梅不大的房间里飘荡……

雪强一走出厂门，就看见了姐姐。虽然两个人在同一座城市，但都忙于工作，已经一个多月没见面了。

雪强紧走几步，来到姐姐面前：“姐，又送啥好吃的来了？”

雪梅摊开双手，笑着说：“西北风，管饱吃。”

“姐，不送吃的，你来干啥？”雪强嗔怪道。

“你个吃货，没有吃的就不能找你了？姐姐今天找你是想请你帮个忙。”雪梅亲昵地拍了拍弟弟背上的灰尘。

“咦，咋还这么客气，哈哈……”雪强爽朗地笑着说。

雪梅把弟弟拉到墙角，吞吞吐吐地说出了自己的请求。

“什么？姐，你没搞错吧！我还没有女朋友呢，万一传出去……哎哟……”

“你小点儿声。”雪梅情急之下踢了弟弟一脚。

“不行，不行……”雪强摇头摆手地拒绝道。

“你小点儿声，行不？”雪梅边说边紧张地朝马路对面的柳树底下看去。

雪强顺着姐姐的视线看到了树底下一个落寞的身影，已是晚春，柳絮纷纷扬扬地落在她的头上、身上，她就那么出神地看着风中的柳絮飘飘洒洒，微蹙的眉间是掩饰不住的哀伤，紧闭的双唇间流露出一股子倔强。雪强一下子呆住了，心突然剧烈地跳动起来，万般柔情瞬间自心底涌出，脸没来由地开始发烫。

“听见没？”雪梅用劲儿拽了雪强一把。

雪强回过神来看着姐姐说：“让我想想，我明天答复你。”

“那我明天再来？”

“不用，我去找你。”

雪梅临走前拍了拍高出自己半个头的弟弟：“等你的好消息。”

雪强看着姐姐穿过马路，走到了柳树下那个女子身边，两个人说着什么。女子朝雪强看了过来，雪强赶紧扭头，大步流星地朝厂区走去。那一刻，一种巨大的幸福感湮没了他，他仿佛看见了一个充满幸福与喜悦的未来在他面前徐徐展开……

查娜和雪梅赶到医院的时候，雪强已经等在门口了。这个浓眉大眼的大个儿小伙子今天竟然穿戴一新。雪梅有些疑惑地看着弟弟，心里直嘀咕：让你来陪着做人流手术，又不是相亲……她也不好说什么，只是给两个人简单介绍了一下。

查娜把垂在面颊上的长发轻轻捋到耳后，眼神有些闪烁，脸颊泛起了一丝红晕，低声说：“谢谢你，雪强。”

“没事儿，没事儿……”雪强有些不知所措地搓着一双大手，一反平常大大咧咧的模样。

“咱们赶紧进去吧。”雪梅说着，率先走进了医院。

挂号、交费、签字、等待，三个人坐在医院长廊的椅子上沉默着。表面的沉默掩盖不住查娜内心的喧嚣：这样做真的对吗？你真的有权利这样去处置一个无辜的生命吗？是程山不负责任我才这样做啊！可是你就没有责任吗？她的心里仿佛有两个人在打架。“下一位，查娜。”听到医生在叫自己，查娜一惊，赶紧站起身来，下意识地往手术室门口走去。迎面走来一个女人，怀里抱着一个出生不久的婴儿，查娜不经意地一瞥，看见婴儿正咂巴着小嘴儿，滑溜溜的脸蛋儿红彤彤的，眉头一皱一皱的，表情既可爱又可笑。那一刻，查娜的心瞬间柔软了下来，眼泪也随之簌簌掉落。她停住了脚步，做了一个大胆的决定：生下这个孩子。

得知查娜的决定后，雪梅、雪强姐弟俩惊得张大了嘴巴，在这座小城，未婚先孕已是骇人听闻，做一位单亲妈妈，不得淹死在唾沫星子里吗？雪强看着查娜，目光中充满了担忧和探究，但他知道他什么也不能说。

“查娜，你真的想好了吗？你想过你以后的日子会有多难吗？”雪梅拉起查娜冰凉的手。

“梅姐，我想好了。上天安排我们和某些人相遇是有原因的，程山是，这个孩子也是。他是程山的孩子，但更是我的孩子。我有责任把他生下来，也有责任把他养大。”查娜说得很平静，但很坚定。

晚春时节的风，虽然刮得紧，但已经有了暖意。雪强望着姐姐和查娜越走越远的背影陷入了沉思……

决定生下这个孩子后，查娜的内心反而平静了许多。她不是不知道她将要面临的压力和艰难，但骨子里的那股倔强和坚韧让查娜鼓起了生活的勇气。她很感激雪梅，这个亦师亦友亦姐姐的人，在工作中给了她许多帮助，在生活中也处处关心她。当她哭泣的时候，雪梅会给她一个可以依靠的肩膀；当她为难的时候，雪梅会挺身而出为她想办法。查娜觉得有必要再和雪梅好好谈一谈，让这个关心她的人能够放心。

程山走后，查娜本打算重新租一间房子，因为这个小小的房间里到处弥漫着程山的气息，可现在查娜改变了主意，她想明白了：一个已经住进心里的人，走到哪儿都是躲不掉的。所以这几天查娜抽空把这间小屋好好地收拾了一番：白底红格的床单被她抻得平平整整，写字台上放了一盆绿萝，绿叶密密麻麻地堆在一起，遮住了花盆，给这间小屋增添了许多生机，窗帘换成了紫色的纱质面料，给人一种轻盈温暖的感觉。

雪梅进屋时，查娜正在厨房忙着炒菜，氤氲的热气中传来查娜热情的声音：“雪梅姐，你先坐，我马上就好。”

雪梅打量了一番屋内的陈设，心里不禁涌上一种复杂的情愫：有欣慰，有感动，有佩服，还有一些心疼。“查娜，我来帮你。”雪梅说着就要往里走。

“不用，不用。”说话间，查娜已经端着菜出来了，两荤两素，齐齐整整地摆在了饭桌上，她还特意给雪梅买了女士香槟，自己则倒了一杯水。

查娜缓缓举杯，眼里盈满了泪水，嘴角却在努力上扬：“雪梅姐，我以水代酒敬你一杯，感谢这些年来你对我的关心和帮助，尤其是最近的事，没少让你操心。你放心，我会好起来的，会好好生活的。”

“我知道你是个坚强的姑娘，可是这个孩子……”雪梅担忧地看着查娜。

“姐，我知道这个孩子会让我的生活变得很艰难，但他在这个时候出现，何尝不是对我这么多年付出的感情的一个补偿呢？虽然程山走了，可是我不怨他，他有他的梦想，我不能阻拦，我以前的付出和现在决定要这个孩子都是我心甘情愿的。没有了程山，我一样可以好好地生活。”查娜慢慢地说，雪梅静静地听，不经意间，两个人都红了眼眶，举起杯子一饮而尽。

是啊，生活就是这样有百般滋味，有些苦不得不品尝，而这些苦并没有磨灭查娜的善良，而是让她的善良悄悄滋长出了一些锋芒与倔强。

查娜走在下班的路上，街边小贩的叫卖声此起彼伏，并不宽敞的街道上挤满了人：骑车的、步行的、驾车的……查娜避开拥挤的人群，拐上了一条林荫小道，小道有些狭窄，但安静了许多。远远望去，傍晚的天空有一种明丽的蓝色，远处的群山在夕阳的映照下，染上了一层薄薄的红晕。

回到院子里，查娜看见门口坐着一个人，走近一看，原来是程山的妈妈。“妈……”“妈”字没吐全。以前照顾老太太的时候她早就改了口，那时候查娜和老太太都以为叫妈是迟早的事，查娜也把老太太当亲妈一样对待，谁承想会有这样的结果呢？

“您怎么在这儿啊？来，快起来。”查娜说着用手将老太太扶了起来。老太太视力不好，直到查娜拉她，她才看清是查娜：“查娜……”

查娜开了门，安顿老太太坐下后，就张罗着给老太太做饭。老太太拉着查娜的手让她坐下。老太太用粗糙的手摩挲着查娜的手背，哽咽起来：“查娜……我对……不住你啊！如果不是碰到海子他爸，我到现在也不知道程山做了这么没良心的事啊！”两行浑浊的泪水从老人的脸颊滑落。

查娜心里一阵酸楚，但还是勉强笑着安慰老太太：“你不要听他们瞎说，程山只是去外地工作了，等他在那边安顿好了，就回来看咱们。”

“查娜啊，你这个傻孩子，我眼瞎但心不瞎呀，你不要骗我了。程山他没良心，我不能没良心，明天……明天你就带着我去找他，他不跟我回来，我就死在他面前，我就当没他这个儿子。”老太太越说越气，用手把桌子拍得啪啪直响。

“姨，你听我说，我知道如果你去找他，他一定会跟着回来，可那不是我想要的程山，强扭的瓜不甜，我们是要过一辈子的人，如果那样，我们是不会幸福的。”查娜抚着老太太的背情真意切地说。

“查娜……好闺女……程山没这个福气呀……”老太太已是老泪纵横。

这一夜，两个人都是辗转反侧，老太太时不时发出沉重的叹息声，查娜只能装作没听见。捱到天明，查娜草草吃了早点要去上班，安顿老太太：“姨，你就在我这里住几天，等我下班了咱俩好好唠唠。”

“行了，行了，你快去上班吧。”老太太摆着手，眯着眼睛催促查娜。估摸着查娜已经走远了，老太太颤抖着从衣服的里层兜里摸出一张皱皱巴巴的五十元钱，悄悄地塞到了查娜的枕头下面。然后站起身拄着拐棍走了出去……

夏天，一切都在肆意地生长，尤其是道路两旁的绿色，又浓又深，街道花坛里不知名的小花也竞相开放，让夏天的小城显得生机勃勃。

查娜的肚子已微微隆起，加上繁重的工作，让这个姑娘更加消瘦了。车间里的窃窃私语渐渐多了起来，尽管做好了承受的心理准备，可是真的面对时还是难免会感到难堪。查娜因为勤劳能干深得车间领导看重，每年的先进工作者都有她。也正因如此，引起了一些好事者的不满，私下颇有微词。现在这种情况，正好给了这些人议论的话柄。好在有雪梅竭力维护着她，才不至于让查娜显得那么孤单。

幸运的是，查娜的工作有了转机。检验车间要从纺纱车间挑选几个业务能力强的人，查娜和雪梅都在备选之列。听闻这个消息，两个人又惊又喜。检验车间的劳动强度比纺纱车间低了不少，但对人员的技术水平要求比较高。这对好学上进，但目前不宜从事高强度劳动的查娜来说，真是天遂人愿。

下班后查娜站在厂门口等去取自行车的雪梅，两个人商量好去“西安酿皮店”吃碗酿皮庆祝一下，却迎面碰到了早对查娜心怀芥蒂的两个同事，其中一个酸溜溜地开腔了：“哎呀，恭喜你呀，查娜，你现在这种情况也真是不适合待在咱们车间了。”说着眼神就停留在了查娜的腹部。同事的阴阳怪气让查娜脸憋得通红。还未等查娜反应过来，另一个同事接过了话茬：“就是，就是，只是怎么没听说你结婚呢？这先进工作者都没时间结婚吗？那这孩子总有爸爸吧，是谁啊？”

“是我！”一个浑厚的男中音蓦地响起，把三个人都吓了一跳。

查娜扭头看时，却见雪强不知什么时候已站在了她的身后，正凝神注视着她，目光中饱含着热情和期待。查娜的脸更红了，泪水已盈满了眼眶。她想要说什么，嘴唇翕动着，却什么也说不出来。两个同事看见高大健壮的雪强后，找了个借口悻悻地走了，留下了不知所措的查娜。雪强还是目光灼灼地看着查娜。

查娜别过脸，望着远处说：“谢谢你，雪强，你是来找雪梅姐的吧？她去取自行车了，马上就过来。”查娜说得很快，仿佛害怕雪强会打断她。

“我是来找……”

“雪梅姐来了，你们慢慢聊，我先走了。”不等雪强再说什么，查娜赶忙转身，逃也似的离开了，只听到身后雪梅清脆的声音：“雪强，你怎么来了？咦，查娜怎么走了……”

六月的天真是说变就变，刚才还是晴空万里，没多久，风就夹着雨点，像在地上寻找什么似的，东一头、西一头地乱撞，不一会儿就噼噼啪啪地下了起来。汽车的喇叭声响了起来，躲不及的人们惊慌失措地寻找着避雨的地方，不怕淋雨的孩子们在雨中追逐打闹着，偶有打伞的人匆匆走过，便引来人们羡慕的目光。查娜站在一家商店的门前怅然地望着天，看这情形，雨没有停的意思。“看来以后每天都要备着伞了。”查娜心里想着，再抬头时，已有一把白底小碎花的伞出现在头顶了。

“走吧，这雨一时停不了的。”雪强露出洁白的牙齿冲着她笑。

“你怎么会在这里？”查娜一脸狐疑地问。

“路过呀，我同学家在前面，我有事找他。”雪强微红着脸说。

查娜不好再说什么，接过雨伞走进了雨中。雪强又打开一把大黑伞跟了上来。雨噼噼啪啪地打在伞上，两个人沉默地走着，一时有些尴尬。雪强悄悄侧脸看着查娜，雨雾中的查娜蹙着双眉，正小心翼翼地躲避着路上的水坑。雪强欲伸手扶着查娜，又害怕什么似的将手收了回去。查娜脚下走着路，心里也没闲着，她觉得自己应该说点儿什么，她知道雪强和她可能不仅仅是偶遇，可是一时间又不知该从何说起。她扭头看向雪强，却见雪强正凝神看着自己，四目相对，雪强“腾”地一下红了脸，赶紧收回目光，两个人都不自然地笑了笑。

“这雨要下到什么时候呀？”雪强没话找话地说道。

查娜也不知该怎么回答，只好应和着：“就是，也不知道要下到什么时候。”

“你同学家还远吗？我拐进去就到了。”查娜收住脚步，指着前面的小巷说。

“啊，我还有点儿路要走，你先回去吧。”雪强笑着冲查娜挥了挥手。

“那……伞……”查娜想把伞递给雪强。

“不着急，过两天再还我。查娜……”雪强欲言又止。

“啊？”查娜闻声扭头。

“没事儿，没事儿。”雪强连忙摆着手，转身走进了雨幕中。没走几步，他又折了回来，看着查娜的背影渐渐消失……

雨越下越大了，雨水顺着房檐流下来，马路上的雨水汇成了一条条小溪，水面上出现的无数水泡时而露出水面，时而又藏入水底，远远望去，就像一颗颗晶莹美丽的珍珠在闪闪发光……

屋外的夜很黑，雨还在下着，小窗前的树被风一刮，摇摇晃晃，枝丫扫着屋檐，发出“唰啦啦，唰啦啦”的声音。

查娜坐在床上，看着地上的小花伞发呆。此时的查娜有些烦闷，她刚捋清自己和程山这点儿事，刚艰难地作出了选择，就冷不丁冒出一个雪强来。雪强的用意她不是没看出来，只是她不知道该怎么说才不会伤了这个热情小伙子的心。但是，无论如何她必须得找雪强谈一谈了，趁着雪强还没有明确说什么的时候。打定主意后，查娜上了床，却翻来覆去地睡不着……

小城雨后的早晨焕然一新，空气中弥漫着丝丝泥土的清香，天瓦蓝瓦蓝的，微风过处，杨柳依依。查娜的心情也跟着好了起来，她早早地走在上班的路上，新的岗位还需要她赶快适应。快到厂区大门时，她看见雪梅在前面走着。“雪梅姐！”查娜边喊边紧走几步想要追上雪梅，雪梅却像没听见似的走得更快了。“这人忙啥呢？”查娜心里嘀咕着，跟在雪梅身后进了车间。

在更衣室，两个人打了个照面，查娜笑着说：“雪梅姐，这么早。”

雪梅敷衍地“嗯”了一声扭头就走了，留下查娜一个人在那儿纳闷。一整天，雪梅都不声不响的，而且很明显是在故意躲着查娜。查娜百思不得其解，只能埋头干活儿。

好不容易等到下班，查娜在厂门口叫住了黑着脸的雪梅：“雪梅姐，你怎么了？我是做错什么了吗？”

“你没错，是我错了，我不该自作多情地帮你。”雪梅气呼呼地说。

“雪梅姐，你这是什么意思？”查娜委屈地看着雪梅。

“你就不要装了吧，你在我眼皮子底下干出这种事儿，程山甩了你，你也不能让我弟弟背锅吧？你凭良心说，我对你怎么样？你这样做对得起我吗？啊？”雪梅越说越激动，引得路过的人纷纷回头看。

查娜这才听出点儿门道，连忙拉着雪梅的手解释道：“雪梅姐，你一定是误会了，你听我说……”

“说什么？全厂子里的人都在传你肚子里的孩子的爸爸是我弟弟，只有我被蒙在鼓里！你走开，以后就当我不认识你！”雪梅说着甩开查娜的手，气呼呼地骑着自行车扬长而去。

查娜望着雪梅的背影，泪水扑簌簌地落了下来。查娜呆呆地立在街头，茫然地看着街上的车水马龙，似乎所有的喧嚣都与她无关，只有雪梅的话还一遍一遍地在她耳边回响，泪水像这城市一般喧嚣，她一次次狠狠地擦掉，又一次次狠狠地流下来。她爱恋程山，她信赖雪梅，可在他们心中，她到底是怎样的一个人呢？真的不值得给她一个说话的机会吗？一股锥心的痛从查娜的心底涌起，一波接着一波，侵蚀着她的每一根神经。她觉得很累，很累，顺势坐在了马路牙子上。不知道坐了多久，查娜站起身来，朝雪梅家走去，她要向雪梅解释清楚。

走进雪梅家的院子，查娜看见院子里的邻居正三三两两聚在一起谈论着什么，还有人不时用手指点着雪梅的房子。查娜紧走几步来到雪梅家门口，里边传出激烈的争吵声。

“你脑子有病吧，查娜肚子里怀着程山的孩子，你不知道吗？”听得出雪梅在极力压制着自己的声音。

“我知道，那又怎么样？”是雪强的声音，恼怒中带着任性。

“怎么样……”

查娜知道无论如何自己都得进去了，于是，她鼓足勇气推开了门。两道惊愕的目光齐刷刷地看向了她。

她故作镇定，强装笑颜：“雪梅姐，我有些话想和你说。”

雪强站到查娜面前，抢着说：“不用说了，我已经和她说清楚了，这不关你的事，厂子里传的虽然是谣言，但我希望这谣言变成真的，我……”

“你住嘴！”雪梅厉声呵斥雪强。

“你让我把话说完。我知道你关心我，可是，姐，我已经是成年人了，我很清楚我在说什么、做什么。”雪强转向雪梅，眼神里满是乞求。

雪梅喘着粗气绝望地瘫坐在椅子上，破旧的椅子发出巨大的嘎吱声，飘荡在凝固的空气中。

“我……我喜欢你，查娜！你想要孩子，我不拦你，请你让我做这个孩子的爸爸。”雪强一口气说完，怔怔地看着查娜。

查娜突然又很想哭，她很感激眼前这个帅气的小伙子，可她知道，她仅仅是感激。

查娜强忍着泪水，硬生生地朝雪梅挤出一丝微笑："雪梅姐，我很感激你对我的帮助，也很抱歉给你添了这些麻烦。厂子里传的谣言让你产生了误会，对不起，雪梅姐。"说到这儿，查娜的眼泪掉了下来。

雪梅吸溜着鼻子盯着地板。

查娜捋了捋头发，顺势擦去脸上的泪水，转向雪强，真诚地说："雪强，谢谢你！但是我们不合适，我心里始终放不下程山，我相信总有一天他会回来的。"

雪强垂首不语，眼神渐渐变得黯然。他幽幽地看了查娜一眼，留下一句："姐，我走了。"背影高大而落寞。

雪梅站起来对查娜说："查娜……你坐。"语气客气而生疏。

查娜笑了笑，说："不了，雪梅姐，我该走了。"

夜幕缓缓降临，灰暗的天空中飘来团团厚重的阴云，星月逐渐隐去，大地之上愈发晦暗，建筑物投下浓重的阴影。

查娜一个人走在黑暗中……

程山拿到第一个月的工资时，心里是按捺不住的喜悦。他看着存折上的那一串数字，生怕看错似的，看了一遍又一遍。2580元，他默念着，虽然在江城这个收入并不算高，但这是在农村时他们全家两年都不可能达到的收入。程山取出500元寄给了姐姐，又取了200元准备给江晓冰买一个礼物。买什么呢？程山一时间犯了难。他对江晓冰穿的、用的一无所知，他只知道那些都价格不菲，他这区区200元能买什么呢？买花吧，程山想起来有天晚上两个人散步时，碰到一个男孩送花给一个女孩，江晓冰眼里露出羡慕的神情，还半开玩笑地说："程山，你什么时候能送花给我呀？"程山兴冲冲地跑到了花店，可一束花要100多元，他问来问去也没有既便宜又能拿得出手的，怎么想都觉得不划算，不能吃不能喝，过几天就枯萎了。老板娘看他一副犹犹豫豫的样子，就说："那边有不太新鲜的，你可以自己去挑选一些好点儿的，我算你半价。"程山一听特别高兴，一枝一枝地挑了十几枝，老板娘还细心地包装了一下，临走时给花喷了一些水，那束花立刻变得妩媚多姿了。

可是江晓冰见到花时并没有程山想看到的惊喜，她只是看了一眼，淡淡地说："放在那个空瓶子里吧。"然后扭头进了卧室，留下不明就里的程山待在原地。直到几个月后，新来的同事给他科普了各种花代表的含义后，他才知道他那天送江晓冰的那束花里有玫瑰、百合，还有康乃馨和其他不知名的小花。他当时光顾着挑选新鲜、好看的花，哪里知道花还有这么多的说法。他既懊恼自己的无知，也心疼那50块钱花得不值。

这天，程山下班回家，刚走到门口就听到屋里激烈的争吵声。

“你的脑子是不是坏掉了？你找一个一无所有的穷光蛋，是要和他一起喝西北风吗？”一个男人气急败坏的声音传了出来。

“我们有手有脚有工作，怎么就会喝西北风？”江晓冰不甘示弱地回击。

“晓冰，爸爸也是为你着想，你可能是一时糊涂，你再好好想想，好不好？”一个女人好言好语地劝她。

“有什么好想的，必须当机立断，你要是断不了，我来帮你了断！”他听到男人拍桌子的声音。

“凭什么？你们凭什么干涉我的自由！我就是爱程山，我就是要和他在一起。”

“啪”一声响亮的耳光声响起，屋里瞬间安静了下来。立在门外的程山早已满头大汗，他不知道自己是该进去还是该离开。就在犹豫间，江晓冰捂着脸冲了出来，程山只得慌里慌张地追上去。

江晓冰穿着拖鞋，程山不一会儿就追了上去。他拉住气喘吁吁的江晓冰，江晓冰气呼呼地甩开程山的手，一言不发地继续往前走。程山也只得一言不发地跟在后面，想安慰江晓冰两句，却不知道该说什么。此时此刻，他的心里早已兵荒马乱，他并不知道来江城还要面对这样的局面。刚来时，他也提起过要去拜访江晓冰的父母，但江晓冰总说“不着急，以后有的是时间”，程山也不以为意。这段日子他忙于工作就没再提起。原来是江晓冰瞒着自己。想想也是，江晓冰的家庭说不上是大富大贵，但在江城也算得上是殷实之家，而且江晓冰是独生女，自身条件还那么好，从哪个方面来说，做父母的都不愿意自己的女儿跟着他这样一个从小地方来的穷小子。两个各怀心思的人，就这样在沉默中一前一后地走着，一直走到了海边。江晓冰走累了，一屁股坐在了一块石头上，抽抽搭搭地哭起来。

程山蹲下来，抚着江晓冰的肩头说：“晓冰，你别难过，你爸妈也是为你好……”

没等程山把话说完，就被江晓冰打断了：“你是说他们反对咱们在一起是对的？你是不是巴不得他们反对呢？”

程山觉得自己永远也跟不上江晓冰的思维，更对付不了她的伶牙俐齿，只得笨拙地解释道：“晓冰，我不是那个意思，我是说……”程山一时不知该怎么说了，他怕自己哪句话说得不合适，惹得晓冰更生气了，只得在嘴里反复嘟囔着：“别哭了，别哭了……”哪知道，不说还好，一说，江晓冰“哇”的一声扑到程山怀里哭得更起劲了。

江晓冰边哭边用拳头捶打程山的胸口：“程山，你要保证一辈子对我好，呜呜……你要保证出人头地，让我爸看看我没选错人……”江晓冰在程山的怀里哭得很伤心。

程山搂着江晓冰，说：“我保证，我保证……”心里却是五味杂陈，悲凉的感觉席卷了全身。他能保证什么？他又能拿什么去保证？他理解晓冰的父亲，在现实生活面前，他们虚妄的爱情又能抵挡多少风雨？他也想痛痛快快地哭一场，生活，怎么就这么难呢？可此刻的他，连哭的权利都没有。

夕阳滚过细碎的云缝，落在海的那一边。但天空中还燃烧着一片橘红色的晚霞，大海也被这霞光染成了金黄色。哭累了的江晓冰不再说话，两个人依偎着坐在海边，看着那映照在浪峰上的霞光，闪烁着、滚动着，一浪高过一浪，不断向前涌动着……

江城的夏天来得热烈而蓬勃，各种花争奇斗艳，各种树浓荫蔽日，让这座城市更加生动活泼。

在这里的日子过得匆匆忙忙，程山的心在这个火热的季节里却常常感到冰凉。上学时他还能理智地面对江晓冰的追求，他深知他们是两个世界的人，他在江晓冰眼里的魅力或许只是因为她从没接触过他这类人，他的成熟、沧桑感，甚至是贫穷，对于江晓冰来说是一片未知的天空，所以她好奇，她想探索，而程山一次又一次的拒绝，更激起了她征服的欲望。可是，生活的窘迫让江晓冰的出现成为程山想要改变命运的救命稻草，他以为那也是爱情的一部分。然而在一起几个月后，他们之间的问题越来越多，除了观念和习惯的差异，即便在两个人共同从事的职业领域，他们的理念也存在很大分歧，这让程山感到很痛苦。他尝试着和江晓冰沟通过，可是很多习惯和观念是随着一个人一起成长起来的，哪里是几次谈话就能改变的，而且，理念不同不代表哪个人错了，谁去改变都会感到委屈和不甘。

这一天，江晓冰说起小时候参加学校的游泳比赛获过奖，程山羡慕之余，也兴奋地说起他和小伙伴在查干布拉格河中游泳的经历。

许是很久没有回故乡了，程山说得很是兴起："我们谁要是输了，就要背着对方回家呢。"

江晓冰笑着说："你们那能叫游泳吗？狗刨都算不上吧？我们可是在正规游泳池的标准泳道里比赛呢。"

笑容在程山的脸上戛然而止，他尽量平静地说："晓冰，你说话可不可以不总是这么盛气凌人？你这样很伤人。"

"你是玻璃心吗？我看你就是自卑心在作祟，我只不过是说了一个事实而已，这就伤着你了？我从小到大都是这样说话，为什么就你觉得我说话伤人呢？"

听着江晓冰连珠炮似的发问，程山沉默了。他不再作声，转身伏在书桌上看书。

江晓冰却不依不饶地问程山："你说话呀，你怎么不说话了呢？你甩什么脸子呢？程山，为什么我一说话你就不高兴？你这样，我也是很累的！"

程山无奈地苦笑着安慰江晓冰："晓冰，我没有不高兴。你坐着，我去给你洗点儿水果。"

这样的事情多了，程山不胜其烦，他不想每天吵吵闹闹的，只好尽量去迎合江晓冰。江晓冰再说起什么时，他也不再发表自己的观点，只是附和她。"程山，你觉得你这样敷衍我有意思吗？"这是两个人在聊完今年夏季流行趋势的话题后，江晓冰问程山的问题。程山愣在原地，不知该如何回答。江晓冰也没有再追问，草草洗漱完就睡了。从那以后，两个人的话渐渐少了，原来的吵闹被沉默代替了，为了避免在一起感到尴尬，程山加班的时间越来越长。

小城的夏天不怎么热，尤其是夕阳将落未落时分，晚风卷着一串串细碎的光，将树上的叶子一片片翻转，翻起一个个凉爽惬意的黄昏。

查娜每天按部就班地迎着朝阳上班，披着余晖回家，日子过得波澜不惊。

雪梅对她已是客气而疏离，查娜不再试图解释或挽回什么，她知道，有些事只能交给时间，但雪梅曾经的好，查娜一样都没有忘记。

一个偶然的机会，查娜在主任办公桌上的报纸上看到了一个成人教育招生启事，招生的学校里有程山的母校。不知道为什么，查娜突然心动了：报考这所学校。当这个声音自心底响起时，查娜被自己吓了一跳。查娜好像害怕什么似的，赶紧将报纸折起来揣到了自己兜里，好像揣着一个巨大的秘密，惴惴不安地等到了下班。回家后，她迫不及待地展开报纸，开始研究报名条件。最后一个条件读完，查娜如释重负地长舒了一口气，她按捺住激动不已的心，开始翻箱倒柜地寻找以前的课本。课本上落满了灰尘，查娜找了块抹布细细地擦拭，翻开已有些发黄的书。她有些失神，这书里积淀了多少岁月留下的痕迹，那些与程山一起备考的日子，那些辛苦供他上学的酸甜苦辣一齐涌上心头。她叹息着合上书，往事像灰尘一样在阳光下纷飞。

打定主意后，查娜制定了一份详细的学习计划表。放下书本已经五六年了，重新拾起来，困难可想而知。但骨子里那股不服输的劲儿让她不再犹豫，她麻利地站起来开始生火做饭，她要在晚饭后开始自己第一天的学习。

夏天的深夜很静谧，耳边不时响起一阵蝉鸣。查娜坐在灯下，时而蹙眉，时而微笑，专注于学习的她，突然感到了一种前所未有的轻松和充实。是的，从今往后，查娜要开始成为自己了，她似乎在这一刻开始明白：一段真正健康的感情，应该是彼此成就，而不是一味地牺牲。她低下头抚了抚微微隆起的腹部，眼眸中多了母亲的慈爱，也多了母亲的坚强。

天空湛蓝，太阳高悬，白云慵懒地飘荡着。黄叶开始凋落，有的在空中打转，有的在街角堆积，还有的顽强地挂在枝头做最后的挣扎。

深秋的小城已经有了凉意，查娜随着人群走出考场。她的肚子已经大了起来，脚步也略显蹒跚，渐渐地落在了人群后面。她紧了紧身上的外套，抬起头看天空中云卷云舒，长长地舒了一口气，都考完了，她自我感觉还不错。查娜自从确定目标之后，就开始安心学习、认真工作，不再顾及别人的看法，那些好事的人发现说三道四没有达到应有的效果后，就慢慢地闭了嘴。其实，世间的事就是这样，你在乎，别人的话才会扰乱你的心智。如果自己笃定平和，别人说什么又有什么关系呢？生活让这个善良的姑娘不断成长，逐渐成熟，让她的美好品质不再仅仅是善良。

查娜从考场出来后径直去了单位，虽然和单位请了假，可是她要备战集团公司即将举办的职工技能大赛。来到检验车间半年了，查娜已成长为一名业务尖兵，羊绒衫有什么瑕疵都逃不过她的“火眼金睛”。这次职工技能大赛将会有十几个分厂的职工参加，她不敢掉以轻心。

从单位出来已是月上柳梢，虽然累，心情却十分愉悦，肚子里的孩子似乎在回应着妈妈的好心情，蹬得查娜的肚子一鼓一鼓的。拐进回家的小巷，却见两个老人朝着路口张望，查娜走近了才看清楚是自己的父母。

她赶紧迎上去问："爸，妈，你们怎么来了？"

两个老人看见查娜，同时舒了一口气。母亲嗔怪道："你这个孩子，怎么才回来，我和你爸正担心你呢。"

"哦，我在单位加了一会儿班，过几天要参加一个比赛。"查娜笑着挽起母亲的胳膊。

"哦，我和你爸来给你送点儿吃喝。我们把那只红公鸡杀了，四斤多了，鸡蛋也攒了四十多颗。眼看这月份越来越大了，营养得跟上。"母亲边走边絮叨。

虽然是絮叨，可查娜听起来却很受用。她打心底里感激和爱戴这两位老人，程山求学，她承担起照顾程山妈妈的重担，他们支持了她；程山离开后，他们顶着村里的闲言碎语却没有半句埋怨；得知她要生下孩子，母亲哭得病了一场，父亲瘦了一圈，最后他们还是说："你生吧，生下来我们帮你带。"查娜不知道，那段时间她在查干布拉格村已陷入了败坏门风的舆论漩涡中，她也知道两个老人承受的压力绝不亚于她。总有人故意问他们："查娜快结婚了吧？"不知道怎么搪塞的母亲回来总是哭。老支书扔了旱烟锅对老伴儿说："不许哭，咱们的查娜没错，咱们的查娜就是好姑娘。”

职工技能比赛前，主任找查娜谈了一次话。主任热情地招呼查娜坐下后，笑着说：“查娜，有个事情需要和你说一下。是这样，当初咱们车间上报参赛人员时，没有向厂领导说明你怀孕这个情况，也不知道王厂长是听谁说了这个事儿，现在建议咱们车间换个人参赛，我先给你通个气儿。你的业务能力是有目共睹的，也怪我上报的时候考虑不周。”说完，主任又招呼查娜喝水。

查娜接过水杯抿了一口后问主任：“主任，咱们比赛有规定说怀孕的人不能参加吗？”

“那倒没有，只是厂长觉得参赛选手代表的是咱们厂的形象，你现在……”主任没有说下去，只是意味深长地看了看查娜的肚子。

“主任，说实话，我不想放弃这次参赛的机会，我怀孕的事对我的成绩不会有丝毫影响，请主任相信我，也请主任给我这次机会。”查娜说完，用恳切的目光看着主任。

主任知道自从上报了名单后，查娜就加班加点地积极准备着，这个时候换人，他委实有些不忍心。“好吧，我再去厂长那儿争取一下。”主任沉思片刻后，像下了决心似的站了起来。

职工技能比赛的日子很快就到了，比赛分为理论笔试和技能实操两部分，身怀六甲的查娜并不怯场，笔试已是胜券在握，而后她又淡定从容地参加完了技能实操比赛。结果一出，查娜以总分第一名的成绩脱颖而出。如潮的掌声中，查娜站到了领奖台上，她微笑着看向人群，看到了隔着众人遥遥投射过来的那些肯定的目光：厂长、主任、雪梅……查娜的眼眶一热，向他们报以感激的微笑。那一刻，查娜更加明白：无论这个世界对你怎样，都不能放弃努力，不能放弃希望！

不久，查娜因为业务能力突出，被选拔为车间副主任。肩头的责任大了，工作也更繁忙了，查娜每天挺着大肚子穿梭在车间里，她的热情感染着每个人，她的敬业精神激励着每个人，看着一个孕妇这么认真地工作，谁又好意思偷懒呢？虽然她和雪梅不像往常那么热络了，但她能从雪梅的只言片语中感受到雪梅对她的关心，这样就好，在雪强的婚事没有着落之前，她们俩也确实不适合走得太近。

真是越努力越幸运，好事接二连三地降临。她被江城纺织学院录取了，尽管当时考完感觉不错，但那颗心终究还是悬着。当她拿着那张薄薄的录取通知书时，她的双手颤抖了，心也剧烈地跳动起来，似乎身体的每一个细胞都在跃动。她紧咬着双唇，努力不让自己发出声来，但她还是没忍住，眼泪扑簌簌地落了下来，落在胸前，落在手上，落在心爱的通知书上，濡湿了一大片。查娜赶紧抖了抖通知书，小心翼翼地放在桌子上，任由眼泪不断地落下，心也在眼泪滑落的那一刻变得更加清澈。

查娜望向窗外，已是黄昏时分，落日的余晖将天空晕染得五彩缤纷，给房屋和树木都镶嵌上了一圈金黄的光边，令人目眩神迷。

8

查娜挺着大肚子走在深秋光影斑驳的小城街头，秋风吹过，落叶飘零，五颜六色的秋叶铺满了小径。

刚做完产检，医生说孩子发育得很好。想到江城纺织学院要对新生进行为期半个月的面授，查娜有些犯难了。江城距东胜有近千里，中途要倒一次火车，从江城火车站到学校还要坐一个多小时的班车。去吧，一个孕妇舟车劳顿难免让人有些担心。不去吧，自己内心对大学、对江城的渴望又是那么强烈。一筹莫展的查娜皱起了那双弯弯的眉毛。

突然，身后传来了“轰隆隆”的摩托车声，心事重重的查娜不知什么时候走到了机动车道上，她赶紧躲到一旁，侧脸一看竟然是海子。

“海子——”查娜有些惊喜，自从程山走后，她和海子已经很久没见了。

“查娜，是你呀！”海子看见是查娜，赶紧熄了火，从车上下来推着摩托车和查娜相跟着走。海子看着查娜的身形，一副欲言又止的样子。

查娜倒是不介意，笑着说：“已经七个多月了。”海子倒是听说了查娜怀孕的事，可是今天碰到，还是觉得有些震惊，心里不禁对查娜生出几分敬意。

“你想什么呢，那么出神？你不走上边的便道，怎么走到机动车道上来了？”海子笑着问查娜。

查娜的脸微微红了一下，不好意思地说：“三言两语也说不清，挡着你的道儿了吧？”说完又不好意思地笑了。

“那找个地方慢慢说，咱俩也好久不见了，今天我做东，请你吃个便饭。”海子热情地说。

查娜没有推辞，她正想找个人给她出出主意呢。

两个人相跟着来到了一家饭店，海子不由分说地点了一桌子菜，查娜劝也劝不住。

“咱们两个人哪能吃得了这么多？你有钱也不能铺张浪费吧？”查娜笑着责备海子。

海子挥挥手开玩笑地说：“跟有没有钱没关系，你不是需要营养吗？各种营养都得有。再说也不是两个人，这不是三个人呢吗？”说完自顾自地笑了起来。

“说实话，很久没有这么高兴了，每天吃饭都吃得很累，各种虚情假意，好不容易吃个真心饭，咱就吃个痛快。”海子边说边抽出一根烟，正要点上，看了看查娜，又放在桌子上。

“海子，你的个人问题有着落了没？苗梅梅已经结婚了，你是怎么打算的？”

查娜知道海子与苗梅梅的事，心下也明了海子至今未婚一定是还放不下苗梅梅，可能也只有她才能懂得海子的那份痴心与苦楚吧。

“着啥急呢？该有的时候自然就会有了。先不说我，说你吧，你走路心不在焉的是怎么回事？”海子没有说他和苗梅梅的事儿，他觉得有些事情说也说不清楚，就反过来问查娜。查娜便一五一十地把她的矛盾告诉了海子。

“咋这么巧呢？”海子一拍大腿，突然大声说。

“哎呀，吓死我了，海子，你这么大个人了，怎么还一惊一乍的？”查娜被海子吓了一跳。

“真的，你说巧不巧？我在江城有个水泥供应商前几天就邀请我过去一趟谈一笔生意，咱俩不正好可以搭个伴儿吗？路上我也能照应照应你。我想办法联系人给你买张软卧票。”海子兴奋地说。

“海子，不会这么巧吧？你该不会是因为我专程跑一趟吧？”查娜了解海子的为人，他就是这样一个为难自己也要帮助别人的人，可是查娜只说对了一半，海子跑这一趟一半是为了她，另一半是为了程山。多少年的兄弟，尽管海子不认可程山的做法，甚至心里还有些鄙视，可是一起成长的那些岁月又岂能轻易忘记？查娜怀着程山的孩子，他不知道则已，既然知道了，怎么能让查娜一个人去江城呢？

“当然不是，我是顺路捎带照顾一下你。”海子说完哈哈大笑，然后招呼查娜赶紧吃菜。

出发前一天，海子送来了车票。海子竟然真的给查娜买了一张软卧票，这趟列车一个星期只发三趟，所以硬座都是一票难求，很多人都是挤着站在车厢里，更别说软卧票了。

查娜既惊喜又感激地问海子：“怎么买到的？是不是加钱了？多少钱我一并给你。”

海子摆摆手，轻描淡写地说：“哎呀，都是小事，给什么钱？算我请你坐趟火车吧。”

“那可不行！”

海子见拗不过查娜，就只收了票面钱，对托人买票送的好处费只字未提。

第二天，海子早早接上查娜来到了车站，上了火车，安顿好查娜，还不忘嘱咐乘务员帮忙照顾，自己则去了硬卧车厢。

查娜是第一次出远门，难掩内心的激动，她坐在车窗边的小椅子上，听着火车轰隆隆地向前行驶的声音，兴奋地看着车窗外迅速掠过的景物，想着自己即将开启的大学生活，像个孩子似的抿着嘴笑了……

到达江城是第二天下午，火车进入江城时，查娜刚从睡梦中醒来，车窗外的景色让查娜大吃一惊，她发现江城还处在一片绿荫之中，而自己也已是满头大汗，她才知道江城的气候和东胜的气候大不相同。两个人在车厢门口会了面，海子手里拎着外套，衬衫外还套着一件毛背心，他让查娜帮他拿着上衣，干脆连毛背心也脱了下来，边脱边嘀咕："穿多了，穿多了。"

两个人随着拥挤的人群出了站，车水马龙的街道让查娜有一瞬间的眩晕，道路两旁的树木极力舒展着羽翼，给地上投下一片浓荫，花坛里五颜六色的花争奇斗艳，建筑物形态各异，参差错落，在蓝天白云下，像是多种几何图形的剪影。这让只见过家乡为数不多的长方体楼房的查娜惊诧不已，她不由得感叹："好美呀！"

海子漫无目的地在江城的大街上闲逛。查娜已去学校报到了，就住在学校的招待所里。安顿好查娜，海子就近找了个宾馆住下。日复一日地忙碌赚钱，也当是给自己放几天假，休息一下。江城的美丽与繁华让海子好像有那么一点儿理解程山的行为了，或许只有在这里，程山才能更好地实现他的价值吧，而很多时候，一个人为了实现自己的抱负总是要有所舍弃的。“去找程山。”这个想法突然就萌生了，而且是那么强烈。可是茫茫人海，偌大的城市去哪儿找呢？当他看见前面的邮局以后，突然就有了灵感。他跑进去买了一本当地行政企事业单位的通讯录，厚厚的那么一大本。他在街心公园的一个长椅上坐下来，圈出了几十家服装设计和服装制造企业，然后找了一个公用电话亭开始打电话。一个、两个、三个……打到第十几个的时候，海子有些不耐烦了，挂掉电话准备离开。在合上通讯录的瞬间，他看到一个宇珊服装设计公司。“珊”字海子好像是第一次见，不知道是不是读“世”，海子心里想着，自己就笑了：真是秀才识字读半边啊。打个电话不就知道了吗？海子又被自己这个有趣的想法逗笑了。于是他又拨通了电话。

甜美的声音从听筒中传来：“你好，这里是宇珊服装设计公司，请问您找谁？”

“哦，读珊呀？”海子低声说。

“请问您找谁？”对方又问。

海子这才回过神来，赶紧说：“我找程山。”

“哦，程设计师现在不在，等他回来后我告诉他。请问怎么联系您？”

“真有啊？哦……哦，让他呼我，我的传呼号是63266。”

“好的，先生，您还有什么事儿吗？”对方又问。

“你确定他叫程山吗？”海子有点儿不敢相信自己的耳朵。

“当然，先生。”对方有点儿不耐烦了。

“那好，好……”海子将信将疑地挂了电话，连声谢谢都忘了说。“或者只是同名同姓呢？管它呢，是也好，不是也罢，再也不打了。”海子走出电话亭，将通讯录塞进了路边的垃圾桶里。

夜晚的江城似乎更加忙碌了，建筑物上的霓虹灯流光溢彩，与马路上疾驶而过的明灭闪烁的车灯交织在一起，整座城市仿佛置身于光的海洋。海子坐在宾馆门口的一个大排档前喝着啤酒、吃着海鲜，看着街上如织的车流，感受着大城市的繁华。就在这时，海子的传呼机响了起来，他走到吧台，按照号码拨了过去。

“你好，我是程山，请问你是哪位？”尽管程山说的是普通话，但海子还是一下就听出了那个熟悉的声音。

“我是海子。”

对方沉默着，似乎在辨别这句话的真假。“海子？真的是你？你在哪儿？”听筒里传来程山急切而难以置信的声音。

“海子——”海子闻声回头，看见西装革履的程山站在灯下，脸上写满了惊喜与意外。海子故作平静地站起来，朝程山招手。程山走过来，朝海子的胸口捶了几下，眼里竟然盈满了泪水。海子假装没看见，拉过来一把椅子让程山坐下。程山刚坐定，海子就递给程山一瓶啤酒，两人碰了一下，同时仰头喝了起来。

放下酒瓶，程山问："你什么时候来的？来办事吗？"海子擦了擦嘴角的啤酒沫，说："昨天来的，和一个水泥供应商谈点儿生意。"

"哪家水泥供应商？"程山追问。程山给海子管过材料，据他所知，海子用的水泥都是周边和当地厂家的。

"婆婆妈妈的，你管这个干吗？来，喝酒。"海子又拿起了酒瓶，一仰头又喝掉小半瓶，也不看程山，望着街上来往的车辆自顾自地说："怎么样啊？工作还顺利吗？"

"还行，现在在一家服装设计公司做设计师，待遇不错，公司也很器重我。"程山看着海子的侧脸，接着又问："对了，你是怎么找到我的？你怎么知道我在那家公司啊？"

"想知道自然就知道啦，你好就好。我想既然来了，就看看你混得怎么样，混不下去的话就回去找兄弟。"海子边说边转头看向程山。

程山鼻子一酸，转头望向城市迷离的灯光。他突然明白，无论岁月如何变迁，他和海子对查干布拉格的那份情感都不会变。

夜深了，大排档的老板也收摊了，海子和程山依然坐在马路牙子上意犹未尽地聊着天。他们聊小时候海子去程山家玩被正在“跳大神”的程山爹吓哭，聊程山为了帮海子打架扯烂了上衣袖子不敢回家，聊一起偷摘邻居家的杏子被狗追了一里多地，聊一起捡了条死蛇吓哭了全班的女生，聊一年到头都流鼻涕的张同学结婚了，聊讲话结巴的李同学当老师了，聊滋养了查干布拉格祖祖辈辈的那条河，聊哺育了查干布拉格世世代代的那道川……他们尽情地聊着，放肆地笑着，聊够了、笑够了就这么一言不发地坐着，好像全世界只有他们两个似的。他们已记不清有多久没有这么聊过天了，这些年他们都被裹挟在生活的漩涡中打转，没有喘息的机会，没有这样可以不管不顾想说什么就说什么或者什么也不说就是两人傻坐着的机会。

路灯早已熄灭，只有店铺的霓虹灯次第明灭，两个人呆望着迷离的夜空，灰黑色的天际悬着一轮金色的月亮，凉风微微地吹，吹掉岁月的风尘，带着他们回到了查干布拉格的夜晚……一颗流星自天际划过，在墨蓝的天空中留下一道美丽的弧线。

“小时候，查干布拉格的老人们说天上掉下一颗星星，地上就会死一个人，而这里的人说流星划过的时候，许个愿望就会实现，你说哪个才是真的？”程山看着那道稍纵即逝的白线问海子。

“咱们班主任王老师得癌症走了。”海子答非所问。

“啊？什么时候？”程山震惊了。

“前不久，胰腺癌，发现时已经是晚期了，刚盖了新房，还欠着一些外债，只在医院住了一个星期，他就执意要回家。靠止痛药维持了一段时间。我们几个去看的时候人已经不行了，但还叫得出我们的名字。”

程山没有应声，他双手捂着脸，将脸埋在两腿之间，脊背猛烈地抽搐起来，泪水顺着指缝无声地滴落。透过泪光，他看见了只有几排教室的查干布拉格的学校，听见了年轻的王老师爽朗的笑声……

王老师勤奋刻苦，无奈几次中考未果，那时他已二十好几，再耗下去也不是办法，便只好回到家乡，当了一名民办老师。他是程山他们班从一年级到初中毕业的语文老师、数学老师以及班主任，身兼三职的他把上学时那股子苦学的劲头用在了教学上。虽然水平有限，但他的热情激励着一个又一个像他一样想走出查干布拉格的学生。拿起锄头当农民，拿起书本当老师，每个月几十块钱的工资，让他不得不每天在农民和老师的身份之间来回切换。早早起来忙完地里的活儿赶到学校，甚至来不及擦掉身上那些斑驳的泥点，就这样，他还省下钱买课外辅导书，放学后无偿给学生们补课。程山现在还记得王老师站在讲台上激情飞扬地给他们讲课，夕阳的光照进来，王老师的脸上闪着熠熠的光。那时的王老师风华正茂，常常在课间操时带领他们在母校的土操场上打篮球，他们的笑声、呐喊声伴随着飞扬的尘土在校园里久久回荡。

程山他们三年级时，王老师结婚生子。儿子在两岁时得了一场重病，医院下达病危通知书，医生告诉王老师领回去吧。王老师在医生面前长跪不起，眼泪一颗一颗砸在医院冰冷的走廊上。医生把他拉起来，说："我尽力了。"许是感应到了王老师万般的不舍，儿子保住了。程山、海子组织同学给老师捐款，一毛、两毛、五毛……最大的一张是五元面值的，他们把一沓皱巴巴的钱交到王老师手里，王老师像个孩子一样哭了。儿子的那场病花光了王老师所有的家底，也耗干了王老师所有的精气神，王老师迅速衰老，脸上再鲜有笑容，只有站在讲台上时，他才会焕发出活力来。他讲着课，一次次掸落身上的粉笔灰，粉笔灰在空中飞了又飞……程山曾经想等出人头地后回去好好看看老师，原来很多时候来日并不方长。

"我替你烧了纸。"海子说。

程山哭出了声，很大声。

天已渐渐破晓，一天的喧嚣又将在这朦胧的天地间开启。

程山站起来，拍了拍屁股上的灰尘，说："海子，我得去上班了，下班后我再来找你。”

海子也站起来，揉了揉通红的眼睛，说：“走吧。”

程山向前走去，海子在程山的身后大声说：“查娜也来了，在纺织学院。”说完就转身大步流星地朝宾馆走去。他没有说查娜怀孕的事，他不想拿这个来绑架程山，他知道查娜也不想。

程山立在街头，呆若木鸡。

出租车平稳地行驶在滨河大道上，程山的脑子里却是乱哄哄的。一个晚上，他几次想问一问查娜的情况，可他都没开得了口。是啊，他有什么资格去问呢？查娜过得好不好又能怎样呢？倘若好了，自己就可以心安理得了吗？倘若不好，自己又能改变什么呢？但他没想到查娜也来了江城，而且就在自己的母校。他知道海子想说的只有这些，他也瞬间明白了海子来江城的原因。

程山回到公司时，江晓冰已等在公司门口了。看着从出租车上下来的程山，江晓冰怒火中烧：“程山，你一晚上去哪儿了？怎么也不打个招呼？你看看你现在这个样子，怎么还好意思去上班呢？”

程山看着公司大玻璃门里的自己，抱歉地说：“那我先回去换身衣服。”说完，转身就要走。

江晓冰一把拉住他，问：“你去哪儿了？昨晚和谁在一起？”

“老家来了一个朋友。”程山轻声说，并下意识地看了看周围经过的同事。

“什么朋友？是谁？”江晓冰继续追问。

“就是老家的一个朋友，你也不认识。”程山不想说是海子，他不想听江晓冰略带尖刻地奚落他的朋友。

“你的朋友是没名没姓还是见不得人？”又是那种熟悉的嘲讽味道，“不就是查干布拉格一个穷山沟出来的吗，怎么就不能让人知道啊？”

程山没有说话，狠狠地甩开了江晓冰的手，头也不回地走了。每一次，无论是有意还是无意，江晓冰在说起东胜，说起查干布拉格和他的朋友时，总是一种高人一等的轻视态度。她会说：“真是难以想象，你怎么能在那样的地方生活那么多年呢？”“想想在你们那个小破火车站，等车都是一种煎熬，那厕所……啧啧……”“那个海子可真有意思，你看我去找你时他那个样子，以为自己是救世的英雄呢！你看他穿的衣服，什么眼光呀？”凡此种种。

一开始程山还会辩解几句：“你待的时间短，住习惯了，你就知道我们那地方的好处了。”

“怎么可能，待两天就疯了，怎么可能住得习惯？”

听着江晓冰夸张的语调，程山便不再说什么，但每一次他的心里都会很痛。那片生于斯、长于斯的土地，虽然贫瘠，但却宽容；那些他热爱的人，虽然平凡，但却善良。然而因为自己，他们却被别人说得那样不堪。他不想和江晓冰争吵，从小到大艰苦的生活磨炼早已让他学会了忍受。好在，江晓冰大概知道程山的底线，从不提起查娜。

程山回到家里洗了把脸，换了身衣服，出了门，叫了辆出租车。

“先生，您去哪儿？”

“江城纺织学院。”

出租车司机不再言语，车窗外道路两边的树木迅速向后退去，就像那段曾经流逝的岁月……

江城纺织学院依山傍海，风景宜人。来了三天，查娜利用放学后的时光一次次漫步在学校海边的沙滩上。“阳光，海浪，沙滩，还有一位老船长……”这是查娜从歌里听来的关于海的印象，而当置身其中时，她才发现，她竟不能准确地描述出第一次见到大海的震撼，第一次看到海浪的惊喜，第一次看到太阳一下子跃出海面的神奇……

她想起她曾经问程山：“大海是什么样的，是不是和电视上看到的一样？”

程山思忖良久，才说：“一样，也不一样。”

是的，如果不是身临其境，可能谁也不能说出那种感受吧。走着走着，查娜突然冒出一个念头：“如果自己早点儿报考大专，如果自己不只是等待程山，结局会不会不一样？”她笑着摇摇头，她知道时光不会倒流，她也知道以后的自己即使爱了，也不会再为谁等待，她要和他并肩而行。现在的查娜早已明了：每个人都有属于自己的节奏和轨迹，不必羡慕他人在春天里绽放的绚烂，或许我们的花期不在众人瞩目的春天，但当属于我们的季节来临时，同样能散发出迷人的芬芳。

学校的环境让查娜开了眼界，更让查娜开眼界的是所学的内容和老师们的讲课水平。这个在查干布拉格学校上了八年学的姑娘，第一次碰到用普通话讲课的老师，第一次知道她从事了五年的工作竟然有这么多的理论支持。没有人比查娜更珍惜这个学习的机会，查娜眼神里流露出来的那种对知识的渴求，让老师们不禁对这个挺着大肚子的学生另眼相看。来这里的大部分人都是为了那一纸文凭，没有几个是真正想学知识的。查娜认真地听课，认真地做笔记，还会鼓足勇气用蹩脚的普通话向老师请教问题。

一上午的课上下来，查娜已是精疲力尽。同学们已三三两两地相跟着走出了教室，查娜合上书，捶了捶发酸的腰，又俯下身子搓了搓肿胀的脚脖子，才扶着桌子站了起来，跟在同学们后面最后一个出了门。隔着同学们晃动的肩头，她看见了走廊尽头站着的程山。程山落寞而疲惫，他努力搜寻着，目光焦急而忐忑。那一刻，查娜的世界凝固了，她呆立在原地，全然不知道泪水早已布满了脸庞……

程山走后，查娜就有意识地屏蔽了关于程山的一切消息。她专心工作、专心学习，要让自己在忙碌中忘却与程山的过往。她不允许自己去回忆，因为她知道回忆一旦泛滥，她将无法继续以后的生活。然而“不思量，自难忘”，她刻意不再想起的其实一直就蛰伏在她记忆的最深处。当她打算报考大专时，毫不犹豫地选择了江城纺织学院，何尝不是她潜意识里对程山的思念呢？当她徜徉在江城海畔的时候，心上倏忽而过的故人又何尝不是程山呢？所以，当她看见程山那张熟悉而又陌生的面孔时，泪水早已决堤。

人群散去，程山缓缓走向查娜。程山的震惊不亚于查娜，他来到学校后，就在查娜上课的教室走廊里等了一个上午，他不停地徘徊，不停地在楼梯上站起、坐下，课间休息的时候，他目不转睛地不放过任何一个从教室里出来的同学，但始终没看见查娜的踪影。他知道查娜就在里面，他从门口的签到簿里看到了查娜的名字。海子告诉他查娜在江城纺织学院的时候，他并没有想到查娜是在上课，他以为只是纺织系统的一个短期培训。当他看到查娜在上函授大专班时，程山感到意外，更感到内疚。是啊，上大学是他的梦，何尝不是查娜的梦呢？在查娜不遗余力地帮他完成梦想时，他何曾想过还有其他渠道帮查娜圆梦？他还记得第一次假期回家，查娜好奇地问他大学都学些什么时，他当时并没有认真地回答，草草说了几句就岔开了话题。整个上午，程山在等待中煎熬，在煎熬中回忆他和查娜一路走来的点点滴滴。这是离开查娜后程山第一次这样回顾他们的过往，其实他和查娜一样，也在刻意地遗忘，因为只有这样，他的内心才不至于背负那背叛的枷锁，才不至于在发现自己真正爱的人还是查娜的现实时痛苦到窒息。他其实也没想清楚，他来找查娜的目的是什么，他只是觉得他必须见一见查娜。中间有几次程山想直接去教室找查娜，但他没走几步就失去了勇气，众目睽睽之下，他不知道该如何面对查娜。直到下课铃声响起，直到人们蜂拥而出，直到人群散尽，直到他看见大腹便便的查娜泪流满面地站在教室的门口……那一刻的程山惊讶得无法呼吸，想到过很多重逢的场面，梦见过很多次查娜的面容，但从来没想过再次相见时，查娜会是这样一副身形。这些日子，除了按月给姐姐寄母亲的生活费，他几乎断绝了一切与老家的联系，所以对于查娜的情形他一无所知。

“我应该想到的啊，查娜应该有自己的生活，她凭什么继续等待一个抛弃她的人呢？”程山心里对自己说，然后举步缓缓来到查娜身边，礼貌地说：“查娜，你过得好吗？”

再次见到眼前人，查娜有种恍如隔世的感觉。她抬起手擦干了脸上的泪水，强挤出一丝微笑说：“挺好的。”

“你……”程山欲言又止，目光不经意地扫过查娜的肚子。

“我挺好的，我的孩子也挺好的。”查娜并不避讳地抚了抚自己的肚子，眼神里满是温柔。

程山的心如针扎般疼痛，但还是笑着说：“中午我请你吃饭吧，我想和你聊聊。”

“不了吧，下午还有课，中午我得休息休息。”查娜并不看程山，低着头拒绝道。

“那好吧，那我……”程山不知道自己该说些什么。

“你回去吧，谢谢你来看我。”查娜依然低着头，她不敢看程山，她怕自己看了就没有强撑着的勇气了。

“那你保重，查娜……”程山说完，转身离开。

直到脚步声消失，查娜才挪动脚步，靠着教室的外墙，慢慢地蹲了下去。此刻的她，仿佛已用尽了全身的力气。

程山失魂落魄地走出学校，巨大的痛苦瞬间笼罩了整个身心。虽然几个月前他选择了离开，但在潜意识里，在无数个梦回的午夜，他感觉查娜还在等他。还是在简陋但温馨的出租屋，查娜低头给窗前那盆吊兰浇水，有阳光照进来，照着吊兰上亮晶晶的水珠，照着查娜红润的脸庞……在他看见查娜的那一刻，程山觉得自己的梦醒了。是啊，是自己选择了逃离，甚至没有给查娜一个哭诉、质问和发泄的机会，自己凭什么会觉得查娜依然在等待呢？自己又有什么资格让查娜再等待呢？“程山，你真是自私啊！”程山像个醉酒的人一样喃喃自语。他知道这一次他是真的失去了查娜，失去的痛苦就像难以消化的饭菜，在他的肚子里翻腾。他感到手脚冰凉，周身麻木，他想哭，却感觉喉间塞着什么哭不出声，他就那样踉踉跄跄地一直往前走，也不知道自己的终点在哪里。不知道走了多久，程山只觉得双腿如灌了铅般沉重，他感觉他再也走不动了，再也不想走了。他坐了下来，才发现自己走到了海边，轻拂的海风让他渐渐清醒，让他开始慢慢梳理纷乱的思绪。他后悔没有问一问查娜和谁结了婚，那个人靠得住吗？旋即他又觉得自己幸亏没问，自己问这样的问题不是很讽刺吗？思来想去，他还是摆脱不了这个问题，他真的想知道查娜嫁给了谁，即使他们无法在一起，他还是希望查娜能嫁个好人。“海子，问海子。”程山猛拍了一下自己的大腿，想起了海子。他站起来，想要找一个公用电话亭，刚走了两步，他又停住了脚步，蹲下了身子，双手狠狠地揪着自己的头发。这一次，他哭出了声：“海子，是你啊！”

是呀，自己应该想到的。海子在江城根本没有业务，怎么会平白无故地来江城呢？以海子疾恶如仇的个性，即使到了江城又怎么会主动来找自己呢？聊了一晚上，为什么在分手的时候才告诉自己查娜来了江城？海子也是张不开口告诉自己实情啊……程山在得出这个合乎情理的结论后，陷入了更深的痛苦中。

不知什么时候，天空暗了下来，黑漆漆的一片，偶有船只驶过海面，灯光闪烁。世界如卡壳了一般寂静，只是间或传来一阵海浪拍打岩石的声音，世界似乎从未这么安静过，又或许本就该是这般安静……

夜晚的海风携着阵阵凉意袭来，程山裹着外套坐在海滩上，看着晚归船上的灯火明明灭灭。传呼机一下又一下地震动，他拿起来翻阅，有二十八条信息，最后一条的内容是："速回电，否则就再也不要回来，江。"程山苦笑，他只是想有一个属于自己的夜晚。见到查娜的震惊和失去查娜的痛苦，让他开始重新审视他和晓冰的这段感情。

他想起一个星期前的同学聚会。同在江城长大的邵宏也曾是江晓冰的追求者，同学再聚，邵宏并不掩饰对江晓冰依然如故的深情，他们聊到的共同话题让程山只有旁听的份儿。他们说要一起去北京听张学友的演唱会，他们说要一起自驾去西藏的无人区，他们说要一起去潜水，他们说要一起去江城最辣的川菜馆吃最辣的菜……当然这些

“一起”都不包括程山在内。程山静静地坐在角落里看他俩互怼，江晓冰笑着说邵宏徒有其表，草包一个，邵宏戗江晓冰头发长见识短……那一刻，程山突然觉得真正的江晓冰就应该是这个样子，而一段好的感情也应该是这样欢乐而温暖的吧。

天边泛起了鱼肚白，天要亮了。程山再一次被这海上日出震撼了：忽地，东方水天极处，染上了一片橙红色，一会儿又变成了橘红色，一会儿又暗下去，暗成浅灰色。就在这片浅灰色里，慢慢拱出一个半圆形的浅红色轮光，轮光下面突地冒出半边鲜红鲜红的太阳，越冒越高，转眼跳出水面，于是一轮又红又大的太阳便稳稳当当地浮在海面上了。旋即，汽笛声响起，新一天的人间烟火又氤氲在了这座城市的角角落落。

程山站起身来，舒展了一下疲惫的腰身，新的一天开始了，但他知道他和江晓冰就要结束了。没有谁对谁错，只是可能从来都没有爱过。在他眼里江晓冰的那些盛气凌人，已经是为了他收敛了许多的降尊临卑；在江晓冰眼里他的那些敷衍塞责，其实是为了她改变了许多的专门迎合。这几个月来，他们因为迁就彼此，委屈像喝饱了水的种子，在各自心里疯长。程山知道，他辜负了查娜，也不能再让江晓冰一直这样委屈下去了，她应该回到她该有的生活。他们像是两辆行驶在不同轨道上的列车，只是恰巧在同一个小站停靠，在短暂的交集中，因为彼此的不同而相互吸引，而这吸引注定只能是短暂的，当发车的铃声响起，他们注定会驶向不同的方向……

晚风习习，程山再次来到母校旁边的海滩，这片海域依然那么蓝，似宝蓝，似湛蓝，似湖蓝，又似这几种蓝起伏变幻。上学时的程山就喜欢放学后走在这片海滩上，看无边无际的大海永不停歇地涌动，那涌动中似乎有喜怒哀乐，也有悲欢离合。

江晓冰从远处的台阶上走下来，一头长发在风中飘扬，一如当初的美丽，步伐却少了当年的跃动。程山不经意地叹气。人生总是这样，让人始料未及，半年前，他随着江晓冰来到江城时，以为他们会一辈子在一起，结婚、生子，直到终老。谁承想仅仅半年的时间，一切就发生了改变。

他迎上去，笑着说："你来了。"

江晓冰怔怔地看着程山，眼圈泛红。程山刚要开口，江晓冰就用手捂住了他的嘴："不要说。"她顺势紧紧地抱住了程山，头伏在程山的肩膀上，眼泪一滴滴地掉落下来。

一个星期以来，程山每天早早回家，把玻璃擦得锃亮，清洗了床单、被罩、沙发套，把角角落落打扫得一尘不染，给小夜灯换了新电池，在门锁上贴了"睡前锁门"的提醒贴纸，图案是江晓冰喜欢的卡通小猫。刚开始，江晓冰并没有在意。直到看见小贴纸，她才知道程山要离开了。所以，今天程山打电话约她到学校海边的时候，她并没有感到意外，她以为她可以不在乎，可是，当她看到海滩上程山茕茕孑立的背影时，她的眼泪就在眼眶里打转了。

“一定要这样吗，程山？”江晓冰抬起头，泪眼婆娑地问程山。

程山抬起手，轻轻地帮江晓冰拭着眼泪：“晓冰，其实你也知道，这或许是最好的选择。”在此之前，程山想了很多种开口的方式，他不知道怎么说才能将伤害降到最低，却没想到冰雪聪明的江晓冰早已了然于胸。

江晓冰转过身看向大海，幽幽地说：“程山，我爱你，所以，我选择放过你。”

程山的喉头一哽，鼻子一酸，噙着满眶的泪水笑着对江晓冰说：“晓冰，谢谢你！”

江晓冰转头看向程山：“你应该说的是对不起。好了，我走了。”说完，头也不回地走了。走了几步，江晓冰挥舞着手，背对着程山大声说：“程山，你还欠我一束花。”

程山呆立在原地，看着江晓冰不停地擦泪，看着她走远，看着她的背影消失……

程山突然感觉自己全身的力气像被抽空了一样，一下子就瘫坐在了地上……

半个月的时间很快就过去了，查娜过得很充实。当然，程山的出现也让她陷入迷茫、纠结与痛苦之中。那个失眠的夜晚，她流了很多泪。她不得不承认，这么多天她一直逃避的一个问题就是她其实还爱着程山，她没能放下他。而她之所以能够有生下孩子的勇气，有坦然面对世人指指点点的勇气，都是因为这一腔孤勇的爱。然而，面对程山，她依然只能选择沉默，自始至终她都不想让这些成为她爱程山的砝码，她希望程山能过得好，想让程山有他想要的未来。她也暗自揣测过程山来找她的目的：只是来看一位故人，还是另有隐情？她觉得程山心事重重，但是她不能再过问了。一夜之后 ，查娜很快就调整过来了，又全身心地投入到学习中。程山走后发生的那些事，早已让这个姑娘变得理智而坚强。其间，海子来看过她两次，问了一些生活琐事，向她讲述了一些自己在江城的见闻。查娜不知道该怎么感谢这个老朋友，就询问起海子生意谈得怎么样，什么时候返程。海子还是无所谓地摆摆手说："该回的时候自然就回了。"并要走了查娜的身份证，说是一并帮查娜订票。临走时，海子闪烁其词地问查娜："你们班里就没有咱们的老乡吗？"

查娜想了想说："内蒙古的倒是有，咱们那儿的没有。"

海子再没说什么就走了，弄得查娜一脸蒙。后来查娜慢慢想明白了，海子是想问程山来没来，但又不好明问，怕程山没来，反而又伤了查娜的心。

半个月的时间，海子一个人几乎把江城逛了个遍。那日他与程山分开后，他以为程山还会来找他，可是直到他们离开，程山也没联系他。他有心想打电话问个究竟，又觉得作为一个局外人，有些事掺和得多了未必是好事。他的本意是想让程山自己找到查娜，他深信程山再怎么忘恩负义也不会对自己的孩子不管不顾的，可是看查娜的情形，程山好像并没有去找查娜，更不会知道查娜怀孕的事。这么看来，程山是铁了心要与过去的一切了断了，那么他再做什么都是徒劳。再或者程山知道了实情依然无动于衷，岂不是在查娜的伤口上撒盐吗？想到这层，海子就断了联系程山的念头，在查娜课程结束后，两个人便踏上了回程。

一路上两个人说着闲话，查娜几次开口想问海子是怎么找到程山的，但终于没问出来。

火车“隆隆”地喘着粗气，行驶在茫茫夜色中，两个各怀心事的人也在这茫茫夜色中沉沉睡去……

9

日子过得飞快，转眼间小丫已经两岁多了。苗梅梅依然在家过着做饭带娃的日子，常建军依然是在外面顺心了，回来有说有笑，偶尔还会抱着小丫举过头顶转圈圈，逗得小丫又惊又喜。每当这个时候，苗梅梅的脸上也会现出久违的笑容。如果在外遇到什么烦心事儿了，常建军要么回来就是个醉汉，要么一进门脸就拉得老长，闷着头不说话，要是碰上小丫哭闹就会摔摔打打、骂骂咧咧。苗梅梅已经习惯了他的阴晴不定，有时候就会纳闷：常建军是否爱过自己？自己当初怎么会找这么个人？她不是没想过要改变，也掏心掏肺地和常建军谈过，但不到两天常建军就会故态复萌，苗梅梅明白这一切都是徒劳。她也想过离婚，可是看着蹒跚学步的女儿，她就打消了离婚的念头。没有工作，没有收入，她们娘儿俩该怎样生活？苗梅梅就在这样的纠结、忧虑中重复着单调的生活，茁壮成长的小丫是她单调生活中的一缕阳光，一天一个变化的小丫让她看到了一丝生活的希望。

苗梅梅下决心出去工作是在碰到当年的同班闺蜜玉梅以后。那天她带着小丫去菜市场买菜，等红绿灯的时候听到有人喊她，她回头看时，却见一个女子正笑盈盈地看着她。女子身着一身蓝色的西服，上衣自然敞开，展现出质地精良的白色衬衣，紧身长裤衬托出修长的腿型，既潇洒又有美感。

“看什么呀，梅梅，连我也不认识了吗？”女子笑着推了苗梅梅一把。

听到她说话，苗梅梅才认出是玉梅，这令她既惊喜又意外，不由得上前搂住了玉梅。上初中时，她们是最好的朋友，同进同出。那时苗梅梅外貌出众，颇有几分男孩子气的玉梅俨然是一个护花使者。初中毕业后，玉梅上了幼儿师范，两个人见面的次数越来越少，最后一次见面是在苗梅梅的婚礼上。一别三年，再见面时，玉梅与当年判若两人。其实，苗梅梅不知道，在玉梅的眼里，她也是判若两人，昔日光彩照人的苗梅梅变得憔悴忧郁。

“梅梅，你怎么瘦成了这样啊？”

“我……”苗梅梅不知道该说什么。

“这是你女儿呀，好可爱，来让干妈抱抱。”善解人意的玉梅适时地岔开了话题，蹲下来伸手要抱小丫。

听到玉梅说“干妈抱抱”时，苗梅梅的双眼不禁有些模糊，那是她们当年说笑时的约定，要互相做对方孩子的干妈。少女时半真半假的约定，没想到玉梅还记在心上。想到自己自结婚以来就离群索居，远离了这些真心实意的朋友，苗梅梅不禁感到五味杂陈。小丫竟也不认生，温顺地让玉梅抱。

玉梅高兴地在小丫的脸上亲了又亲：“难得相见，咱俩可得好好聊聊，跟我走。”说着，玉梅一手抱着小丫，一手拉着苗梅梅，风风火火地朝前走去。

原来，玉梅毕业后在一家私立幼儿园上班，上班一年后，家在东北的校长因故要回东北，玉梅就东挪西借凑钱把幼儿园盘了下来，自己当了校长。其间，自己又去师大进修取得了本科学历，每年还要带领员工出去培训、参观，没想到竟把幼儿园办成了当地的明星幼儿园。苗梅梅有些不敢相信地看着玉梅：“小荷芽幼儿园是你开的？”因为小丫快到上幼儿园的年龄了，苗梅梅听说过进小荷芽幼儿园的难度。看着玉梅自信地点头，苗梅梅既高兴又难过。高兴的是与好友重逢，而且当年那个大大咧咧的玉梅竟然成了一园之长；难过的是今天的自己却成了一个一无所长的家庭主妇。

玉梅看出了她的黯然，真诚地说：“梅梅，小丫也这么大了，你出来工作吧，不嫌弃的话就来我这儿，我正缺个会计，正好是你的老本行。你来帮我，给我掌好财政大权，我可就高枕无忧了。”尽管苗梅梅听得多、说得少，但玉梅已经察觉到苗梅梅的生活状态不如意了，对于昔日这个情同姐妹的好朋友，她是真心想拉一把。

“可是我去上班，小丫怎么办？”怎么能不心动呢？从看到神采飞扬的玉梅的那一刻起，苗梅梅的内心就受到了极大的震动。

“这还用操心吗？咱们自己开的幼儿园，咱们的闺女还能没地方去吗？”玉梅说着用手捏了捏在旁边玩耍的小丫的脸，不由得咯咯笑起来。

苗梅梅也跟着笑了起来，是那种发自内心的舒畅的笑，她已经好久没有这么笑过了。

和玉梅告别时已是掌灯时分，街道上的路灯次第亮了起来。玉梅给苗梅梅留了BP机号码，她们在一起的时候，那个小机器响了好几回，苗梅梅才知道这就是传说中的BP机。玉梅一再叮嘱苗梅梅回去温习一下专业课，现在正好是暑假，苗梅梅还有二十多天的准备期。玉梅的周到和热情让苗梅梅不知道说什么好，只是临别时紧紧地把玉梅抱了又抱。

牵着小丫的手走在回家的路上，苗梅梅突然发现夜晚的街景很美。一轮玲珑的弯月挂在梢头，朦胧的月色透过树叶洒下来，路两旁的商场还没打烊，橱窗里的商品琳琅满目，街道上的摩托车、自行车一辆紧接着一辆，像是一行行闪烁的星星在移动，偶有汽车驶过，司机便把喇叭按得“叭叭”直响，那喇叭的声音给城市增添了几分生气。结婚前，苗梅梅有钱没钱都会在周末去民生广场、新欣市场点货似的看看衣服的最新款式，间或看看电影、逛逛公园，也会和小姐妹们去吃供销大厦门口那家西安酿皮，那个时候她感觉自己已经融入了这座小城，仿佛已是小城的一员了。结婚以后，她却只顾得上生活中的鸡零狗碎和感情上的患得患失，似乎丧失了对身边事物变化的觉察力。而今天与玉梅的重逢，让苗梅梅沉睡的心又活跃起来，她蹲下身抱起小丫，大踏步向家走去。

房门虚掩着，房间里没有开灯。苗梅梅打开灯，放下小丫，却看见常建军阴沉着脸坐在沙发上。

“你怎么不开灯啊？”苗梅梅笑着问。

“你去哪儿了？不在家、不做饭，干吗去了，啊？”常建军厉声质问。苗梅梅这才想起碰到玉梅说得高兴竟然忘了买菜。

“妈妈，我们……下饭馆。”小丫竟然结结巴巴地替妈妈解释。

“好啊，你们下饭馆，让老子在家里饿肚皮！和谁下饭馆？和谁？”常建军的声音越发高了起来。

“玉梅，我在街上碰到……”

苗梅梅话还没说完就被常建军喝住了："玉梅，怎么就那么巧呢？该不会是去会你的老情人了吧？别以为老子是傻瓜，别以为老子什么也不知道！"

"没有，不是你说的那样。"因为委屈和气愤，苗梅梅的脸憋得通红。

"不是的话你脸红什么？做贼心虚吧？前年你大半夜抱着小丫去医院会情人，我就忍了，我忍是因为好歹他付了五百块钱的医药费，今天给你什么好处了？"

"你不是人……"苗梅梅没想到常建军龌龊到了这个地步。那个夜晚，苗梅梅至今想来都心有余悸，如果不是海子出手相助，小丫性命堪忧，而常建军想的却是另一番画面。

"啪"，一记清脆的耳光声响起，"哇！"小丫吓得大哭起来。"常建军，你个畜生！"苗梅梅扯着嗓子骂了起来，然而，更多的拳脚向她袭来。她不顾一切地扑上去与常建军厮打起来。一时间，她似乎已经麻木了，耳边只有小丫的哭声和家具撞击碎裂的声音……最后踹了苗梅梅一脚后，常建军咒骂着摔门而去。苗梅梅看着一地狼藉，拉过不停哭泣的小丫紧紧地抱在怀里。此刻的苗梅梅尽管被常建军打得浑身疼痛，却没有流泪，尽管一直处于被打的状态，但她感觉在与常建军厮打的过程中，似乎将三年来的隐忍、委屈与不满都发泄出去了。她搂着小丫疲惫地坐在地上，内心却异乎寻常的平静。

常建军在苗梅梅失踪三天后慌了神。起初他以为苗梅梅是回了娘家，找寻未果后，他才意识到苗梅梅可能是真的要离开他了。想到这儿，常建军的血就往上涌："苗梅梅，你凭什么离开我？当初你妈病重，要不是我慷慨解囊，你哭都没地方哭，你家那破房子是谁每年拉沙、拉水泥帮着维修的？没有我的资助，你弟能娶回来媳妇吗？你和海子那点破事儿谁不知道，我他妈的这顶绿帽子戴了多少年了，哪次喝酒不被兄弟们挤兑？你敢离家出走？老子打断你的腿，看你往哪儿走！"常建军犹如困兽一般在屋里边转圈边骂，他也不敢大张旗鼓地寻找，怕传出去让人笑话，但内心的怒火让他一刻也不愿意等待。

他想起了苗梅梅说的玉梅，但他对玉梅的情况一无所知，而且他更愿意相信玉梅只是苗梅梅编的一个谎言。他想到了海子，他知道海子至今未婚，而且他知道苗梅梅抱着女儿去医院的那个深夜，是海子替苗梅梅交的医药费。尽管他想不出当时坐月子的苗梅梅和海子是怎么取得联系的，但他确信两个人绝不是偶遇。

常建军很顺利地就找到了海子的住处，看着据说是海子自建的一排青砖红瓦的起脊房，常建军更确定了自己的想法。以前，他见到海子总是被奚落，今天，他昂首挺胸地进了海子的家门，他甚至想到了撞破两个人的私情后，要怎么指着海子的鼻子痛斥他，他要把这些年受的窝囊气统统还回去。常建军进门时，海子正在看电视。对于这位不速之客，海子很是意外。他斜瞥了一眼常建军，没有说话，继续看电视。

常建军以为海子看到他会惊慌失措，没想到是这样一副不以为意的表情，很是气恼地问："苗梅梅呢？你把她藏哪儿了？"

海子本来不想搭理他，但听到苗梅梅的名字后还是沉不住气了："苗梅梅在哪儿我怎么知道？你们才是一家人呀。"

"你别以为我不知道你们两个人的勾当，我告诉你，你不交出人来，我要是报了警，可就有你好看了。"常建军尽管自以为是，可是见到海子还是一副底气不足的样子。

"门开着，你是自己滚出去，还是我把你扔出去，你自己选。"海子抬起眼盯着常建军问。

"海子，你给我等着……"常建军虚张声势地嚷着，慌慌张张地离开了海子家。

常建军在跟踪了海子五六天后，依然没有发现苗梅梅的踪迹，有些慌了。如果苗梅梅不是躲在海子这里，又会去哪里呢？他想到了报警，可是他对家暴是犯法的说法略有耳闻，更何况老婆跑了这样的事传出去，他以后还怎么见人啊？正当他一筹莫展的时候，苗梅梅回来了。和苗梅梅一起回来的还有玉梅。常建军没有认出玉梅来，待玉梅自我介绍完，他才想起上中学时那个憨头憨脑的“假小子”来。

玉梅得体的穿着和自信的气质让常建军大感意外，更让他意外的是玉梅说出的话：“建军，梅梅这次回来是和你商量离婚的事情的。”

“什么？离婚？苗梅梅，你脑子有毛病了吧？要和我离婚？门儿都没有！”恼羞成怒的常建军提高了嗓门儿。

“我什么东西都不要，我只要小丫。建军，咱们好聚好散吧。”苗梅梅脸上的瘀青还没有完全散去，戴着口罩，因此说话的声音很低。

“苗梅梅，你别身在福中不知福，自从结婚后，你干过什么？我缺你穿了还是缺你吃了？啊？你看看咱们村那些媳妇，哪个不得没日没夜地在地里干活？我看你就是好日子过到头了……”常建军越说越激动，站起来用手指着苗梅梅。苗梅梅下意识地往后退了几步。

玉梅上前站到了苗梅梅的前面，不紧不慢地说：“建军，你别激动，梅梅缺什么不缺什么不是你说了算的，她是不缺吃和穿，但她缺尊重、缺独立，还缺爱。我想问问你，这些东西你给过她吗？”

常建军挥舞着手说：“你少扯那些没用的，也少他妈的管我们家的闲事儿。”

“这个闲事儿我还就管定了。”玉梅直视着常建军，坚定地说，“当然，这么大的事儿，你也得好好想一想，我们先走了，什么时候想好了，你就在这上面签个字，顺便去民政局把手续办了。对了，这是我的传呼机号码。”玉梅说着，递给常建军她事先写好的离婚协议书和她的联系方式。

常建军看也没看就将离婚协议书撕成了碎片：“你们做梦吧！苗梅梅，你要想明白，到底是想离婚还是想死！”

常建军的狠话没有吓到玉梅，她平静地说：“如果协议离婚不成，就只能上法院了。”说完，她拉着苗梅梅头也不回地出了门。

晚上，玉梅和苗梅梅又进行了一次长谈。玉梅冷静客观地帮苗梅梅分析了她现在面临的形势，并一再问她是否真的做好了离婚的打算。她真诚地说：“梅梅，你一定要想好，你是否能承受得了离婚后人们的风言风语，是否能承受得了一个人抚养孩子的艰辛。目前来看，离婚这条路必定会很艰难，你确定你不是一时冲动？”

“玉梅，你说的我都想过了，我也想好了，我知道我在做什么。”苗梅梅声音很低却很坚定。

玉梅不再说什么，只是上前抱了抱苗梅梅，然后带上门出去了。

玉梅的出现让苗梅梅的内心起了很大的波澜，她看到了另外一种生活方式：优雅自信地、有尊严地活着。而不是像现在的她一样，与父母、兄弟的生活捆绑在一起，抱着偿还的心理，依附于常建军身边过着仰人鼻息的生活。遍体鳞伤、一地鸡毛的日子不是她想要的生活，重新审视这段婚姻，后悔、内疚、痛苦，还有许多难以名状的情绪便一齐涌上心头。她悔恨自己当初爱慕虚荣，内疚自己明明不爱常建军却盲目地走进了这场婚姻，痛苦于因自己的草率带给这么多人伤害，尤其是小丫。苗梅梅侧身用手抚着小丫熟睡的小脸，泪水不禁又落了下来。“小丫，妈妈必须要改变现在的生活状态了，我要做一个独立、勇敢的妈妈，妈妈不会再被动地等待幸福的到来，因为幸福不是哪个人给予你的……”苗梅梅对着小丫喃喃地说着。

窗外高远的夜空中，几颗明亮的星星像从水里刚捞出来似的，一闪一闪地眨着眼睛。

苗梅梅的母亲是在玉梅母亲的陪同下来的。她一见苗梅梅就鼻涕一把泪一把地说开了：“你个死女子，你是好日子过到头了哇？嗯？哪有夫妻不打闹的？你爸打过我多少回，我还不是照样里里外外地干着。一个女人家，你离了婚，谁还要你？再说，你离了婚，让我们怎么在村子里做人？建军哪点儿不好，这几年不是全靠着人家帮衬，现在还拉扯着你弟弟在工地上当保管。你离婚了，我们的日子怎么过？”老太太越说越伤心，哭的声音越发大了起来。

苗梅梅把母亲搀过来，让她坐在了沙发上：“妈，我的事儿你就别操心了，我这么大的人了，我知道该怎么做。”苗梅梅边给母亲端水边说。

“你知道个屁！我跟你说，你今天必须跟我回去，不然咱们以后就断绝母女关系。”苗梅梅的母亲接过水杯，“咣当”一下放到了茶几上。

“是啊，梅梅，俗话说‘一日夫妻百日恩’，夫妻没有隔夜仇，孩子也这么大了，闹什么离婚呢？再说你住在玉梅这里也不是个事儿，让常家人误会玉梅。”

玉梅母亲的话让苗梅梅一时无法辩驳，老太太说得没错，以常建军的品行，自己住在玉梅这里，他一定会对玉梅怀恨在心的。一时间，大家都沉默下来，只听得见老太太低低的抽泣声。梅梅从小在母亲的埋怨声中长大，过早背负上了“孝顺”的包袱，再加上她是家中的老大，自然承担起了照顾弟妹的责任。为了父母，她无条件地把兄弟姐妹的生活与自己的家庭幸福捆绑在一起，自以为这也是一种孝顺。可是又有谁为她着想过呢？有谁想到她这些年承受的呢？难道只有用自己的痛苦才能换来家人们所谓的“幸福”吗？想到这里，苗梅梅不再辩驳，只是心里有个声音在坚定地说：“过自己想过的生活，做真正的自己！”

玉梅：

请原谅我的不辞而别。不要找我。感谢你的帮助，让我重新找到了生活的方向。离开你，我会很艰难，但这是我必须要迈出的第一步。亲爱的朋友，请祝福我吧！

梅梅

看到字条的玉梅明白了三天前梅梅突然向她借五百块钱的原因了，尽管心里有诸多的担心，但她还是尊重苗梅梅的选择，没有去打听，也没有去寻找。是啊，在这人世间，有些路是必须一个人去面对的，路再长再远，夜再黑再暗，也得独自默默地走下去。想到这里，玉梅轻轻地叹了口气，仿佛卸下了一副重担似的。

常建军找上门来是玉梅意料之中的事，但她没想到这个人会无赖到这个地步。玉梅给常建军看了苗梅梅写的字条。

常建军一把撕掉了字条，恶狠狠地说："这样的把戏老子看多了，今天，你不把人交出来，老子就住在你家不走了！你看是你和我住呀，还是把苗梅梅交出来呀？"

起初玉梅还耐心地给常建军解释，自己确实不知道苗梅梅去哪儿了。后来看到常建军一副油盐不进的样子，就义正词严地说："常建军，我请你离开，不然我就要报警了。”说着，玉梅就开始穿外套。

看到玉梅要动真格的样子，常建军竟然一把拉住玉梅的衣襟跪了下来：“玉梅，你听我说，我……我真的爱梅梅，没有她，我活不下去……我……你说，我以后还怎么见人呐……我一个大老爷们……老婆跑了……呜呜……”说着一把鼻涕一把眼泪地哭开了。

玉梅嫌恶地挣开常建军，她意识到对付这样的人也得有一些策略，于是她好言好语地说：“建军，你快起来，你的心情我理解，这样，你先回去，我也四处打听打听，一有梅梅的消息，我第一时间告诉你，好吧？”

听到玉梅的话，常建军“噌”地一下站了起来，一把擦去脸上的泪水，像变脸似的笑着说：“玉梅，我就知道你是明事理的人，梅梅糊涂，你不会糊涂，那我不打扰你了，我先走了。”说完，跟个没事儿人似的走了。

看着常建军渐行渐远的背影，玉梅陷入了沉思。她知道苗梅梅离开，一方面是要开始新的生活，另一方面是担心会影响到自己的生活。可是，看样子，无论苗梅梅是否离开，自己的生活肯定会受到影响。一向果敢利落的玉梅，一时也没了主意。

梦里，小城飘雪。晶莹的雪花落在苗梅梅的发梢上，路边响起爆米花“嘭嘭”的声音，飘出烤红薯的香味，红色的羽绒服映衬着苗梅梅白里透红的脸蛋，她跑着、笑着，渐渐远去、消失……海子想追却迈不开腿，想喊却张不开嘴，直到大汗淋漓地醒来。

黑暗中他坐起身，摸索着抽出一支烟，点上，一点猩红盛开在无边的黑夜里，他的手指轻轻弹了弹，猛地吸入一大口。自从苗梅梅结婚后，海子有意识地屏蔽关于苗梅梅的消息。可是，圈子里都是从查干布拉格出来的人，不是和苗梅梅沾亲就是和常建军带故，所以海子还是耳闻了苗梅梅婚后的遭遇，但不管怎么说都只是传闻，再说人家的家事，他一个外人也只能是听一听。直到他在医院里碰到冻得嘴唇发紫、浑身哆嗦的苗梅梅手忙脚乱地翻口袋找钱时，他才意识到事情远比传闻中严重。一个坐月子的女人独自领着孩子来医院，还没带钱，想想都让人心酸，而更让人痛苦的是他只能做一个局外人，看着她的不易。也是在那一刻，他意识到自己还深深地爱着苗梅梅，这样的觉醒只能增加他的痛苦，他不知道这样的痛苦什么时候能够消散。

更让他意外的是，前几天常建军竟然气势汹汹地来找他要人，表面镇定的他强压着内心的巨大波澜：为苗梅梅勇敢地出走而狂喜，也为苗梅梅的不知去向而担心。常建军前脚刚走，他后脚就跟着出了门，内心有个声音一直在回响："去找苗梅梅……"他发动了摩托车，摩托车的轰呜声又将他拉回了现实：去哪儿找？以什么身份找？没有人能回答他，他就那样骑着摩托车在东胜街头漫无目的地转了又转，直到太阳落山……

夜更深了，无边的黑暗从四周向他涌来，他又点燃一根烟，火光明灭间，海子仿佛又回到了梦境中……

夏夜，微风徐徐，像月光下海浪的低吟，柔软而温和。

海子在这个夜里来找玉梅。海子用表面上的不经意极力掩饰着对苗梅梅的担忧。消息传得很快：苗梅梅跑了，苗梅梅找到了，苗梅梅又跑了……起初得知苗梅梅在玉梅家时，海子悬着的心放下了一半，他知道玉梅是个能成事的人，苗梅梅跟着她不会吃亏。可当听说苗梅梅再次失踪时，他坐不住了。他之所以选择夜里来找玉梅，也是担心常建军知道后又要大做文章。

海子在玉梅家附近徘徊了很久，地上的烟蒂也撂下一小堆。尽管他们从小就认识，可是该怎么开口呢？他的这份关心会不会让玉梅误会？会不会给玉梅和苗梅梅带来新的麻烦？海子来回踱着步。有人路过，狐疑地看向海子。海子知道不能再犹豫了，鼓起勇气敲响了玉梅家的门。

玉梅对海子的到来并没有感到意外。同一个村里长大的，海子的为人她再清楚不过了，以海子现在的条件，完全可以挑着拣着找，可是三四年了，他一个也没找，除了放不下苗梅梅，还能有什么原因呢？没等海子询问，玉梅就将事情的原委一五一十地告诉了海子："海子，你也不要太担心，我们反而要为梅梅这次的勇气感到高兴，她一定会好好的，我也相信她落住脚后会联系我，到时候我第一时间通知你。"最后，玉梅信心满满地说。海子没有说话，只是伸出大手用力地握住了玉梅的手，使劲晃动着。

街上行人寥寥，昏黄的路灯将海子的影子拖得很长，海子踩在柏油路上的脚步声很响，仿佛每一步都是一声呼唤……

10

已是下午四点，太阳依然不遗余力地炙烤着大地，路两边的柳树像病了似的，叶子挂着尘土在枝上打着卷，枝条一动也不动。马路上散发着耀眼的白光，小摊贩们懒洋洋地靠在阴凉里不再吆喝，商店门口的有机玻璃招牌似乎被晒化了，就那样无精打采地悬挂在门头上。

苗梅梅牵着小丫的手，心灰意冷地走在呼市罕见的大热天里。已记不清这是第几次被拒绝了，尽管每一次都想到了会有这样的结果，但每一次还是会感到难过。想起当初为了上学，她那样苦苦地哀求过自己的父母，那样信誓旦旦地承诺过一定会偿还所花的学费，一定会帮助家里过上好日子。诺言似乎是兑现了，却不是靠自己所学的知识，而是靠她那并不幸福的婚姻。想到这里，苗梅梅不禁苦笑一声。“妈妈，我渴……”小丫仰起头看着苗梅梅。苗梅梅收回思绪，看着两岁多的孩子干裂的双唇，她蹲下来内疚地抱起了小丫，向路边的饮料摊走去。来呼市已经十几天了，她租了一个十几平方米的小南房安身，接着就开始马不停蹄地找工作。尽管那张财务专业的大专毕业证引起了几家公司的兴趣，但在得知她没有任何工作经验后，主管们都会耐人寻味地看着她身边的小丫，然后婉言拒绝她。

给小丫买了一根冰棍后，苗梅梅突然感觉自己的嗓子也像是在冒火。

“您好，请问您这儿有水吗？”苗梅梅讨好地问摊主。

“有啊，你要什么牌子的？”摊主指了指身后码得整整齐齐的一排矿泉水。

“啊？我……”苗梅梅一时语塞，她突然觉得自己真蠢，怎么会向卖冷饮的人讨水喝。她讪讪地拉着小丫离开了。

她住的这个院子里一共租住着八户人家，都是外地来呼市打工的，一到晚上，这里就热闹起来，劳累了一天的人们卸下满身的疲惫，开始享受这短暂的休闲时光。男人们赤着膀子，趿拉着拖鞋，咕咚咕咚地大口喝着啤酒，用粗俗的话语咒骂白天刁难他们的雇主；女人们唠着家常，拿出在街边淘到的降价连衣裙在身上比画着，怂恿着还在犹豫的人明天赶紧去抢。吃饭都是在院子里完成的，盘碗的撞击声和人们的咀嚼声、攀谈声，在这小小院落的上方盘旋着，氤氲的烟火气让人们暂时忘却了世事的艰难。

同是来自东胜的二霞总是主动靠在苗梅梅家的门框上，边看苗梅梅做饭边和她搭话。苗梅梅其实并不想和哪个人亲近，她知道东胜并不大，拉扯起来一定会有认识的人，她此次来呼市就是想告别过去的一切，开始新的生活。“来，小丫，给你吃个玉米，可甜了。”二霞说着，将手里的玉米递到小丫手中。小丫看了看妈妈的背影，小手还是不听使唤地接过了玉米。苗梅梅没有回头看小丫，她其实是默许了孩子吃这个玉米。她知道跟着她奔波了一天，小丫是真的饿了。

“工作找下没？”二霞边啃玉米边问。

“还没。”苗梅梅没有抬头，她正在擀面。

“我们单位有个服务员回老家了，你想不想干？”看苗梅梅没有吭声，二霞接着说，“你看看，我倒忘了你是有文化的人，怎么能干我们这种工作呢？”

“怎么不能干？我明天就跟你去。”苗梅梅放下擀面杖，愤愤地说。

柔和的月光把夜晚营造出一片平静与祥和，月亮的光落在树上，落下斑驳的黑影，像是碎条儿挂在树上一般。

不知不觉已是中秋节了，苗梅梅在蓝天大酒店做客房服务员已经一年多了，因为她一个人带孩子，所以酒店安排她每天只上早班。今天二霞请假回家过节，她这个老乡义不容辞地给二霞顶班到晚上八点。时间一到，苗梅梅就换下工装，心急火燎地跑下楼，骑上她刚买的那辆二手自行车往家赶。小丫还在家里等她。今天幼儿园放假，苗梅梅只得把这个三岁的小人儿反锁在屋里。下午临走时她给小丫倒好了喝的水，放下一包饼干。她出门时，懂事的小丫扬着小手说："妈妈，我乖乖的，你去上班吧。"小丫嘴上这样说着，但苗梅梅还是看出了她眼神中流露出的胆怯。她紧紧地搂了搂小丫，狠狠心扭头走出了家门。

许是过节的原因，街上的行人比平时少了许多。苗梅梅使劲蹬着自行车往家赶，突然，从一个小巷子里驶出一辆汽车，眼看着就要撞上了，情急之下，苗梅梅只得硬生生地将自行车把一偏，撞上了马路牙子。"啪"的一声，人和自行车狠狠地摔在了地上。汽车早已扬长而去，苗梅梅顾不得身体的疼痛，咬着牙爬起来继续往家赶。

租客都回老家过中秋节了，院子里静悄悄的。苗梅梅打开门锁，开了灯，只看见小丫躺在床上睡着了，小脸上有淡淡的泪痕，嘴角还挂着些饼干的碎屑。苗梅梅在床边坐定，感觉膝盖处隐隐作痛，卷起裤腿，才看见有血慢慢地往外渗。苗梅梅站起来想要包扎一下，却看见月光透过玻璃静静地泻下来，那么轻柔，那么恬静。那一刻，不知怎的，泪水顺着脸颊止不住地淌了下来。

出租车司机使劲按着喇叭，喇叭声震耳欲聋。三轮车师傅也不甘示弱地大声吆喝着：“走了，走了，五元一位……”三蹦子“突突突”地抖动着蹭到人们身边……一走出汽车站，海子就被各种吆喝声和吵闹声淹没了。他仿佛回到了七年前：那是他第一次来呼市上学，第一次离开查干布拉格来到这想象了无数遍的大城市，他还记得当时自己内心的狂喜、忐忑和局促，还记得被同学嘲笑的浓重的乡音，还记得被推选为班长时，站在讲台上操着不流利的普通话说的那些豪言壮语，还记得当年意气风发的自己和同学在路边摊就着花生米喝着啤酒谈的那些不着边际的梦想，那个时候仿佛整个世界都在自己脚下。同样的地方，不同的心境，时间早已带走了年少无知，沉淀下来的只有现在看起来有些幼稚的回忆。

“海子，海子。”海子闻声看去，只见对面的李强挥着手冲他喊。他跑过去，冷不防李强就朝他的肩头捶了一拳，反应过来的海子照样回了一拳，两个人就在呼市的街头面对面地哈哈大笑起来。

李强的桑塔纳平稳地行驶在宽敞的柏油马路上：“同学们差不多都到齐了，就差你这个班头儿了。”路上，李强给海子介绍这次同学聚会的情况。海子有一搭没一搭地应着。李强张罗这次同学聚会时，第一个联系的就是海子，可是海子响应得并不积极，在李强的一再邀请下才勉为其难地出现了。

吃饭、喝酒、叙旧、唱歌、跳舞、送行……有人醉了，有人哭了，有人笑了……一天一夜的同学聚会就在这纷纷扰扰中过去了。李强拉着海子不让他走，继续安排他在自己的蓝天大酒店里住着，用李强的话说："咱俩的聚会才刚开始……"

蓝天大酒店位于呼市最繁华的商业街，已是深夜，但街上依然人流如潮，霓虹灯在各色建筑物上闪烁不定，发出七彩的光芒，让人眼花缭乱。

李强和海子像上学时那样一人拎着一瓶啤酒对饮。李强来自阿拉善盟一个偏远的山村，是当时班上最穷的学生，豪爽仗义的海子当时没少帮助李强，还背着李强在班里组织捐款，将钱悄悄寄给当时生病的李强的妈妈。真是三十年河东，三十年河西啊，谁能想到现在春风得意的李强几年前连五毛钱一份儿的土豆片都吃不起呢？酒至半酣，李强的话匣子就打开了。

毕业后李强回到了老家，原本指望着能分配一个工作，也不枉父母到处借钱培养他一番，谁知道建筑专业毕业的他回去被分配到了乡政府的养猪场，每天给一群喂猪的大妈讲怎么科学养猪，和大妈们一起拌猪饲料、喂猪、清扫猪舍，用实际行动检验着自己讲的到底科不科学。家里张罗着给他介绍了一个对象，小学毕业，模样也还周正，他也不敢说对方有没有文化，自己倒是念了十几年的书，还不是照样回来喂猪了？李强买了烟酒，借了姐夫的西装，跟着父亲和媒人到了女方家里，对方倒没提喂猪的茬儿，只是要六千六百元的彩礼。李强刚要开口，没承想父亲竟然一口答应了，惊得李强目瞪口呆。回来的路上，李强看着父亲佝偻的背影，眼眶直发热。第二天，一家人正商量凑钱的渠道，媒人风尘仆仆地赶来了，吞吞吐吐地说出女方反悔的消息。母亲追问了几遍也没问出原因来，父亲蹲在墙角直叹气，大口大口地吸着劣质的烟卷儿，呛得直咳嗽。母亲悄悄地抹着眼泪，倒是李强有些窃喜。下午，李强陪着母亲去镇上的商店买盐，出门时与一群人撞了个正着：媒人、昨天去提亲的女孩一家人，还有一个高高壮壮的男青年。李强见状已经明白了八九分，不明所以的母亲却要问个究竟。女孩低着头不答话，男青年兴冲冲地说："我们过几天订婚，来买新衣服。"母亲一扬手就把盐袋儿砸到了女孩父亲的头上，白花花的盐撒了一地。李强第一次见平素软弱善良的母亲像个泼妇一样与人吵架、撕扯……

李强知道他不能再喂猪了。

海子只知道李强辞职重返呼市，在一家建筑公司当技术员，在公司承建的蓝天大酒店项目中及时制止了一批不合格钢材的使用，引起了蓝天大酒店老板千金的注意。后来，李强的好学上进、任劳任怨收获了这位千金的芳心，再后来两个人喜结良缘。没想到背后竟有这般的心酸，海子听了之后也忍不住感慨万千。

两个人一直聊到天亮，李强因为还有公事要处理，简单洗漱了一下就离开了。海子一个人躺在床上辗转反侧，毫无睡意。

苗梅梅怎么也没想到会在蓝天大酒店碰到海子。

前台通知苗梅梅给201房间换一个新的电热水壶。苗梅梅拿着水壶敲响了201的房门并说明了来意。“进来。”得到允许后，苗梅梅推开了虚掩的门。

“你们这三星级酒店的配置也太低了吧，这么个破壶，害得我折腾了好半天。”客人正在里间看电视，听见苗梅梅进来就开始发牢骚。

苗梅梅没敢吱声，赶紧换壶。热水壶放置在一进门的茶水柜上，所以苗梅梅没看见客人长什么样。换好壶后，苗梅梅朝里间的客人说：“先生，壶给您换好了，没有别的事儿我就先出去了。”

“等等，你把我的衬衫拿到洗衣房洗一下吧。”

“好的。”

客人从里间走出来，苗梅梅伸手去接衣服，抬头的一瞬间，两个人都愣在了原地。

“你怎么会在这里？”两个人怔怔地看着对方，异口同声地问。

“我……”两个人几乎又是同时说出“我”，然后同时闭上了嘴。

此时的苗梅梅说不出是惊喜还是难过，几年不见，海子苍老了许多，原来茂密的黑发里竟然夹杂了许多刺眼的白发。来呼市快两年了，隔断了与家里人的联系，她做梦都想见见亲人，问问家里的情况，但怎么也没想到见到的第一个熟人会是海子。

“来，坐下说。”海子打破了沉默。

“我还有工作要做。”苗梅梅尴尬地笑了笑。

“没事儿，回头我会跟你们老板解释的。”

看着海子恳切的眼神，苗梅梅没有再拒绝。其实，她也需要找个人说一说独在异乡的艰难。而这个她没有想到的人其实一直都在她的心里。

海子一直在静静地听苗梅梅讲述来到呼市的生活，直到苗梅梅问起家里的情况，他才收起脸上凝重的表情，故作轻松地说：“你突然失踪，你爸妈能不着急吗？再加上常建军去家里闹腾了几次，你妈着急上火地病了一场。不过你放心，自从常建军坐牢之后，家里已经消停了，两个老人都挺好的。”

“你说什么？常建军坐牢了？”苗梅梅霍地站起来，提高了嗓门……

苗梅梅走后，玉梅知道常建军不会善罢甘休的。果不其然，常建军隔三差五地到玉梅家要人。这天，已是掌灯时分，醉醺醺的常建军又来到了玉梅的住处，大门被砸得咣咣响。起先玉梅并没有理会，可是过了一会儿，邻居们不乐意了，纷纷跑出来抱怨。这下倒正合了常建军的意了，他在大门口大声嚷嚷：“你们正好给评评理，我的老婆娃娃被张玉梅给藏起来了，她这是图啥了？居心不良呀！不就是想把苗梅梅介绍给有钱人从中牟利吗……”话越说越难听，邻居们也开始议论纷纷。

无奈之下，玉梅只好开了门：“建军，我也不知道她去哪儿了。这样，只要一有梅梅的消息，我一定通知你。”玉梅知道和他理论不清，只得好言好语地劝道。

“你以为我会相信你吗？你他妈的把我当傻子吗？如果不是你撺掇，苗梅梅怎么会离开？我告诉你，一天见不到苗梅梅，我就一天不让你消停！”常建军瞪着布满血丝的眼睛冲玉梅喊。

“常建军，事情就是这样的，信不信由你，到现在你还在怨天尤人，如果你真像个男人，你的老婆孩子会走吗？”

玉梅的质问让恼羞成怒的常建军失去了理智，他顺手拿起倚在墙角的铁锹朝玉梅抡了过去。等众人反应过来上前阻止时，玉梅的头上已经在往外冒血了。

玉梅受的是皮外伤，在医院住了两天就出院了。

常建军被捕了。他被捕的原因不止是酒后打人、扰乱治安。近段时间，各大工地时不时会有钢材、铁料等贵重材料丢失，而公安机关走访调查的线索都指向一个人——常建军。

海子断断续续地讲完了苗梅梅走后的情形，有些是从别人嘴里听来的，有些是玉梅被常建军打伤后他去医院探望时听玉梅说的。好事不出门，坏事传千里，苗梅梅离家出走的事已经有好几个版本了，再加上常建军这么一闹，更是满城风雨。海子当然没讲“苗梅梅是被他拐跑”的版本，也没讲常建军去苗梅梅娘家抄家的事。

屋里突然安静了下来，苗梅梅眼眶里的泪水一直在打转，她强装镇定，挤出一个比哭还难看的笑：“我……”

“什么都不要说了，可能你从来都不知道你所承受的一切，我也一直在承受。”

听到这句话的她终于控制不住地哭了起来。他站起身，将她揽入怀中，抚着她剧烈抖动的双肩，任由她的泪水浸湿了他的衣衫。

“苗梅梅——”同事的叫声将苗梅梅拉回了现实。她连忙推开海子站起来，用双手抹去脸上的泪水，整了整衣服。她略显尴尬地说："海子，我去忙了。"海子下意识地"嗯"了一声，一时也不知该说什么好，就在愣怔间，已经听到了房门关上的声音。

苗梅梅心烦意乱了一下午，放错了几件客房用品。同事们有些诧异地看着她，心直口快的小丁问她："苗姐，你怎么啦？怎么从201出来后就跟丢了魂似的呢？"一脸窘迫的苗梅梅一时语塞，只得拿了物品匆匆离开。下班路过201时，苗梅梅也没敢有片刻的停留，她知道海子心里还有她，然而，她已不再是往日的她了。

第二天一上班，苗梅梅就被叫到了人事部。苗梅梅忐忑不安地看着人事部部长，她以为她在海子房间的事被告发了，她竭力思索着解释的理由。"抓紧时间交接一下手头的工作，明天你去财务部上班。"人事部部长看着一脸蒙的苗梅梅，温和地说。

11

生活就是这样，一边回忆，一边继续，从来不会为谁而停留。

来江城已经快两年了，程山没回过一次家。公司正在上升阶段，程山除了要负责设计部的业务，一些重要客户的迎来送往也需要他参与。刘宇的知遇之恩，程山一直铭记在心，这也让程山觉得只有尽心尽力地办好每一件事才不会辜负刘宇对他的信任。尽管心里惦记着老娘，可看着大家都忙得团团转，程山也不好开口请假。去年春节前，刘宇主动说起程山春节应该回家看看了。程山强压着心里的喜悦，走出了刘宇的办公室。程山忙里偷闲，分别给老娘、姐姐、姐夫和外甥们买好了礼物，却在临上火车时被刘宇拉着上了飞往三亚的飞机。原来是他们一直想要合作的一家服装公司的王总在三亚度假。此前，他们几次拜访都没能见到王总。刘宇打听到王总一家要在三亚过年的消息后，认为这是一个好机会，于是风风火火地在火车站截住了程山。好在不虚此行，虽然几经周折，但他们最终还是见到了王总，并达成了初步合作意向。

清明节快到的时候，程山向刘宇提起了回家看母亲、给父亲上坟的事。

刘宇满怀歉意地说："早该让你回去看看了，明天就走，不能再耽搁了。"并且塞了一千块钱给程山，"我的一点儿心意，给阿姨的。"

程山也没有推辞，近两年的并肩奋斗，他和刘宇早已超越了一般的上下级关系，他们更像是志同道合的战友、惺惺相惜的知己。他只是拍了拍刘宇的肩膀，以示感谢。

刘宇也拍了拍他的肩膀，笑着说："回去一趟不容易，但我还得说，早去早回。"

大包小包收拾停当后，程山看着刚取出来的一万块钱犯了难，装在兜里吧，鼓鼓囊囊的太显眼；放在包里吧，火车上人多眼杂，怕有个闪失。一会儿的工夫，这一万块钱就换了三四个地方，可是程山感觉放哪儿都不踏实。忽然间，程山想起自己上学时，每次临走前母亲都会把钱缝在自己贴身的内衣里，于是程山如法炮制，在自己的内衣里缝了几个兜，把钱小心翼翼地放进去后，又一针一线密密麻麻地缝了几个来回。尽管内衣穿在身上很不舒服，但总归是安全了。

近乡情怯，火车进入东胜地界的时候，望着车窗外熟悉而又略显陌生的景色，程山的眼睛不禁湿润了。这个塞北小城的春天来得迟，柳枝挂着一星半点的绿在风中摇摆，樟子松似乎正铆足了劲返青，山坡上泛出了若隐若现的草绿色，三五成群的山羊、绵羊吃饱了，在坡上尽情地撒欢。程山不由得想起小时候跟着父亲放羊的情景，赶着羊群早早出工，要走很远的路才能找到可供羊群吃草的山坡，到掌灯时分才能回来。羊群吃草的时候，他和父亲就找一个向阳坡半躺着，听父亲讲他年轻时那些半真半假的经历。最期待的是中午时分，父亲会从皮袄里层的口袋里拿出半袋子拌着糖的炒米，父子俩沐浴在温暖的阳光里，就着军用水壶里的热水，细细咀嚼糖拌炒米的那股香与甜。吃罢这简单的午饭，父亲总会说："虎子，盯着点儿羊群，我眯一会儿。"不一会儿，父亲的鼾声就会响起，阵阵风声从耳畔掠过，仿佛要把父亲的鼾声带到很远的地方……多年后，那个向阳坡成了父亲长眠的地方，应该还有羊群走过吧，不然父亲该多么寂寞。程山这样回忆着的时候，火车已经进站了……

回到阔别两年的故乡，却已不是当初的模样，这让程山既意外又伤心。多少次，查干布拉格那条清澈见底的小河在他的梦中蜿蜒而过；多少次，查干布拉格山头那成片的杏花在他的梦中竞相绽放；多少次，查干布拉格晚归的羊群欢快地叫着在他梦中走过；多少次，查干布拉格淳朴的乡亲们围坐在冬日午后的阳光下拉话的场景在他的梦中飘过……仅仅两年时间，展现在程山面前的一幕幕景象让程山感到震惊：河水早已干涸，皲裂的河床上覆盖着一层黑煤粉末，以前的道路已被拉煤的大卡车折腾得不像样子，随处可见不堪碾压形成的大大小小的坑，刚泛绿的山坡上布满了黑色的尘土，只有走近了才能看见那少得可怜的绿色。村里没有了鸡犬相闻的热闹，壮劳力都已外出务工，留下的大多是老人和孩子。程山在姐姐一次语焉不详的来信中得知村里来了开煤矿的，还听说一部分被占用土地的人得到了补偿，那时候他还暗自为村里高兴过，以为这会推动村里的发展，却未曾料到是今天这番景象。程山悲从中来，他无法接受这个承载着太多儿时记忆与情感寄托的地方变成现在的模样。小时候不懂，觉得这里土里土气，总向往大都市的繁华与喧嚣，长大离家后，却越来越想念这里的一切，想念这片曾经养育过他的黄土地，想念这曾经充满烟火气的村庄，想念曾经熟悉的一砖一瓦、一草一木……

程山不由得加快了脚步，他要马上赶到姐姐家问明原委。

姐姐家还是一如从前般破败，四面土墙已被雨水冲刷得没了棱角，油漆斑驳的木大门一推就吱呀作响。程山踏进院子，看见母亲正坐在坑坑洼洼的台阶上，摸索着削土豆皮，听见有人进来，抬起头眯着眼使劲朝来人的方向看：“谁啊？二孬，今天怎么这么早就放学了？”二孬是程山大姐家的二小子。程山想应声，却感觉喉头发紧，他的心里是从未有过的难过与愧疚。他走到母亲跟前慢慢地蹲下来，轻轻地叫了声“妈”。

母亲眼睛看不见，耳朵却很灵，听到这声“妈”，手中的刀和土豆“砰”的一声掉到了地上：“虎子？你是虎子？”声音打着颤，泪水早已布满了沟沟壑壑的脸。

程山拉住母亲的手，强装欢颜地说：“妈，我是虎子，我回来了。”

母亲的这双手，因为长年累月地操劳，粗糙得像老树皮，手上裂开了一道道口子，有的用黑色胶布贴上了，没来得及贴上的就那么兀自张着口，仿佛在诉说着什么。程山难过得说不出话来，放开母亲的手，捡起地上的刀和土豆，紧挨着母亲坐下，削起土豆来。母亲顾不得擦去脸上的老泪，只是眯着眼用仅存的视力紧紧地盯着程山，好像害怕一眨眼程山就不见了似的。

夜晚的查干布拉格宁静而平和，没有月亮，夜色像块宽大的黑色幕布，悄悄地拉开来，罩住了山川、原野。一时间，远处的群山、近处的房子和树木，都由清晰变得模糊了。刚露头的青草的香气弥漫在夜空里，偶有狗吠声从远处传来，打破了夜的寂静。

程山和母亲坐在大姐家东厢房的炕上，间或有细碎的泥土从屋顶上掉落，墙壁也已是斑斑驳驳，灯光虽然有些昏暗，却将母亲满头的白发照得格外刺眼。程山每个月都把工资的三分之二寄给大姐，可看母亲的情形，日子过得并不怎么样。当着大姐的面，程山没问出口，现在他觉得有必要问问母亲了。

“妈，我每个月寄给你的钱够花吗？”

“够，管够……”母亲的神色有些慌乱。

母亲一辈子老实，程山很容易就看出来母亲在撒谎：“妈，我不是让大姐用我寄的钱翻新一下房子吗？怎么还是老样子？”

“这……虎子，听妈的，以后你每个月就给妈寄三百块生活费就行了，剩下的钱你自己攒着。你也老大不小了，咱们家穷，你成家也指望不上，你总不能什么都让姓江的姑娘出哇？”母亲还不知道程山和江晓冰分手的事。

“妈，先不说这个，我就想问问你的生活怎么样。”程山打断母亲的话。

母亲为难地搓着手，垂下眼睑，自顾自地说：“你就不该寄那些钱回来，你大姐说要翻新房子，你姐夫那个枪崩货说那样活钱就变成了死钱，非得与人合作买拉煤车，结果连车屁股都没见着，被人骗了个精光……”

“什么？”程山霍地站了起来，正好碰到了头上的灯泡，灯晃动着，房梁上的灰尘扑簌簌地落了他一身。他恨恨地坐了下来，继续问母亲：“怎么就被骗了呢？他不认识那个人吗？不能去找吗？不能报案吗？”

一连串的问题让这个农村老太太有些不知所措，一下子不知该从何说起。正在这时，门“吱呀”一声开了，大姐抱着一床新被子走了进来，她低着头，眼眶发红，看情形是听到了他们之间的对话。

大姐放下被子，嗫嚅着说：“虎子，夜里凉，你把这个盖上。”

程山看着大姐那张被贫穷与劳作磨砺得灰白的脸，心一下子软了下来。他放低声音问：“大姐，我姐夫到底是怎么回事儿？”

还未开口，大姐先哭了起来。这个习惯于忍耐的农村妇女已经很久没有哭过了，地里的活儿要干，家里的牲畜要喂，两个孩子要养，七十多岁的老娘为她这个家用光了弟弟寄来的生活费，还要摸索着帮她做饭、照顾家。赔光了钱的男人学会了喝酒，一走十天半月不见人，说是要钱去了，回来就是个醉汉，打鸡骂狗地痛诉自己时运不济。她很想哭，可是除了给父亲上坟时在坟头哭一哭，平时她连哭的权利也没有。弟弟的出现让她既害怕又有小小的欣喜，害怕的是不知该如何向弟弟交代，欣喜的是她觉得自己似乎有依靠了。

“你姐夫说老杨是煤矿的车间主任，和老杨合作稳赚不赔……呜呜……你说我当时怎么就信了他的鬼话……呜呜……他还说人家是看得起他才和他合作的，拉煤车一天挣的钱就够我们刨闹好几年了……呜呜……他说一挣到钱就盖新房，让妈住新房子……呜呜……”大姐在哭泣中断断续续地说了个大概。

“那老杨呢？他不是煤矿的车间主任吗？为什么不去找呢？”程山追问道。

“什么车间主任？就是个临时工，拿了钱就跑了，我们去煤矿问了，没人知道是哪个地方的人……呜呜……”

大姐的哭声让程山有些烦躁，他强压着火问：“报案了吗？”

“报了，快一年了，也没有消息。虎子，大姐对不住你啊……”大姐的哭声在破旧的屋子上空盘旋，一起盘旋的还有母亲隐忍的啜泣声……

一个晚上，程山辗转反侧。他心疼母亲，怜悯大姐，痛恨姐夫，也担忧查干布拉格。他想起回村时看到的景象，想起白天来大姐家串门的左邻右舍。

他的归来在村里引起了不小的轰动。一方面是因为他是村里第一个去大城市的人，另一方面是因为他抛弃查娜傍上大城市富家女的传闻在村里早已老少皆知了。人们带着好奇心来看"衣锦还乡"的程山变成了什么样。当乡亲们看到程山只身一人归来，穿着依然朴素，脸上依然带着从前憨厚的笑容时，言语间竟不约而同地表现出几分讥笑和几分失望来。他们谈论最多的是村里的征地大户王二，有人说征了几十万，有人说征了上百万，有人说他在城里买了一个单元的房，有人说是他自己盖了别墅。"哎呀，虎子，我们都指着你回来呢，咱姓程的也就你算是光宗耀祖了，能给咱长几分气势。你是不知道现在姓王的那些人有多能耐，王二每次回来手里拿着大哥大，那金链子能有手指头粗细呢，过年的时候给本家老人孩子的压岁钱都上千呢，啧啧，活了这么大岁数，二爹是没见过这排场。唉，什么时候能把咱这片儿也征了就好了。"程山的二爹和程山说这话时，眼睛却在屋里来回扫视，显然结果让他很失望。临走时，二爹拿着程山送他的一条烟，再次感慨地说："唉！你爹辛辛苦苦供你上那么多年学，你还不如那个王二呢，你看看王二给他爹砌的墓有多气派。"听着这些话，程山的脸上虽然笑着，心里却异常难过。

岁月的河流从来不曾停歇，两年后归来，他感觉故乡和亲人并没有随着时代的进步而进步，部分人甚至因为煤矿征用了一些土地而变得浮躁起来，他们不想安于现在的生活，却也不想通过踏实的劳动去改变，而是做着一夜暴富的发财梦，像大姐夫这样的人村里不在少数，一夜暴富的梦一次次破灭后，他们就开始自暴自弃。想到这些，程山的心里感到无比沉重，正如二爹所言，目前为止，他是查干布拉格村唯一的大学生，他可以远走高飞，可是他能无所牵绊吗？他能弃它于不顾吗？“纵使他乡万盏灯，不抵故乡当头月。”这小小的村庄也许贫穷，也许落后，但这里有他血脉相连的亲人，有着几代人成长的共同记忆，有着喧嚣与热闹给不了的那份踏实与安然，有着说不清道不明却根深蒂固的那份乡愁……程山在如墨的夜色中，突然明白了自己的心迹，他要为查干布拉格做些什么，到底要做些什么，他一时还没想明白……

第二遍鸡叫的时候，程山沉沉地进入了梦乡。梦里是他和小伙伴们在查干布拉格河耍水的情景，他们在水里跑着、跳着，水花被溅得很高，他们的尖叫声、呼喊声传得很远很远……

程山醒来时，看见母亲正在灶台前忙碌。由于视力不好，母亲离锅很近，被热气包裹的母亲佝偻着背，正费力地从刚揭开的锅里往外夹着什么。程山麻利地起来，下了炕，过来给母亲帮忙。母亲挥着手不让他靠近：“烫手，看把你烫着了。”这一刻，程山不由得动容了，无论自己多大，在母亲眼里也只是那个毛手毛脚一不小心就烫了手的孩子。程山不再参与，静静地坐着等，他要让母亲觉得他还像小时候那样需要她。饭端上来了，是他喜欢吃的山药丸子，用炝胡麻油调味的烂腌菜凉汤。程山吃着，母亲用残余的那点视力极力地看着，嘴角挂着满足的笑。

吃罢饭，收拾碗筷时，母亲小心翼翼地问："虎子，江……晓冰怎么没有一起来？是不是咱这穷家旧业的，不好往回领？"

"妈，我们分手了。"程山拍着母亲的肩膀说，"这些事儿，你就不要操心了，我心里有数。"

"真的？"母亲竟然有些惊喜，程山有些意外地看着母亲。母亲又装作不经意地说："哦，分了就分了，咱们这家庭也不好接待人家。倒是查娜逢年过节的还来看我，这么好个女子，到现在也不找个人家，我还听说查娜有个娃娃，也不知道是不是真的，这年头造谣的人也多……"母亲还在絮絮叨叨地说着什么，程山一句也没有听进去，只是愣在那里出神。

院子里的狗突然撒欢儿地叫着，程山和母亲闻声出了门，看见大姐夫张平领着十五岁的大外甥俊伟回来了。看见程山，张平讪笑着说："哎呀，兄弟啥时候回来的？咋不提前说一声，姐夫现在就去杀羊好好招待你这从大城市回来的人。"

"可不敢劳驾你这大忙人，不要耽误了你挣大钱。"程山半恼半笑地奚落姐夫。

张平的脸唰地一下红到耳根，有些心虚地看着程山，心里犯起了嘀咕：听这话音，程山肯定是知道了他的事，该不会是回来向他要钱的吧？好在程山已不再理他，转向外甥问长问短。俊伟的性格有点儿像程山，勤劳朴实，好学上进，所以程山格外关心这个外甥，每次写信都会额外叮嘱俊伟要好好学习，还给他寄过几次学习资料。

“俊伟，这不礼拜不放假的，你咋回来了？”

“舅舅，我……”俊伟耷拉着脑袋，委屈地看着程山。

“到底咋啦？跟舅说。”程山走到俊伟跟前。

俊伟看了一眼张平，一副欲言又止的样子。

“打架了还是考试没考好啊？”程山急切地追问。

“不是，我……我爸让我回来上……上班。”俊伟吞吞吐吐地说。

“上班？上什么班？”程山提高了嗓门。

“啊，他舅，是这样……”张平凑过来递给程山一根烟，见程山不接，自己点上了，才慢腾腾地说，“村里不是有个煤矿吗？最近缺人，正在招工，你不知道，一个月的工资就小三千呢。我寻思，俊伟上半天学，最后工作还不知道能不能挣这么多工资呢，而且上学还得往里搭不少钱……”

“你放屁！”程山这一吼，惊得几只闲卧的母鸡咯咯地叫着，扇着翅膀扑棱棱地飞起来，扇起的还有尘土与鸡毛……

张平也被惊得呛了一口烟，尴尬地咳嗽着。

“俊伟，你是咋想的？你也想去上班吗？”程山第一次这么严肃地和俊伟说话。

俊伟眼里含着泪水，低声说：“舅舅，我还是想上学。”

“想上就去上，以后只要你想，就没人能阻止你走上学这条路。你上学的钱舅舅给你出。”程山依然大声地说，像是和谁赌气似的。

程山以前上学和上班的查干布拉格民办学校已经不复存在了，因为生源减少，原来村里的老师和学生都合并到了乡里的学校，程山和俊伟骑着自行车走在去往乡中学的路上。路坑坑洼洼的，不好走。有一段是很陡的上坡路，俊伟艰难地往上骑，程山已经放弃了，下了车，气喘吁吁地推着车子走。俊伟见舅舅下了车，也连忙下来陪着舅舅一起走。

“哎呀，体力不行了，以前我和你海子叔骑个自行车横冲直撞的，这点儿坡算啥呀。”程山喘着粗气说。

“是呀，舅舅，我看你比以前胖了不少呢。”俊伟笑着说。这个十五岁的少年笑起来很温暖，像四月的阳光。

程山看着这一幕，不禁有些恍惚，像是看到了十几年前的自己。那时候虽然家里穷，但他一心一意地念书，内心总是充满了力量和希望，现在却多了几分失落与迷茫。

“俊伟，虽然舅舅现在也没混出什么名堂，也许你辛辛苦苦读十几年书，以后也会像舅舅一样，可能咱们一辈子也挣不到王二征地的那些钱，但是读书的意义不只是用钱来衡量的，它对人最大的改变其实是认知的改变、心态的改变、眼界的改变，那是咱们走出查干布拉格去看这个世界的路。”程山语重心长地说，俊伟聚精会神地听，虽然似懂非懂，但眼神里都是向往与坚定。

程山返回时，张平早已不知去向，他害怕程山的责骂，更害怕程山会向他要钱。程山无奈地摇头，有些人注定是无法改变的。他安抚好痛哭流涕的大姐后，就去村里联系了泥瓦工，开始修缮房屋。安顿好这一切后，程山动身去往东胜。

在得知查娜现在还是一个人后，程山的心里再也无法平静了，他在心里暗暗对自己说：“这一次，无论如何都不能再错过了。”经过时间的沉淀和岁月的洗礼，程山对爱情有了更深层次的认识：真正的爱是不需要刻意去讨好的，想到她的时候，你会感到温暖且心安。在异乡打拼的那些无助的日子里，他无数次地回想起查娜在小屋里等待他的画面，那些温馨与安然曾多少次给了他继续走下去的勇气。只是他以为他再也没有机会享受那份美好了。

他怀着一丝侥幸心理来到他和查娜一起租住的小屋，隔着明亮的窗玻璃望进去，看见身穿藕色纱衫的查娜正背对着他，用一根银色丝带将瀑布般的长发绾成一束。旋即转身，查娜也看到了窗外的程山，两个人愣在那里，都有些不知所措。程山的心“咚咚”地跳着，他深吸了一口气，朝着查娜挤出一个笑容，然后鼓足勇气推开了那扇久违的门。程山的突然造访让查娜有些慌乱，那颗曾经为这个人激烈跳动的心又一次怦然而动，原本她以为再见到程山她可以波澜不惊。“查娜……”熟悉的声音再度响起，查娜有些恍惚，仿佛回到了两年前他们朝夕相处的日子。

“查娜，我来得太仓促，没来得及提前和你联系。”程山见查娜呆站着，感觉自己莽撞了，有些尴尬地解释道。

“哦，你坐。”查娜回过神来，拉过一把椅子给程山让座，转身拿起暖壶给程山倒了一杯水。

程山看着愈加清瘦的查娜，心里愈发难受起来，满肚子的话竟一时不知该从何说起。

沉默在小小的房间里不断弥漫，为了掩饰尴尬，程山随手翻开了桌上放的一本书。书中间夹着一张小女孩的照片，照片中的女孩胖嘟嘟的，稚嫩的小脸上，长着一双黑葡萄似的眼睛，手上捧着一颗拍照用的假苹果，红润的小嘴张开来，着急要啃苹果，样子滑稽而可爱。

程山抬头看向查娜，迟疑地问：“这是谁的孩子？”

查娜红着脸说：“我的！”

“我知道。我是说……孩子的爸爸……”程山搓着手吞吞吐吐地说。

“你应该知道是谁吧。”查娜的鼻子突然一酸，从决定生下孩子的那一刻起，她就决定要独自承担起这份责任，从来没想过要求程山做什么。而事实上，一个单亲妈妈的艰辛与不易，非婚生子的名不正言不顺带来的诸多艰难，远远超出了她的预期。所以当程山问起的时候，那些只有在夜深人静的时候才可以流淌的泪水，此刻再也止不住了，它们肆意地流淌着，像是要冲刷掉这个一贯隐忍、一贯坚强的姑娘近两年来所受的委屈。看着查娜突然流泪，程山站了起来，不知所措地站在那里，忽然想起什么似的，赶紧拿了条毛巾递给查娜。查娜用毛巾捂着脸，肩头剧烈地抖动着，有那么一瞬间，程山特别想上去抱着查娜，可是他又觉得那是一种冒犯，他只得默默地等着，等待查娜平静下来。他的内心五味杂陈，照片上的小女孩眉目间都是他和查娜的影子，这让他的心里充满了巨大的喜悦，而看着泪流满面的查娜，他又感到无比的内疚与不安，他甚至不知道该如何去安慰查娜，该说什么，又能说什么？他辜负了查娜，而查娜却给了他这样一件礼物。他懊恼自己的迟钝，在江城纺织学院见到查娜时，他就应该想到孩子是自己的。

查娜止住了哭泣，默默地坐在了床沿上，她有种卸下重负后的疲惫感。

“查娜，对不起……我希望……哦，我和江晓冰已经分手了……能不能再给我一次机会？”程山语无伦次地说。

“你走吧，你放心，孩子现在很好，等时机成熟的时候，我会让你们相认。”查娜喑哑的声音在沉默片刻后响起。

程山的心一点一点地沉了下去。他从上衣兜里掏出一沓钱放在桌子上，挡住站起来要推辞的查娜，乞求地看着她说：“查娜，你让我的心里稍微好受一点儿，行吗？”说着，程山的眼圈泛红。查娜没有再坚持。

程山出了门，他从来没有像此刻这样对这个小屋充满了深深的依恋。人啊，要经过多少事、遇过多少人，才能知道对于自己而言什么才是最重要的。他饱含深情地再次回头看向小屋，却见粉色的窗帘已经拉上，他深深地叹气：难道，我们就这样被隔开了吗？殊不知窗帘背后的人早已以泪洗面，手里握着那张照片。

程山独自行走在微凉斑斓的夜色中，在跨上自行车的那一刻，他作出了一个重大的决定：回来！重新追回属于他的那份爱情。

刚入夜的小城繁忙而嘈杂，程山汇入川流不息的车流中，不一会儿，程山的身影就消失在了茫茫夜色中。

“谁？”海子大喊一声，着实把程山吓了一跳。

程山赶紧从墙根处站起来，忙不迭地回答："我，是我，程山。"他担心再不报上姓名，海子的拳头就过来了。不承想，他报上了姓名，拳头还是打过来了，还砸得不轻。

海子边捶他的胸口边说："你小子还记得我呀？"

"忘了谁能忘了你？我都等你两个多小时了，你再不回来我就在你家墙圪塄睡着了。"程山像以前一样顺势推了一把海子，海子一个趔趄差点儿摔倒，程山赶忙一把拉住他。

两个人忍不住哈哈大笑起来，海子边笑边说："是不老了，不经推了？"

笑毕，两个人相对而立，几分钟后，两个人抱到了一起。

茶沏了一壶又一壶，馥郁的茶香在整个屋子里弥漫，时间会让茶的滋味更醇厚，真正的友情就像是这茶，历久弥香。

"海子，我想回来。"程山望着窗外墨黑的夜空说。

"回来吧，你不属于江城。"海子没有一星半点儿的惊讶，没有只言片语的询问，好像程山要回来是他意料之中的一样。

"好。"程山淡淡地说。知己大抵就是这样吧，不需要过多的解释，彼此就能明白对方的心意。

“我等你，咱兄弟一起干。”海子举起茶杯一饮而尽。

程山也仰头喝下了杯子里的茶。

“你知道查娜有了我的孩子，为什么不说？”程山终于问出了这句话。

“这事儿要在前几年你敢这样问我，我肯定揍你。现在我懒了，不想揍你了。我去江城找你，告诉你查娜也来了，你没去见查娜吗？”海子瞪着眼问程山。

“见了。”程山轻声说道。

“那你自己长着那么大的眼睛没看见吗？你看见了为什么不回来找查娜？查娜不想让我告诉你这件事儿，怕你因此纠结、内疚，她不想让孩子成为你怜悯她的理由，我能怎么办？我只能让你自己去看，你倒好，无动于衷啊！我还一直以为是你没去找查娜呢。你知道查娜因为这孩子吃了多少苦、遭了多少罪吗？姓程的，你何德何能，让查娜这么好的姑娘为你受这些罪。”海子越说越激动，端在手里的茶溢了出来。

“我见到查娜了，也看见查娜肚子大了，我以为……我以为是查娜和……和别人结婚了呢。”程山没敢说以为查娜是和海子结婚了，他知道如果说出来，这顿揍应该是躲不过了。

“哎呀，你可真行啊！就算她结婚了你也问一句呀！我真不知道说你什么好。我还以为你知道了也不想管。查娜坚持不让我找你，我能怎么办，只能尽力帮她，帮她东躲西藏地生下囡囡，还好没白辛苦，我认了干闺女。”提到囡囡，海子的声音软了下来。

“孩子叫囡囡？”程山怯怯地问海子。这么多年，这是唯一一件让程山面对海子没有底气的事。

“嗯，你是不知道那娃娃有多亲。”掩饰不住的笑意在海子的脸上洋溢着。

程山的心也跟着柔软了起来，心底最温柔的那根弦在一瞬间被拨动。“海子，明天带我去看孩子一眼。”

海子本想拒绝，但看着程山第一次在自己面前低声下气，没忍心，装作不情愿的样子说：“也行，不过你去了可得绷住了，不能让我表姐她们看出来。不然查娜知道了，我就不好交代了。”

“知道，知道，放心，放心。”程山忙不迭地说。

东方破晓的时候，两个疲惫不堪的人倒在沙发上打起了呼噜。

海子骑着摩托车载着程山走在通往李家村的路上，村子离东胜十几里地，在查干布拉格的西面。海子的表姐嫁到了这个村，和查娜前后几天生孩子，可惜表姐的孩子刚生下没几天就夭折了。在计划生育的风口浪尖上，海子只得央求表姐帮忙，先替查娜养着囡囡，这样孩子也有口奶吃。程山得知这些，心里更是难过不已。过去自己对不起查娜，现在对不起女儿。程山坐在摩托车后座上心乱如麻，听海子嚷嚷着说些什么，他只是“嗯嗯啊啊”地应付着。

东胜的春天总是免不了刮几场风，说话间西边的天上灰蒙蒙的一片压将过来，一边灰黄，一边湛蓝，也算一景。灰挤过来，蓝退出去，一会儿，整座城市好像被沙尘一口吞了似的，空气里到处弥漫着一股呛人的黄沙味儿。只有太阳还在挣扎，一会儿被沙尘推走，一会儿又挤进来，在灰黄的天上，悬着一个忽强忽弱的亮点。

通往村里的路上沙尘更大，两个人一路颠簸，灰头土脸的到了海子的表姐家。虽说是寄养，可海子的表姐自打第一个孩子夭折后就再没怀上，再加上囡囡这孩子长得可爱、机灵，小嘴也巧，所以她把囡囡当自己的亲闺女养。

程山和海子到的时候，表姐的公公、婆婆和表姐正把囡囡围在炕中间逗着玩呢，看见两个满身灰尘的人进了屋，大家先是愣住了，接着囡囡就认出了海子，奶声奶气地说：“干爸，你的头发灰灰的，你老了。”引得一家人哄堂大笑。表姐赶紧倒了水让两个人洗脸，海子也没有说明程山的身份，只说是朋友路过这里。两个人洗毕坐定，囡囡一直盯着程山看，乌黑的小眼珠转来转去，好像思索着什么似的。因为海子反复叮嘱过，程山压抑着自己的感情，只是冲着囡囡笑。“叔叔好看。”囡囡说着就走过来用稚嫩的小手摸了摸程山的脸。程山顺势将囡囡抱在自己腿上，一种从未有过的感情在胸腔内翻涌，他极力克制着这股汹涌的爱意，克制着就要流出眼眶的泪水。他想逗囡囡说几句话，却一句也说不出来，只是小心翼翼地抱着这个粉粉嫩嫩的小女孩。

表姐张罗着要做午饭，海子竭力说还有事儿，程山一言不发地看着海子。海子知道程山还想多待一会儿，可是他担心再待一会儿程山就该露馅儿了，所以坚持要走。临走时，程山不顾海子的怒目相视，拿出五百块钱给表姐，理由在表姐看来很牵强："姐，海子是我的好兄弟，他的干闺女就是我闺女，把钱留下给囡囡买玩具。"憨厚的表姐倒是没起疑心，只是对这个出手阔绰的兄弟谢了又谢。程山把囡囡抱了又抱，坐上摩托车还依依不舍地回过头看了又看，尽管回望中满眼都是尘沙。

"一个没结过婚的小伙子这么喜欢小孩子，我还是头一回见。"表姐抱着囡囡隔着窗玻璃望着屋外的风沙自言自语。

"叔叔，再来。"囡囡也望着屋外的风沙自言自语。

清明节一大早，程山就和大姐翠花、二姐翠云去南坡给父亲上坟。天空中飘起了如烟如雾的雨丝，似乎在配合这一天人们内心的哀伤。三个人闷着头赶路，不一会儿就到了南坡底下，看见父亲的坟茔凸起在半山坡上，四周枯草丛生，就那么寂寥地在雨中静默着。三个人来到坟前跪下，程山的眼泪落了下来，自从父亲去世，他在外求学、工作，这是他第二次给父亲上坟。按照老家的习俗，女儿是不能上坟的，可是大姐、二姐不忍心逢年过节的时候父亲无人祭奠，于是两个人也顾不得村里那些闲言碎语，每到这一天就替弟弟来给父亲上坟烧纸。细雨让烧纸的过程有些艰难，好不容易点着了，又被雨水淋灭了。几次三番后，程山突然失声痛哭，边哭边说："爹，儿子不孝，您老地下有知，收了这钱……"雨水和泪水交织在一起滴落，程山颤抖着手再次划着了火柴，说也奇怪，火苗再次燃起的时候，虽然有雨水打进来噼噼啪啪地响，却没再熄灭。两个姐姐看见弟弟这样，早已泣不成声了。是啊，成年人的世界总是有太多的无奈，既想在父母床前尽孝，也想在外闯出一番事业，往往因为工作而忽视了家人。

"你母亲这种情况属于老年性白内障，现在治疗的办法就是进行手术。"眼科大夫检查完对程山说。

程山按照流程办了住院手续，母亲听后却嚷嚷着要回家："虎子，妈这么大岁数了，做啥手术？瞎花钱，看不见碍着啥事儿了，还不是照样帮你姐做饭、收拾家？你不攒钱成家了？你爹走得早，妈也没本事帮衬你，这个手术得花多少钱呀！"老人急得直拍大腿。

程山也不应声，只是搀扶母亲坐到病床上，给母亲脱了鞋，让母亲先躺着，等待术前的检查。拗不过儿子的老太太，只得躺着，在床上翻来覆去地哀叹。

夜深了，熬不住的母亲终于沉沉睡去。程山坐在病床前，就着走廊的灯光端详着熟睡中的母亲，母亲的脸上布满了一道道深浅不一的皱纹，像是老屋墙上斑驳的印迹。这个老人一生善良，却饱尝人间的疾苦，三岁丧母，四岁继母进门，五岁被订了娃娃亲，在冷眼冷饭中艰难长大，十八岁就当了妈，男人跳神打卦，地里刨食的活儿全落在了她一个人肩上，到了儿女成家立业的时候，她还在挣扎着使出最后一点力气，生怕成为儿女们的拖累。“哎呀……”睡梦中的母亲许是梦到了什么，有些痛苦地呻吟着，眼角流下一行泪来。程山伸手轻轻地帮母亲拭去眼角的泪水，又轻轻地压了压被母亲掀起的被角，伏在母亲的床边睡着了。

尽管程家老太太对儿子花了四千多块钱的巨额医疗费心疼不已，但当她睁开眼睛发现世界一下子亮堂了之后，就高兴得合不拢嘴了，更是把程山上上下下看了个够。“虎子，这都多少年了，妈第一次把你看得这么真切。”老太太嘴上笑着，眼里却含着泪。她回到村里见人就念叨：“呀呀，社会发展了，瞎了的人也能看见了，我得回去给东渠他二婶说一声，她那个病和我的一样。”一会儿又对着儿子心疼得直说："啧啧，你说你不听话，在一个瞎老婆儿身上你花这么多钱，这可是你娶媳妇儿的钱呀！"

传呼机上刘宇催程山返程的留言一条接着一条，程山也知道自己不能再拖了，安顿好老母亲和大姐后，他登上了去往江城的火车。

"你可算是回来了，再不回来，我都要忙死了！"见到程山，刘宇一脸春风得意，"咱们上次的三亚之行真是收获不小呀，王总看了咱们的方案，给了咱们一个大单子。这单做完，咱们就可以扩大规模了，到时候你安心分管设计工作就好了。"

看着踌躇满志的刘宇，程山没好意思说出要辞职的话来，只是把临走时妈妈硬塞给他的一袋小米递给刘宇："自家产的小米，尝一尝。"

整整三个月，刘宇和程山带着两个年轻人以办公室为家，总算如期完成了那笔大单。四个人一致同意用回家睡觉的方式庆祝任务的顺利完成，他们实在是太累了，累得体会不到胜利的喜悦，况且甲方还没有回复意见，这种事儿重新来过的可能性也不是没有。

程山在昏昏沉沉中听到有人"咣咣"地砸门，他使劲儿睁开眼睛，挠了挠乱糟糟的头发，长长地伸了个懒腰，打了个哈欠，一翻身，却从床上滚了下来，脑袋被床头柜磕得生疼，一下子清醒了，却听见砸门声更急了。

“谁啊？”程山捂着被撞得生疼的脑袋，气呼呼地开了门，只见刘宇站在门口举着拳头又要往门上砸。

“哎呀，你们家电话是坏了吗？打死也没人接。”刘宇边往屋里走边说，“害得我专门跑一趟。”

“发生什么事儿了吗，这么着急忙慌的？我睡得死沉。”程山边说边揉脑门儿。

“赶紧穿衣服，跟我走。”刘宇拿起沙发上的衣服扔给了程山。

“干吗去？”程山边穿衣服边问。

“当然是去庆祝呀！”刘宇兴奋地捶了程山一拳，“我们的设计方案全部通过了，首批付款已经到账了。”

夜色笼罩着丽人酒吧，撩人的音乐声在浓浓的烟雾中回响，一缕红色的灯光投射在酒吧的正中央，人们随着音乐的节奏时而左右摇摆，时而大声欢呼。“怎么来这么吵的地方？”程山扯着嗓子问。刘宇说了句什么，程山没有听见，只看见刘宇夸张地扭动着身体拉着程山混入了人群。有些手足无措的程山在忽而涌来、忽而退去的人群的撞击下也身不由己地舞动起来。

人群散尽，刘宇和程山走在夜深人静的街头。街道像一条波平如镜的河流，蜿蜒在浓密的树荫里，只有那些因风吹动而沙沙作响的树叶，似在回忆着刚才的热闹和喧嚣。

“程山，哥跟你说，江城的服装设计界将来一定会有我们宇珊的一片天。”刘宇挥舞着手，像是对程山说，也像是对这个世界说。

“我相信。不过，刘宇，我要回去了。”从返回江城的那天起，程山就开始琢磨怎么向刘宇提这件事，没想到这一刻说起来是那么自然。

“什么？”刘宇停住了脚步。

“我说我要回去了，回老家，回查干布拉格。”程山也停住了脚步，像是对刘宇说，也像是对这个世界说。

“好！”刘宇的手重重地拍在程山的肩膀上。借着闪烁的霓虹灯，可以看见刘宇的眼睛里闪着泪光。

“对不起！”程山有些哽咽，刘宇对他既有知遇之恩，也有栽培之情，真的要走还是会有太多的不舍。

“不要说对不起，程山。我们之间谁都不欠谁，这两年是我们彼此成就的两年，没有任何遗憾，我们是一辈子的好兄弟！”说到动情处，刘宇的眼泪流了下来，“走吧，别娘儿们似的了。”刘宇用手抹了一把眼泪，推了一把呆立的程山。真正的朋友可能就是这样，无须过多地解释，因为他懂你的言外之意，也懂你的欲言又止。

没有夜风吹笛，没有月光煮酒，只有一盏盏路灯点亮了前方的路。寂寥的街上，两个人跌跌撞撞地向前走去，身后是他们被拉长的身影与曾经奋斗过的青春。

工作交接完后，程山的归期已定，他一直纠结着要不要去向江晓冰告别，最后还是决定打个电话。

“喂？”听筒里传来江晓冰欢快的声音。

“是我，程山。”对方沉默了几秒，分手后，这是他们第一次联系。“我要回去了，和你告个别。”

“哦，好！可能你本就不属于这个地方。不过，还是要谢谢你。”江晓冰略显低沉的语气又扬了上去。

“保重！”

“保重！”

电话挂断后，程山靠在椅背上长长地叹了一口气。

“怀念啊，我们的青春啊，昨天在记忆里生根发芽……”窗外不知哪家店铺的音箱里飘出了一首歌，像极了此时程山的心情。

程山怀里抱着的棉质布包里装有刘宇硬塞给他的五万块钱，看着车窗外飘洒的雨丝，再一次踌躇满志。曾经的摸爬滚打、未来的风吹雨打，就这样从脑子里涌出来，一路铺满了轨道……

12

程山归乡让查干布拉格炸了锅，像当年程山考上大学一样，村子里的人奔走相告，有意无意地来程山家里坐一坐，想探听一下消息。惋惜的有之，担心的有之，看笑话的有之，捕风捉影传谣言的有之。这几天，母亲和大姐的担忧都写在了脸上，尽管两个人不敢多问什么，但那一会儿一声的叹息却声声不落地传进了程山的耳朵里。程山一再解释自己是辞职，是决定回来自己干事业。大姐语气中略带埋怨的那句“辞职不也是没营生了吗”竟让程山无言以对。

“虎子，不咋，好歹咱们家还有几亩地了哇，咱娘儿俩再把它种起来。”母亲强装笑颜的安慰让程山哭笑不得。他觉得自己把事情想简单了，就不应该据实相告。

这天晚饭过后，二爹程栓趿拉着鞋进了门。老汉脱了鞋坐在炕上，威严地咳嗽了两声，开了口：“老嫂子，按理说虎子是上过大学见过大世面的人，该不着我管，可这一笔写不出两个程字，老大走得早，我也不能不管哇？”说完将纸烟叼在嘴上，透过烟雾斜着眼睛看程山。

程山在屋子里站着，不置可否地笑了笑。

“他二爹，你咋也得管了哇，这些年你没少照应我们家，你的好我们都记着了。”程老太太笑着给程栓老汉递了一杯水。

“是了哇，二爹，你咋说也是咱们大队书记，门路广，给咱虎子寻个好营生。”翠花接过话茬说。

程栓老汉喝了一口水，清了清嗓子，又开口了：“我后晌寻了趟王二，这小子仁义，还看我这张老脸，说‘啥时候都记得他程叔的好’，不过也是，他那婆姨还是我给说的哩。当年他家穷得叮当响，要不是我出面，张家女能嫁给他……”

“二爹，那王二咋说的？”翠花看程栓老汉又要扯开说了，赶紧岔开了话题。

“哦，煤矿征他们家地的时候就答应过给他安排几个人的工作，正好人家指标还没用完，说是矿上缺一个过磅的人，明天就可以去上班了。”说完，老汉摁灭了烟头，正襟危坐，看向了程山。

程山知道他再不说话是不行了，开口道：“二爹，我谢谢您的好意，不过，我工作的事儿就不劳您老人家操心了，我自己有打算。我倒是有另外一件事儿想和您商量商量。”

程栓老汉的脸顿时拉了下来，撇着嘴问：“啥事儿？犯得着和我这糟老头子商量吗？”

“虎子……”旁边的翠花急得直拉程山的袖子，“煤矿的营生工资高呢。”

“二爹，是这样。你看自从煤矿开采以来，咱们村的环境被污染成啥样了，早上我去担水，井水里都是黑煤渣子。我是想让咱们队里出面和煤矿交涉一下，让他们加强环保方面的工作，减少对村子的污染。”程山的话把程栓老汉气得脸“腾”的一下涨得通红，狠狠地瞪了程山一眼，气呼呼地下了炕，趿拉着鞋出了门，关门时撂下一句话：“哼，你这个娃娃，嫩着哩！”

程山在查干布拉格的圪梁上转了又转，早晨做饭的炊烟升起，却没有了记忆中的那一缕淡蓝。这一片天被蒙上了灰黑色，空气里原来的草香、玉米香，甚至是风干了的牛羊粪的味道都淡去了，取而代之的是一辆辆拉煤车呼啸而过后留下的刺鼻的汽油味儿。

程山鼓起勇气从脑畔上走下来，来到了查娜家，却在大门外徘徊着不敢进去。查娜妈提着一桶猪食从院子里出来，程山已是躲避不及。看见程山，查娜妈愣了一下。

“婶儿……”程山胆怯地叫了一声。

查娜妈像是没看见他似的，提着猪食桶蹭着程山走过，程山的裤子上立刻沾了许多猪食粒。

“讨吃货，去去，伺候不了你了，给我死得远远的。”查娜妈一边往猪食槽里倒食一边骂，还不时停下来用一根棍子狠狠地抽打着猪。猪哀嚎着想要靠近又有些害怕，来回跑，猪圈里一片狼藉。倒完猪食，查娜妈都没正眼瞧程山一眼就噌噌地进了院儿。程山尴尬地站在院门外，进也不是，不进也不是。正犹豫间，查娜爸走出了院子，这个说大事儿了小事儿的村支书，因为女儿的事儿，这两年苍老了许多。

“叔……”看见老支书，程山赶紧迎了上去。

“嗯，进来吧。”老支书穿着红色背心，外面披着一件已经洗得发白的蓝色中山装，走路时中山装跟着一摆一摆的。

进了屋，程山看见查娜妈正在抹眼泪。程山的心如针扎般难受，这两位善良的老人曾经把他当作亲儿子对待，他却给他们带来那么大的伤害，内疚与悔恨充斥着程山的内心，让他一时间不知道该如何开口。

“坐吧。”老支书开了口，“给程山倒口水。”

看见老伴儿拉着脸不动弹，老支书提高了嗓门：“来的就是客，好狗还不咬上门客呢。你倒水去。”

“叔，我不渴，不渴。”程山赶紧按住要起身倒水的查娜妈。

查娜妈甩开程山，拿起暖水瓶晃了两下，没好气地说："没水了。"

"叔，我今天来是想和您商量个事儿。"程山有些低声下气。

"咳咳……你说。"巴图老汉有几十年的烟龄，过去是抽自己种的旱烟，现在换成纸烟更是一根接一根地抽。

"叔，我想请您以村委会的名义写一份咱们村环境被煤矿污染的情况说明，我想这两天去乡里和环保部门走一趟，反映一下这个情况。"程山诚恳地说。

"你连自己的事都闹不明白，你管得倒宽了。听说你工作也没了，回来赶紧刨闹地挣钱了哇，你那娃娃……"查娜妈气归气，终究还是替程山着急。

"哎呀，你快少说两句哇，头发长见识短的，哪儿都有你一张嘴。"老支书一呵斥，查娜妈不再吭声，却不停地拿白眼瞅程山。

"你说，咱这事儿有人管？"老支书看向程山。

听老支书这么问，程山赶紧说："叔，有，专门有个环保局，就是负责这个事儿的。"

"唉！眼睁睁地看着一个好地方成了个灰疙瘩，我心里难受呀，可人家是单位，我找谁说理去？我以为只能这样了，你说的那个说明，你写出来，我给你盖章。"

这个明事理的老人让程山心里一热。程山站起来，给两位老人深深地鞠了一躬，说："请二老放心，村里的事儿我得管，查娜和娃娃我也会管。"说完，程山转身出了屋，听到屋里查娜妈那早已压抑不住的哭声。

风驮来了绵密的细雨，查干布拉格的土地从干裂中被润醒。那些连日来被暴晒得耷拉着头的向日葵昂起了头，贪婪地吮吸着雨水，蒙着黑灰煤面的花瓣被雨水冲洗后终于露出了明艳的黄色。

雨水的滴答声让在村委会里等着开会的人们心里更加焦虑。

"我们家平娃好不容易才在煤矿找上营生，没干几天煤矿就停产整顿了。"

"谁说不是呢，程山自己被打发了，这是心里不平衡哇，回来找事情。"

"说不定他想用这个事拿捏一下煤矿，给自己找个活儿干。"

"没看出来，平日里是一个老实人么。"

"老实啥，老支书家的查娜都被他要了。"

"我看他就是狗拿耗子——多管闲事，谁会管这种事情……"

翠花缩着脖子坐在最后一排的角落里，听人们你一句他一句地议论着自己的亲弟弟，虽然难受，却又无力辩驳，心里也不免埋怨起程山来：管这闲事儿干吗呀？

“大伙儿静一静。”老支书领着乡政府的干部、环保局的工作人员以及煤矿的矿长走了进来，“我先说两句，关于煤矿污染咱村环境的问题，我们如实向上汇报了情况，咱们乡里的工作人员及时与环保局进行了对接，环保局的同志做了实地核查，解决方案也出来了，下面就请赵矿长和大家说一下。”老支书的话一说完，会场里立刻没了声响。

“这事儿还真有人管呀？”人群中有人小声嘀咕道。

“当然有人管，我们要发展经济，但也不能破坏生态环境。”环保局的工作人员说这话的时候意味深长地看向赵矿长。

赵矿长赶紧接过话茬：“是，当然不能。乡亲们，我们煤矿按照环保局的督察要求进行停产整顿，这期间我们要购置一套污水处理的净化设备，等设备到位，环保局检查通过后，再进行生产。对于拉运车辆，我们要求所有上路车辆都要覆盖篷布，防止煤屑掉落。停产期间工人的基本工资照常发放。我们和咱们村委会商量后决定，按照每人每年五百元的标准给所有村民发放污染补偿费。”

“还有补偿费？”

“你们家五口人就是两千五呀！”

“钱什么时候发呀？”

人们议论纷纷的时候，谁也没注意一直站在会场外的程山悄悄地走开了。他没有打伞，任绵密的雨丝淋在他的头上、身上，头发已经一绺一绺地紧贴在了头皮上，雨水顺着发丝流下来，程山也不去擦，张大了嘴巴呼哧呼哧地疾步前行。他再一次站在查干布拉格的圪梁上，看着一片片绿油油的庄稼在雨水中拔节，他的内心是从未有过的畅快与舒坦。一种希冀在心中成景：日出而作，日落而息的父辈们，在土地中发芽，又在土地中扎根，延续着一代代的梦，这每一垄土地都是他们汗水与梦想的延伸。程山知道，这延续的接力棒已传到了他们这一代的手中……

不知什么时候，雨停了。一条绚丽的彩虹，从绿油油的田野里升起来，直通天上，像一座绚丽的天桥，横卧在天际……

查干布拉格河像一条银光闪烁的缎带从村南穿过，燕子盘旋在湛蓝的天空中，愉快地啁啾着，柳枝轻拂着查娜的发梢，程山隐约看见查娜羞涩地笑着。他跑过去，却不见了查娜的身影，他着急地四下寻找，放开嗓子高喊：“查娜……”

程山从梦中醒来，一身的汗。他下地舀了一瓢凉水“咕咚咕咚”地喝了个饱。月光洒进来，照着母亲熟睡的脸，老人的脸上带着浅浅的笑意。程山的内心突然有了一种久违的温馨与安定，是啊，这些年只顾着忙忙碌碌地往前走，却忘了生活有时候也需要短暂的停留，需要在停留中思考对于我们真正重要的东西是什么，走了那么远，走了那么久，才发现自己想要的幸福其实很简单：家人的陪伴，一日三餐。

他知道，是时候找回属于自己的幸福了。

查娜下班回来的时候，系着围裙的程山正坐在桌边微笑，手里拿着的是囡囡的照片。

听见开门声，他吓了一跳，看见是查娜，赶忙站了起来说："回来啦，累了吧，赶紧洗手吃饭。"程山说这话时平淡自然，好像每天都是如此一般。

查娜正欲张口，却见程山已经起身去盛菜了："来，尝一尝，我的手艺和你比还差点儿。"程山把菜夹到查娜碗里，就开始大口大口地吃了起来。

"你是怎么进来的？"查娜问程山。

"窗台上的砖块下不是压着钥匙吗？"程山边吃边说。

"你以后……"

查娜的话还没说完，就被程山打断了："查娜，我知道你想说什么，以后我每天都会来给你做饭，如果你不想见我，我做好饭就走。"

查娜不再说话，只顾埋头吃饭。

程山不停地往查娜碗里夹菜。

“你吃呀。”查娜看着自己满满当当的碗说。

“哦，哦。”程山立刻狼吞虎咽地吃了起来，仿佛吃的是什么美味佳肴似的。

吃完饭，程山麻利地将锅碗瓢盆清洗干净，收拾利索后，就起身告辞了。

程山走在路上不停地打饱嗝，他突然发现自己今天的饭量出奇地大，原来看似简单的饭菜，里面也承载着对彼此的爱意和对生活的热情，只是在日复一日中，我们的心越来越粗糙，越来越麻木，感受不到了。

夏日的黄昏热情而美丽，夕阳的余晖染红了几朵在天边游荡的白云，群山在夕阳的映照下，染上了一层薄薄的红晕。

程山沉浸在与查娜共进晚餐的喜悦里，沉浸在这曼妙的黄昏里，一向沉稳的他竟然哼着歌敲响了海子的门。海子趿拉着拖鞋出来开门，手里正拿着大哥大打电话，看见是程山，赶紧挂了电话，把程山让进了屋，张罗着要请程山吃饭……

小城，夏夜。

如水的凉风轻拂，涤荡了白天的喧嚣和浮躁，空气中处处弥漫着花香。遥远的夜空中，点点繁星不甘寂寞地眨着眼睛。

对于程山和海子来说，这又是一个不眠之夜。

合作的意向早已达成，但在做什么项目上两个人有了分歧。

海子的意见是做房地产："山哥，我在建筑行业摸爬滚打近十年了，从发展的趋势来看，现在的砖瓦房以后肯定会被楼房替代，咱们可以从这个方向上发展。"

"你这个想法是不错，可是我更想做的是怎么结合老家的实际情况，给想勤劳致富的人一个机会，让查干布拉格彻底变样。咱们得往远处想呀，海子，虽然我们算是走出去了，可走得再远，我们的根还在这儿呀。"程山说得有些激动。

"我也不是那种忘本的人，我们做房地产不需要人吗？可以把村里的人带上一起干，挣了钱咱也可以回去修路、种树，可以扶贫、助学呀！"海子边说边点上一支烟。

"你少抽点儿吧，我都快让你熏迷糊了。"程山边说边用手扇，"海子，授人以鱼不如授人以渔呀，干建筑的话，能跟咱们一起干的只能是青壮年，而且也只能干苦力，那些留在家里年龄大一些的人怎么办？再说咱们扶贫只能扶一时，真正富裕还得靠自己呀。"

"那你说干什么、怎么干？"海子瞪着眼吐着烟圈儿问。

"我是这么想的，咱们办个羊绒制品加工厂，设计、生产、销售、管理，每个环节都需要人，能胜任岗位的人我们优先录用，我们把老家作为原料生产基地，让年龄大的在家养殖绒山羊，这样是不是可以从根本上解决问题？”程山边说边来回踱步。

“绒山羊可不便宜呀。你算算村里有几户能养得起？”海子又抛出了一个问题。

“这几年国家对农村养殖业的扶持力度特别大，再加上撤乡并镇后很多手续都简化了，前几天我跑了一趟罕台镇政府，镇里对我回来办企业的想法很支持，答应帮助联系无息担保贷款。我们再与养殖户签订羊绒订购合同，这样养殖户就没有后顾之忧了，我们的原材料也有保障了。”程山胸有成竹地说，“而且，厂房的事镇里也答应帮助协调解决。”

“好！”海子激动地站了起来，“有地方政府的支持，咱们就好干了！你小子这是有备而来呀。不过，丑话说在前头，这个领域我是啥也不知道，这里的门道都得你考虑，我就做你的马前卒，你指哪儿我打哪儿。”

“海子，你在建筑行业干了这么多年，这一块儿不能放弃，再说创业期间也少不了这一块儿的经济支持呀。只是你需要把更多的精力抽出来放在咱们前期工作的开展上。”程山想问题总是更周全一些。

“这没问题，我也培养起了几个人，近一两年我操心也少了，咱俩就一门心思把这个羊绒制品公司搞起来。”说着，海子端着茶杯走到了程山跟前，程山也端起了桌上的茶杯。

“干！”两个人异口同声地说。

茶杯的撞击声在静夜里响起，格外清脆。

小城的这个夏天有些炎热。程山和海子的创业计划也如这天气一般如火如荼地开展着。

两个多月来，程山和海子马不停蹄地穿梭在小城并不宽阔的街道中，奔波在各个部门之间。幸运的是罕台镇政府给予了他们很多政策上的支持，他们前期的准备工作比较顺利。中午，两个人在一家小餐馆吃饭，同时互相通报了一下工作进展。

“给农户无利息担保贷款的事已经谈妥了，绒山羊生产基地那边的价格也谈好了，接下来就该回村里做工作了。”海子边擦汗边说。

“好，下午我去银行把申请递了，咱俩回村一趟。”程山说完，一口气喝掉了桌上的一大杯水。

查干布拉格村委会会议室里座无虚席，当程山和海子激情满怀地陈述完他们的构想时，村民们却是满脸的茫然与不屑。

看着面无表情的人们，程山只好清了清嗓子说：“我刚才是不是没说清楚？”

“清楚了，问题是你以为绒山羊好养吗？一只羊就要两三百块钱，死了谁负责？”程栓老汉对这个不知天高地厚的侄子早就看不惯了，想当初程山家有个大事小情都得请他定夺，现在倒好，这个小子不仅不听他的了，还在村子里一出出地整事儿。

“是呀，再说，你们的厂子八字还没一撇呢，我们咋知道这绒能不能卖出去？”

“就是，凭他们俩就想开厂子？”

“想得倒挺好，啧啧……”

人们七嘴八舌地议论开了。一些不中听的话也有一句没一句地传了出来。海子的脸涨得通红，“腾”地站了起来。程山拉了拉他的衣襟，他又气鼓鼓地坐了下来。

“大家静一静，我说两句。我们查干布拉格自古就是靠天吃饭，发展到今天，经济来源除了靠这二亩三分地，就是靠年轻力壮的人出门打工。现在年轻人回来创业，给我们一个增加收入的机会，我们要支持。你们担心的那些问题当然也存在，打一个麻雀儿还得舍两把米呢，前怕狼后怕虎的能做成甚哩！我先签十只羊的认购书。”坐在角落里的老校长突然发话了。这个退休的老校长领着退休工资，一直不参与村子里的事儿，他这次是听海子回来说了他们的计划，过来给孩子们捧场的，没想到村里竟然有这么多反对的声音，所以他才站起来表了态。德高望重的老校长表态后，刚才说风凉话的那些人有些坐不住了，在凳子上来回扭动着身体。

“是啊，凡事都往坏处想能成甚事？再说，年轻人想让村子致富，我们担点儿风险也是应该的，不买不养也可以，不能光泼冷水呀。我签二十只哇。”老支书的话更是引起了一阵骚动。在人们的意识里，程山甩了查娜，老支书应该是最恨程山的人，他不反对就算很大度了，怎么可能支持程山呢？

程山感激地看着老支书。老支书并没有抬眼看他，只是在发完言后低着头揉捏着手里的纸烟。

看见村子里两个有见识的人都签了字，那些左右摇摆的人也纷纷报了名。

程栓老汉假装咳嗽着，拨开人群走了出去。

查干布拉格的夜晚宁静祥和，田间的绿色和夜色重叠交融，给浓浓的夜色增添了一层浅墨。高邈的夜空中挂着薄薄的白云，闪烁着点点繁星。道路两旁的草丛里偶有夏虫鸣叫、池塘蛙唱。程山提着两瓶酒走在去往二爹程栓老汉家的路上，他知道这个好强、倔强且有些狭隘的老人一定在家生闷气呢。

程山猜对了，程栓老汉一个人坐在院子里，“吧嗒吧嗒”地抽着烟，眉心拧成了一个疙瘩。老伴儿喊他睡觉，他也没搭理，一个人坐在黑夜里兀自懊恼。老汉心里愤愤的，眼看着自己曾经帮衬的人不再需要自己，甚至超越了自己，他那曾经带有优越感的同情心没有了用武之地，他有些失落，有些不平，甚至有些嫉妒。

“二爹。”程山的声音在暗夜中响起，惊得老汉差点儿从板凳上掉下来。程山什么时候进了大门他竟没发现。

“嗯。”程栓老汉不情愿地从鼻子里哼了一声。

“怎么不开灯呢？”程山说着，走到门口拉亮了院灯，“二爹，这是我在江城时给您买的酒，您尝尝看喝不喝得惯。”程山说着把酒放到了老汉的脚边。程栓老汉爱喝酒，每天吃饭时都要自酌自饮几杯。

“喝得惯我也喝不起呀。”老汉赌气地说。

“二爹，您要是喝得惯，您侄儿子每天供是供不起，一个月三五瓶的还是可以供应上的。二爹，从我记事起，您就没少给我们家帮忙。我上学走后，我爹没了，家里的大事小情哪件不是靠着您。我刚毕业那会儿工作没着没落的，也没能力报答您，这两年总算有了些起色，现在又回来了，这下有机会补报您的恩情了。我弟弟不在身边，您就把我当亲儿子使唤。”

程山真诚的话语让程栓老汉老泪纵横。他用粗糙的大手抹了一把脸，对程山说：“虎子，你是真的长大了，我替你爹高兴，替咱老程家高兴。”

“二爹，按理说我做这些事应该提前和您商量一下，年轻人着急，想得不够周全。以后您就是我在家里的军师，您还得多替我操点儿心，多给我出谋划策呀。”

程栓老汉虽然知道程山这是在给自己台阶下，但是这些话听着心里还是暖乎乎的。

“二爹，和我们签了合同的养殖户您经常帮我去问询着，我给您弄两本养殖绒山羊的书，您有文化，还得请您帮我给他们普及科学养殖技术。”

人老了最怕的可能就是自己没用了，程栓老汉一听这话，立马来了精神，拍着胸脯说：“没问题，包在我身上。”

“有您这句话，我就放心了。”程山说着，划亮火柴给程栓老汉点燃了刚叼到嘴边的纸烟。

繁密的星星在漆黑的夜空中显得更加明亮了，眨巴着眼睛好奇地注视着这个农村小院里温馨的一幕。

需要支付设备预付款时，程山才知道海子之前和他说的“下蛋鸡”出了问题。

两个人在谈合作时商定设备款项部分由海子负责，海子当时拍着胸脯说：“没问题，我现在的钱除了建筑工地上的投资，都被我养成了‘下蛋鸡’。”

“下蛋鸡？”

看着程山一脸的疑惑，海子并没有过多地解释，只是笑着打包票说："总之，你就放心好了，到了购买设备的时候，我的鸡下的蛋也够设备款了。"

看着海子胸有成竹的样子，程山也就没有多问。

厂家第三次打来催款电话后，程山坐不住了。按说海子是知道付款日期的，而且这几天海子都没在厂子里露面，呼了几遍也没有回音，这让程山有些担心。程山顶着中午的大太阳匆匆地赶到海子家，却见大门紧锁。程山又跑到海子的工地上，也没找到人，只好又折回海子家，坐在大门口的阴凉处等。不知等了多久，程山竟然倚着墙睡着了，等他听到声响睁开眼睛时，只见狼狈不堪的海子就站在自己面前。海子的白色衬衣已被汗水浸湿，污渍斑斑地黏在了身上，原来油光可鉴的头发此时却黏糊糊地贴在头皮上，像被吹蔫了的野草，两只通红的眼睛肿得像核桃，整个人就像是被霜打了的茄子。

"海子，你这是咋啦？"程山一个激灵站了起来。

海子也不言语，闷着头开了门。程山跟着进了门，海子一屁股坐在了沙发上，抱着头不吭声。程山也不敢多问，赶紧倒了一杯水递给海子。海子接过水，一仰头喝了个精光。

时间在沉默中显得格外漫长，程山立在窗前看院子里被晒得耷拉着脑袋的几株向日葵，那还是春天他回来的时候，海子拉着他种的。海子说每年都要在院子里种一些植物，总觉得这样才能感受到生命蓬勃的气息，不然就觉得自己正在被城市的钢筋水泥淹没。

“山哥，我完了，啊——”海子突然发出一声绝望的喊声。程山被吓了一跳，急忙转身坐到海子身边。

“十万呐……他大爷的……这个姓黄的绝种户，骗了我整整十万……啊……老子逮着他直接剁了他……”

程山不明就里，只能听着海子发泄。等海子平静下来，他才知道了事情的来龙去脉。

这个被海子他们称为黄老大的人，一年前来到查干布拉格。据黄老大说，自己是某发电厂燃料部的负责人，来到这座北方小城的原因是查干布拉格新开采的煤矿的煤质非常符合他们电厂的要求，他是来采购的。一来二去，黄老大和村里的王二混熟了，混熟之后黄老大好心地给了王二一个发财的机会。黄老大说他在给单位采购的同时，自己也想倒腾点儿煤，但苦于资金有限，每次倒腾的数量远不能满足那边的需求，所以托王二给自己融点儿钱。高达百分之二的月利息让王二听得瞠目结舌，回家让正在上初中的儿子算了算他那笔征地款一年能挣多少利息。当然最开始王二也只是拿出了一小部分钱试了一下，没想到黄老大提前给王二支付了全年的利息，并委托王二代为联系其他放款人，承诺联系成功后会根据金额给王二提成。“真是机会来了不用早起。”王二瞬间感觉他们老王家几代贫穷的命运就要在他手上改写了，继征地给了他想都不敢想的金额后，又一个发财的机会摆在了他的面前。海子早在认识黄老大之前就从工人们那里听说了这个赚钱的生意，因为很多工人在他那里领了工资后都托王二放给了黄老大，据说低于一万元是不收的，很多人是把钱凑在一起找王二说情，黄老大才会收钱。

黄老大是去年春节前在王二的陪同下找到海子的，据说他们那边的煤价暴涨，所以黄老大这次想做一趟大买卖，于是他找到了海子。

“他拿着单位的介绍信，红章大印的。说十万块钱的利息是二分五厘，我当时想他一个有单位的人，咋也是有保障的，而且还给我押了他的身份证复印件。王二作为担保人也在借条上签了字。

“他妈的……这个没脑子的王二……”海子说着又气恼地骂开了，“你知道吗？那十万块钱里还有工人们的工资呀！当时工人们听说这个事儿都表示不想领工资，请求我一起放出去，这样大家的利息都能高一点儿。但过完年这个黄老大就再没来过，我们也没多想，毕竟年前他贩了一大批……”海子在咒骂与气愤中诉说着事情的前因后果。

“你见过他去煤矿拉煤吗？”程山打断海子的讲述，问。程山深知海子的侠义，也深知海子仗义而轻信他人的单纯。

“我很少回去，就听王二说，说是有好几趟拉煤车。”海子的声调低了下来，程山听得出其中的羞愧与懊恼，“山哥，你说现在我该怎么办？我托工商局的朋友查了，根本就没有黄老大说的那个单位，给我留的呼机号和大哥大的号码也都停机了，你说他的身份证会不会是假的？”海子满脸担忧地看着程山。

程山心里其实已经有了答案，但他还是违心地对海子说：“说不定是真的呢？你没有去找王二吗？”

“找了，他也联系不上这个人，他的那些征地款连同黄老大给他的利息都放给了黄老大。村子里很多人都是托他放的款，现在黄老大没了音信，村子里的人三天两头找他的麻烦，现在王二东躲西藏，连家都不敢回。”海子有气无力地说。

“你先别着急，当务之急，咱们应该去报案。”程山看着萎靡不振的海子，有一种说不出的心疼。

两个人从公安局出来时，都是垂头丧气的。正如海子所担心的那样，黄老大的身份证也是假的。虽然立了案，但他们知道希望渺茫，警察也说了，即使抓住了黄老大，可能钱也挥霍得差不多了。

“设备款怎么办？”海子忧心忡忡地问。

“你先回去睡一觉，这个事儿我来想办法。”程山拍了拍海子的肩膀说。

“山哥，说好的咱俩合作，可是我……我只能退出了。唉……”海子叹息着，无奈地看着程山。

“怎么还没开张你就打起退堂鼓了？不要说这些丧气话，赶紧回去休息，明天还有一堆事儿要忙呢。”程山的语气很严厉，眼神却很温柔。

看着这个从小一起长大的人像靠山一样站在自己面前，海子心里憋闷得特别难受，羞愧、内疚、悔恨……多种情绪堆积起来，堵在自己的胸口无法排解，他只能在被太阳炙烤得有些发软的街道上来来回回地走，然后不断深深地、长长地叹气。

“兄弟，你的心情我理解，谁的人生没有个沟沟坎坎，钱没了可以再挣，但咱的气性不能丢呀，听哥的，回去睡觉去。”程山用手揉了揉海子乱糟糟的头发，像小时候他们相互打闹时一样。

“好。”海子红了眼眶，从牙缝里挤出一个字后，把手里的烟头狠狠地甩到了地上，用脚使劲踩着……

曾经那串熟悉的电话号码，程山却拨了很久。

刘宇对他有知遇之恩，他们也曾是一起创业的伙伴，可是这些似乎都不能成为刘宇帮他的理由。程山在办公室里踱来踱去，不知道该怎么开口才不会被拒绝。电话拿起来又放下，放下了又拿起来，好几次号码都拨完了，又赶紧挂了，他渴望但又害怕听到电话接通的嘟嘟声。可是，他还有办法可想吗？

“铃……”就在他犹豫不决的时候，电话响了起来。

“喂，您好！是山海羊绒制品公司吗？我是XX羊绒衫编织机厂的，你们的设备预付款怎么还没到呢，今天可是最后一天了，如果今天还不到的话，我们就要取消订单了。”电话那头绵言细语，即使是催款这样的事也说得不急不躁。

“一定到，今天一定到。”程山连声道。

没有时间了，程山挂断电话后迅速拨通了刘宇的电话。

“刘宇，我……程山。”程山突然有些歉意，回来之后各种忙乱，竟然没有给刘宇打过一个电话。

“哎呀，是你小子啊。怎么想起给我打电话了？我还以为你回老家把我忘了呢。”刘宇爽朗地笑着说。

“我……”程山一时语塞。

“说吧，什么事儿？”刘宇直奔主题。

“我想向你借点儿钱。”程山心里尴尬得不行，不然自己还真不知道该怎么引出这个话题。

“多少？”这样从不拖泥带水的朋友真是让人舒服。

“十万。”程山也不再客套。

“给我账号，一会儿让会计给你打过去。”刘宇简单明了地说。

“你也不问问我借钱做什么吗？”程山问。

“问什么？你这样的人能干出什么坏事儿来吗？”刘宇哈哈大笑。

“我……谢谢你！”此刻，这是程山唯一能说得出的话了。这样的朋友，这样的信任，让他觉得再说什么都是多余的。

虽然王二的到来让程山感到意外，但他再次看见了他曾经熟悉的王二的样子，一夜暴富后的趾高气扬已没了踪影，仿佛也从来没有在这个人身上存在过。王二不停地揪扯着自己皱巴巴的衣襟，唯唯诺诺地叫程山大侄子，低声下气地说想找个活儿，看大门也可以。程山内心的悲凉在那一刻不断地升腾，久贫乍富对于村里的王二们来说到底是福还是祸？让人们拥有正确的财富观和驾驭财富的能力，恐怕才是真正让他们脱贫致富的根本吧。

程山给王二联系了十只绒山羊，也承诺公司开业后王二可以来当保安。王二临走时不停地给程山鞠躬，让程山想起一次在村里路遇开着桑塔纳的王二从自己身边呼啸而过，扬起的尘土落了程山一身一脸的情形来。程山制止不住王二鞠躬，只能摇着头苦笑。

海子汗涔涔地从沉沉的暗夜中醒来，抚着发胀的脑袋，盯着一片漆黑的屋顶发呆，他也不知道自己睡了多长时间。一个连着一个的梦让他一时分不清现实与梦境，梦里他一个人走在查干布拉格的后山上，伸手不见五指的黑暗早已将他吞没，他胡乱地、使劲儿地走着，他想奔跑、想要挣脱，却被一股无名的力量牵制着跑不起来……他又梦见骑着摩托车从一个陡坡上冲下来，摩托车突然失控，自己在不停地下落、下落……

他从床上爬起来，打开灯。他想喝口水，拎起的暖壶却轻得没有一滴水。“砰”海子举起手中的暖壶重重地摔在地上。这连日来的悲伤，虽然没被戳破，却像化脓的伤口一样不断地淤积、不断地肿胀，就在这想喝一口水都没有的瞬间爆发了。

“啊——”海子突然战栗着发出动物哀鸣般的哭泣声。这一刻的肆意发泄让这个男人卸下了融入血液里的盔甲，近十年脱皮流汗的打拼，如今却被打回了原形，这样的痛怎能不刻骨铭心？

太阳照常升起，在海子看来，似乎没有早一分也没有晚一分。当早晨细碎的阳光照在地上闪闪发亮的暖壶内胆上时，海子苦笑了一下。他摁灭了不知是抽的第十几根烟，拿起扫帚，认真地清扫了每一块碎片。

海子像往常一样，精神抖擞地来到了工地。如他所料，工人们早已聚集在他的办公室门口。

“都进来吧。”海子招呼大家。

面面相觑的人们一个接一个走了进来。在海子失踪的这几天里，他们有过各种猜测。

“不会是跑了吧？”

“跑得了和尚跑不了庙，他老子还领着退休金呢。”

“不跑哇，不给咱们钱有什么办法，毕竟他也是被骗了呀。”

“是呀，是呀，当时也是咱们求着让他一起放出去的。”

“不管那么多，反正欠条是他给咱们打的。”

…………

种种议论与揣测，让人自私的本性一下子暴露出来。而工人们也已经商定，今天是最后一天，如果海子还不来，他们就要去他家里找他了。

“都找地方坐吧。”海子先坐了下来。

“我这几天一直在找黄老大的线索，但是没有结果，我已经报案了。钱能不能追回来还是个未知数……”

“那我们的钱怎么办？”海子的话还没说完，李青就迫不及待地问。

海子看了一眼李青，这个中年汉子四十岁出头却已是满脸皱纹，他常年生病的老婆已将本就贫穷的家拖得负债累累。

“我会尽快处理工地上现有的物料，也会退租现用的场地，我粗略估算了一下，还清大家的钱应该问题不大，但利息是没有了啊，哈哈……”工人们有些纳闷，这个时候海子怎么还笑得出来。

“今天你们就散了吧，该去找活儿的赶紧去，没有着落的，我也可以给你们介绍工地，不放心的可以留在这里和我一起处理这些物料，等钱到位了，我会第一时间通知你们来领钱。”工人们又面面相觑起来。结果好像和大家想的不一样。

“海哥，我就想跟着你干。”初中毕业不久的郭小伟凑到了海子跟前。

“那你就留下来帮我处理这些东西，不过说好了，这几天可是没工钱啊。”海子拍了拍这个眼里有光的年轻人，想到了几年前的自己。

程山再见到海子是半个月以后，海子领着郭小伟敲开了程山办公室的门。程山惊喜地看着这个瘦了不少却精神焕发地站在自己面前的海子。

转眼间就到了1999年年底，经过大半年的奔波、忙碌，山海羊绒制品有限公司总算是初具规模，进入了招贤纳士的阶段。来面试的人络绎不绝，沉浸在忙碌中的程山一下午连口水都没顾得上喝，总算在快下班的时候有了空闲。他临窗而站，啜饮着手中的茶水，看着刚刚修缮一新的厂房，一股压抑不住的干劲儿在内心涌动。

来应聘会计的人走了一拨又一拨，但程山都没有录用。

“山哥，刚才那个可是有五年工作经验的呀，咱们才刚起步，你可不能要求太高了。”眼看着公司开业在即，可“内当家”还没着落，海子不免有些着急。

“必须高！”程山不慌不忙，一副胸有成竹的样子。

“怎的？你是心里有人选了？”海子揶揄道。

“有是有了，不过得劳驾你去请一趟。”程山笑着说。

海子沉默了，他知道程山说的是苗梅梅。几年前，他在蓝天大酒店看见当服务员的苗梅梅时，心里五味杂陈，那个一直端坐在他心尖上的人成了居无定所的服务员，心在滴血的海子嘱咐李强照顾苗梅梅后就悄无声息地离开了，因为他不知道他们还有没有未来。

“海子，我们不能让等待成为遗憾。”程山站起来拍了拍海子的肩膀。

海子两眼泛红，望着眼前的挚友。程山亲切的脸庞幻化成往日的时光在眼前掠过。这个世界在变，查干布拉格在变，他们每个人的容貌都在变，可唯一不变的是海子对苗梅梅的深情。

从李强那儿要来苗梅梅的住址后，海子马不停蹄地到了苗梅梅的住所外。来的时候有多迫不及待，此刻就有多犹豫不决，敲门的手抬起又放下，放下又抬起，海子就在一尺宽的楼道内转圈，大冷的天，他的头上竟沁出许多细密的汗来。正当海子下定决心抬手敲门时，门却“吱呀”一声开了，出门扔垃圾的苗梅梅看见海子，笑着说：“你来了。”声音平静得就像海子的到来在她的意料之中一样。日思夜想的人近在咫尺，海子积蓄已久的情感瞬间奔涌，他一把将苗梅梅拥入怀中，紧紧地抱着，那一刻，他终于抱紧了属于自己的幸福。

其实在海子来之前，苗梅梅就从李强口中得知海子的工程队已经解散，现在和程山成立了公司，之后，苗梅梅就无法安心工作了。尽管两年前她就考取了会计师资格证，并因为业务能力突出当上了蓝天大酒店财务部的负责人。但她总觉得有个声音在召唤着她，她总觉得他们需要她。当苗梅梅递上辞职信并说明原委后，李强先是愣了一下，旋即露出了欣慰的笑容，并意味深长地说：“有人比我更需要你……”

“妈妈，我们回老家以后还来呼市吗？”在呼市开往东胜的大巴车上，小丫抬起头问身边的妈妈。这个小丫头已经上小学了，可爱的小脸上处处都透着灵气。

“应该会来，但以后就要在老家生活了。”苗梅梅偏过脸抚着小丫的头温柔地说。

“你在老家有工作吗？”几年前的颠沛流离让这个孩

子想得比较周全。

“当然有，不只有工作，还会有一个更温暖的家。”苗梅梅搂了搂孩子，肯定地说。

揭开锅盖，腾腾热气四散开来，炒土豆丝和胡油烙饼的香气也随着热气扩散。查娜小心翼翼地将饭菜端上桌，几个月以来，她再没碰见程山，但每一天花样不同的饭菜都会在锅里静静地等待，有时程山会留下“天冷、加衣”“取暖的炭已买好”“离开几天”的字条，有时会留下给囡囡买的衣服和玩具。今天查娜看到的是一张山海羊绒制品有限公司招聘的海报，看着海报，若有所思的查娜出了神……

海子骑着摩托车驶出了电视台的大门，他刚与电视台负责千禧年跨年活动的策划人谈妥，在跨年活动现场大屏播放一分钟山海羊绒制品有限公司的宣传短片。飞驰在冰雪未消的路上，尽管寒风飕飕地刮着，海子的全身却涌动着火热的激情。

1999年12月31日20时，小城唯一的广场上早已人头攒动。千禧年——这个颇具神秘感的年份，让这座小城的人们充满了热烈的期盼。程山和海子早已站在广场中心的舞台上，他们等待着山海羊绒制品有限公司的第一次亮相。

人潮汹涌中，程山看见查娜向广场中心走来，怀里抱着囡囡，囡囡身上穿的正是他刚买的粉色的带有兔子帽子的小棉袄，程山的心剧烈地跳动起来，笑容早已爬上了嘴角眉梢，英俊的脸上也泛起了红光。

“妈妈，快看，好多的气球！”小丫的小脸仰得高高的，欢快地叫喊着。苗梅梅拉着小丫向广场中心走去，远远地，她看到舞台上的海子正在四处张望。她犹豫了一下，还是举起手挥动起来……

这是一个世纪的终章，也是一个崭新时代的序幕，新世纪的钟声正在地平线上回荡。人们站在时光的十字路口，听见风中传来未知的号角——有些故事刚刚落幕，更多的传奇正等待书写……

2024年10月27日终稿于康巴什